研读经典精髓，看成败、鉴是非、知兴替，

“温故而知新”“彰往而察来”

这是批评家的价值

鲁 迅◎著

我们要批评家

——鲁迅杂文精选集

中国言实出版社

图书在版编目（CIP）数据

我们要批评家：鲁迅杂文精选集 / 鲁迅著. —北京：中国言实出版社，2014. 9

ISBN 978 - 7 - 5171 - 0758 - 3

Ⅰ. ①我… Ⅱ. ①鲁… Ⅲ. ①鲁迅杂文–杂文集 Ⅳ. ①I210. 4

中国版本图书馆 CIP 数据核字（2014）第 194469 号

责任编辑：郭江妮

出版发行 中国言实出版社

地　址：北京市朝阳区北苑路 180 号加利大厦 5 号楼 105 室

邮　编：100101

编辑部：北京市西城区百万庄大街甲 16 号五层

邮　编：100037

电　话：64924853（总编室）　64924716（发行部）

网　址：www. zgyscbs. cn

E-mail：zgyscbs@263. net

经　　销 新华书店

印　　刷 北京毅峰迅捷印刷有限公司

版　　次 2015 年 5 月第 1 版　2024 年 1 月第 2 次印刷

规　　格 880 毫米×1230 毫米　1/32　13. 5 印张

字　　数 247 千字

定　　价 49. 80 元　ISBN 978 - 7 - 5171 - 0758 - 3

前　言

1936 年 10 月 19 日，鲁迅，这位伟大的思想家、斗士，离开了他深爱的这个国家和人民，走向了另一个永恒。

鲁迅一生的著作包括杂文、短篇小说、论文、散文、翻译作品，总计近 1000 万字，其中杂文所占篇幅最大。鲁迅的杂文集共 16 本：《坟》《热风》《华盖集》《华盖集续编》《而已集》《三闲集》《二心集》《南腔北调集》《伪自由书》《准风月谈》《花边文学》《且介亭杂文》《且介亭杂文二集》《且介亭杂文末编》《集外集》《集外集拾遗》。在这些杂文里，鲁迅以犀利的笔调讽刺了当时社会的黑暗面。

鲁迅从 1907 年（时年 26 岁）开始发表杂文，到他去世时，整整写了 30 年。在这 30 年间，鲁迅的笔如同一把锋利的手术刀，把中国和中国人的种种劣根解剖了出来，摆在世人面前。他做这样的努力，无非就是希望国人“有则改之，无则加勉”。

但是，这里需要指出的是，“惯性”这一概念不仅仅是用于物理学，在社会学上一样有“惯性”。一个民族的性格不可能在短时间内就发生重大改变，更何况我们还是一个延续了五千年的民族。在这里，编者以为，鲁迅当年提及的问题，在今天，依然有许多还存在着。这些问题的存在，正是鲁迅的当代价值所在，也是编撰本书的原因。

编者从鲁迅众多杂文中精心挑选了那些具有普遍社会意义的篇章，这些篇章对于今人而言，依旧有许多启示意义。编者希望今人在读这本新编的鲁迅杂文选集时，可以出现两种情况：让心地善良之人大呼过瘾。让无良之人脊背发冷。

鲁迅的杂文多数都会在文末标注明确的创作时间，但是本次编撰的这个选集有意删去了时间，原因很简单：删去狭隘的时间概念，才能让鲁迅的杂文更容易体现出现实意义。

编　者

目　录

我们现在怎样做父亲

我作这一篇文的本意，其实是想研究怎样改革家庭：又因为中国亲权重，父权更重，所以尤想对于从来认为神圣不可侵犯的父子问题，发表一点意见。总而言之：只是革命要革到老子身上罢了。但何以大模大样，用了这九个字的题目呢？这有两个理由：

第一，中国的“圣人之徒”，最恨人动摇他的两样东西。一样不必说，也与我辈绝不相干；一样便是他的伦常，我辈却不免偶然发几句议论，所以株连牵扯，很得了许多“铲伦常”“禽兽行”之类的恶名。他们以为父对于子，有绝对的权力和威严；若是老子说话，当然无所不可，儿子有话，却在未说之前早已错了。但祖父子孙，本来各各都只是生命的桥梁的一级，决不是固定不易的。现在的子，便是将来的父，也便是将来的祖。我知道我辈和读者，若不是现任之父，也一定是候补之父，而且也都有做祖宗的希望，所差只在一个时间。为想省却许多麻烦起见，我们便该无须客气，尽可先行占住了上风，摆出父亲的尊严，谈谈我们和我们子女的事；不但将来着手实行，可以减少困难，在中国也顺理成章，免得“圣人之徒”听了害怕，总算是一举两得之至的事了。所以说，“我们怎样做父亲。”

第二，对于家庭问题，我在《新青年》的《随感录》(二五，四十，四九）中，曾经略略说及，总括大意，便只是从我们起，解放了后来的人。论到解放子女，本是极平常的事，当然不必有什么讨论。但中国的老年，中了旧习惯旧思想的毒太深了，决定悟不过来。譬如早晨听到乌鸦叫，少年毫不介意，迷信的老人，却总须颓唐半天。虽然很可怜，然而也无法可救。没有法，便只能先从觉醒的人开手，各自解放了自己的孩子。自己背着因袭的重担，肩住了黑暗的闸门，放他们到宽阔光明的地方去；此后幸福的度日，合理的做人。

还有，我曾经说，自己并非创作者，便在上海报纸的《新教训》里，挨了一顿骂。但我辈评论事情，总须先评论了自己，不要冒充，才能像一篇说话，对得起自己和别人。我自己知道，不特并非创作者，并且也不是真理的发见者。凡有所说所写，只是就平日见闻的事理里面，取了一点心以为然的道理；至于终极究竟的事，却不能知。便是对于数年以后的学说的进步和变迁，也说不出会到如何地步，单相信比现在总该还有进步还有变迁罢了。所以说，“我们现在怎样做父亲。”

我现在心以为然的道理，极其简单。便是依据生物界的现象，一，要保存生命；二，要延续这生命；三，要发展这生命（就是进化）。生物都这样做，父亲也就是这样做。

生命的价值和生命价值的高下，现在可以不论。单照常识判断，便知道既是生物；第一要紧的自然是生命。因为生物之所以为生物，全在有这生命，否则失了生物的意义。生物为保存生命起见，具有种种本能，最显著的是食欲。因有食欲才摄取食品，因有食品才发生温热，保存了生命。但生物的个体，总免不了老衰和死亡，为继续生命起见，又有一种本能，便是性欲。因性欲才有性交，因有性交才发生苗裔，继续了生命。所以食欲是保存自己，保存现在生命的事；性欲是保存后裔，保存永久生命的事。饮食并非罪恶，并非不净；性交也就并非罪恶，并非不净。饮食的结果，养活了自己，对于自己没有恩；性交的结果，生出子女，对于子女当然也算不了恩。——前前后后，都向生命的长途走去，仅有先后的不同，分不出谁受谁的恩典。

可惜的是中国的旧见解，竟与这道理完全相反。夫妇是“人伦之中”，却说是“人伦之始”；性交是常事，却以为不净；生育也是常事，却以为天大的大功。人人对于婚姻，大抵先夹带着不净的思想。亲戚朋友有许多戏谑，自己也有许多羞涩，直到生了孩子，还是躲躲闪闪，怕敢声明：独有对于孩子，却威严十足，这种行径，简直可以说是和偷了钱发迹的财主，不相上下了。我并不是说，——如他们攻击者所意想的，——人类的性交也应如别种动物，随便举行；或如无耻流氓，专做些下流举动，自鸣得意。是说，此后觉醒的人，应该先洗净了东方固有的不净思想，再纯洁明白一些，了解夫妇是伴侣，是共同劳动者，又是新生命创造者的意义。所生的子女，固然是受领新生命的人，但他也不永久占领，将来还要交付子女，像他们的父母一般。只是前前后后，都做一个过付的经手人罢了。

生命何以必需继续呢？就是因为要发展，要进化。个体既然免不了死亡，进化又毫无止境，所以只能延续着，在这进化的路上走。走这路须有一种内的努力，有如单细胞动物有内的努力，积久才会繁复，无脊椎动物有内的努力，积久才会发生脊椎。所以后起的生命，总比以前的更有意义，更近完全，因此也更有价值，更可宝贵；前者的生命，应该牺牲于他。

但可惜的是中国的旧见解，又恰恰与这道理完全相反。本位应在幼者，却反在长者；置重应在将来，却反在过去。前者做了更前者的牺牲，自己无力生存，却苛责后者又来专做他的牺牲，毁灭了一切发展本身的能力。我也不是说，——如他们攻击者所意想的，——孙子理应终日痛打他的祖父，女儿必须时时咒骂他的亲娘。是说，此后觉醒的人，应该先洗净了东方古传的谬误思想，对于子女，义务思想须加多，而权力思想却大可切实核减，以准备改作幼者本位的道德。况且幼者受了权利，也并非永久占有，将来还要对于他们的幼者，仍尽义务。只是前前后后，都做一切过付的经手人罢了。

“父子间没有什么恩”这一个断语，实是招致“圣人之徒”面红耳赤的一大原因。他们的误点，便在长者本位与利己思想，权利思想很重，义务思想和责任心却很轻。以为父子关系，只须“父兮生我”一件事，幼者的全部，便应为长者所有。尤其堕落的，是因此责望报偿，以为幼者的全部，理该做长者的牺牲。殊不知自然界的安排，却件件与这要求反对，我们从古以来，逆天行事，于是人的能力，十分萎缩，社会的进步，也就跟着停顿。我们虽不能说停顿便要灭亡，但较之进步，总是停顿与灭亡的路相近。

自然界的安排，虽不免也有缺点，但结合长幼的方法，却并无错误。他并不用“恩”，却给予生物以一种天性，我们称他为“爱”。动物界中除了生子数目太多——爱不周到的如鱼类之外，总是挚爱他的幼子，不但绝无利益心情，甚或至于牺牲了自己，让他的将来的生命，去上那发展的长途。

人类也不外此，欧美家庭，大抵以幼者弱者为本位，便是最合于这生物学的真理的办法。便在中国，只要心思纯白，未曾经过“圣人之徒”作践的人，也都自然而然的能发现这一种天性。例如一个村妇哺乳婴儿的时候，决不想到自己正在施恩；一个农夫娶妻的时候，也决不以为将要放债。只是有了子女，即天然相爱，愿他生存；更进一步的，便还要愿他比自己更好，就是进化。这离绝了交换关系利害关系的爱，便是人伦的索子，便是所谓“纲”。倘如旧说，抹煞了“爱”，一味说“恩”，又因此责望报偿，那便不但败坏了父子间的道德，而且也大反于做父母的实际的真情，播下乖刺的种子。有人做了乐府，说是“劝孝”，大意是什么“儿子上学堂，母亲在家磨杏仁，预备回来给他喝，你还不孝么”之类，自以为“拼命卫道”。殊不知富翁的杏酪和穷人的豆浆，在爱情上价值同等，而其价值却正在父母当时并无求报的心思；否则变成买卖行为，虽然喝了杏酪，也不异“人乳喂猪”，无非要猪肉肥美，在人伦道德上，丝毫没有价值了。

所以我现在心以为然的，便只是“爱”。

无论何国何人，大都承认“爱己”是一件应当的事。这便是保存生命的要义，也就是继续生命的根基。因为将来的运命，早在现在决定，故父母的缺点，便是子孙灭亡的伏线，生命的危机。易卜生做的《群鬼》（有潘家洵君译本，载在《新朝》一卷五号）虽然重在男女问题，但我们也可以看出遗传的可怕。欧士华本是要生活，能创作的人，因为父亲的不检，先天得了病毒，中途不能做人了。他又很爱母亲，不忍劳他服侍，便藏着吗啡，想待发作时候，由使女瑞琴帮他吃下，毒杀了自己；可是瑞琴走了。他于是只好托他母亲了。

欧“母亲，现在应该你帮我的忙了。”

阿夫人“我吗？”

欧“谁能及得上你。”

阿夫人“我！你的母亲！”

欧“正为那个。”

阿夫人“我，生你的人！”

欧“我不曾教你生我。并且给我的是一种什么日子？我不要他！你拿回去罢！”

这一段描写，实在是我们做父亲的人应该震惊戒惧佩服的；决不能昧了良心，说儿子理应受罪。这种事情，中国也很多，只要在医院做事，便能时时看见先天梅毒性病儿的惨状；而且傲然的送来的，又大抵是他的父母。但可怕的遗传，并不只是梅毒；另外许多精神上体质上的缺点，也可以传之子孙，而且久而久之，连社会都蒙着影响。我们且不高谈人群，单为子女说，便可以说凡是不爱己的人，实在欠缺做父亲的资格。就令硬做了父亲，也不过如古代的草寇称王一般，万万算不了正统。将来学问发达，社会改造时，他们侥幸留下的苗裔，恐怕总不免要受善种学（Eugenics）者的处置。

倘若现在父母并没有将什么精神上体质上的缺点交给子

女，又不遇意外的事，子女便当然健康，总算已经达到了继续生命的目的。但父母的责任还没有完，因为生命虽然继续了，却是停顿不得，所以还须教这新生命去发展。凡动物较高等的，对于幼雏，除了养育保护以外，往往还教他们生存上必需的本领。例如飞禽便教飞翔，鸷兽便教搏击。人类更高几等，便也有愿意子孙更进一层的天性。这也是爱。上文所说的是对于现在，这是对于将来。只要思想未遭锢蔽的人，谁也喜欢子女比自己更强，更健康，更聪明高尚，——更幸福；就是超越了自己，超越了过去。超越便须改变，所以子孙对于祖先的事，应该改变，“三年无改于父之道可谓孝矣”，当然是曲说，是退婴的病根。假使古代的单细胞动物，也遵着这教训，那便永远不敢分裂繁复，世界上再也不会有人类了。

幸而这一类教训，虽然害过许多人，却还未能完全扫尽了一切人的天性。没有读过“圣贤书”的人，还能将这天性在名教的斧钺底下，时时流露，时时萌蘖；这便是中国人虽然凋落萎缩，却未灭绝的原因。

所以觉醒的人，此后应将这天性的爱，更加扩张，更加醇化；用无我的爱，自己牺牲于后起新人。开宗第一，便是理解。往昔的欧人对于孩子的误解，是以为成人的预备；中国人的误解，是以为缩小的成人。直到近来，经过许多学者的研究，才知道孩子的世界，与成人截然不同；倘不先行理解，一味蛮做，便大碍于孩子的发达。所以一切设施，都应该以孩子为本位，日本近来，觉悟的也很不少；对于儿童的设施，研究儿童的事业，都非常兴盛了。第二，便是指导。时势既有改变，生活也必须进化；所以后起的人物，一定尤异于前，决不能用同一模型，无理嵌定。长者须是指导者协商者，却不该是命令者。不但不该责幼者供奉自己；而且还须用全副精神，专为他们自己，养成他们有耐劳作的体力，纯洁高尚的道德，广博自由能容纳新潮流的精神，也就是能在世界新潮流中游泳，不被淹没的力量。第三，便是解放。子女是即我非我的人，但既已分立，也便是人类中的人，因为即我，所以更应该尽教育的义务，交给他们自立的能力；因为非我，所以也应同时解放，全部为他们自己所有，成一个独立的人。

这样，便是父母对于子女，应该健全的产生，尽力的教育，完全的解放。

但有人会怕，仿佛父母从此以后，一无所有，无聊之极了。这种空虚的恐怖和无聊的感想，也即从谬误的旧思想发生；倘明白了生物学的真理，自然便会消灭。但要做解放子女的父母，也应预备一种能力。便是自己虽然已经带着过去的色采，却不失独立的本领和精神，有广博的趣味，高尚的娱乐。要幸福么？连你的将来的生命都幸福了。要"返老还童"，要"老复丁"么？子女便是"复丁"，都已独立而且更好了。这才是完了长者的任务，得了人生的慰安。倘若思想本领，样样照旧，专以“勃谿”为业，行辈自豪，那便自然免不了空虚无聊的苦痛。

或者又怕，解放之后，父子间要疏隔了。欧美的家庭，专制不及中国，早已大家知道；往者虽有人比之禽兽，现在却连“卫道”的圣徒，也曾替他们辩护，说并无“逆子叛弟”了。因此可知：惟其解放，所以相亲；惟其没有“拘挛”子弟的父兄，所以也没有反抗“拘挛”的“逆子叛弟”。若威逼利诱，便无论如何，决不能有“万年有道之长”。例便如我中国，汉有举孝，唐有孝悌力田科，清末也还有孝廉方正，都能换到官做。父恩谕之于先，皇恩施之于后，然而割股的人物，究属寥寥。足可证明中国的旧学说旧手段，实在从古以来，并无良效，无非使坏人增长些虚伪，好人无端的多受些人我都无利益的苦痛罢了。

都有“爱”是真的。路粹引孔融说，“父之于子，当有何亲？论其本意，实为情欲发耳。子之于母，亦复奚为，譬如寄物瓶中，出则离矣。”（汉末的孔府上，很出过几个有特色的奇人，不像现在这般冷落，这话也许确是北海先生所说；只是攻击他的偏是路粹和曹操，教人发笑罢了。）虽然也是一种对于旧说的打击，但实于事理不合。因为父母生了子女，同时又有天性的爱，这爱又很深广很长久，不会即离。现在世界没有大同，相爱还有差等，子女对于父母，也便最爱，最关切，不会即离。所以疏隔一层，不劳多虑。至于一种例外的人，或者非爱所能钩连。但若爱力尚且不能钩连，那便任凭什么“恩威，名份，天经，地义”之类，更是钩连不住。

或者又怕，解放之后，长者要吃苦了。这事可分两层：第一，中国的社会，虽说“道德好”，实际却太缺乏相爱相助的心思。便是“孝”“烈”这类道德，也都是旁人毫不负责，一味收拾幼者弱者的方法。在这样社会中，不独老者难于生活，既解放的幼者，也难于生活。第二，中国的男女，大抵未老先衰，甚至不到二十岁，早已老态可掬，待到真实衰老，便更须别人扶持。所以我说，解放子女的父母，应该先有一番预备；而对于如此社会，尤应该改造，使他能适于合理的生活。许多人预备着，改造着，久而久之，自然可望实现了。单就别国的往时而言，斯宾塞未曾结婚，不闻他侘傺无聊；瓦特早没有了子女，也居然“寿终正寝”，何况在将来，更何况有儿女的人呢？

或者又怕，解放之后，子女要吃苦了。这事也有两层，全如上文所说，不过一是因为老而无能，一是因为少不更事罢了。因此觉醒的人，愈觉有改造社会的任务。中国相传的成法，谬误很多：一种是锢闭，以为可以与社会隔离，不受影响，一种是教给他恶本领，以为如此才能在社会中生活。用这类方法的长者，虽然也含有继续生命的好意，但比照事理，却决定谬误。此外还有一种，是传授些周旋方法，教他们顺应社会。这与数年前讲“实用主义”的人，因为市上有假洋钱，便要在学校里遍教学生看洋钱的法子之类，同一错误。社会虽然不能不偶然顺应，但决不是正当办法。因为社会不良，恶现象便很多，势不能一一顺应；倘都顺应了，又违反了合理的生活，倒走了进化的路。所以根本方法，只有改良社会。

就实际上说，中国旧理想的家族关系父子关系之类，其实早已崩溃。这也非“于今为烈”，正是“在昔已然”。历来都竭力表彰“五世同堂”，便足见实际上同居的为难；拼命的劝孝，也足见事实上孝子的缺少。而其原因，便全在一意提倡虚伪道德，蔑视了真的人情。我们试一翻大族的家谱，便知道始迁祖宗，大抵是单身迁居，成家立业；一到聚族而居，家谱出版，却已在零落的中途了。况在将来，迷信破了，便没有哭竹，卧冰；医学发达了，也不必尝秽，割骨。又因为经济关系，结婚不得不迟，生育因此也迟，或者子女才能自存，父母已经衰老，不及依赖他们供养，事实上也就是父母反尽了义务。世界潮流逼拶着，这样做的可以生存，不然的便都衰落；无非觉醒者多，加些人力，便危机可望较少就是了。

但既如上言，中国家庭，实际久已崩溃，并不如“圣人之徒”纸上的空谈，则何以至今依然如故，一无进步呢？这事很容易解答。第一，崩溃者自崩溃，纠缠者自纠缠，设立者又自设立；毫无戒心，也不想到改革，所以如故。第二，以前的家庭中间，本来常有勃豀，到了新名词流行之后，便都改称“革命”，然而其实也仍是嫖钱至于相骂，要赌本至于相打之类，与觉醒者的改革，截然两途。这一类自称“革命”的勃豀子弟，纯属旧式，待到自己有了子女，也决不解放；或者毫不管理，或者反要寻出《孝经》，勒令诵读，想他们“学于古训”，都做牺牲。这只能全归旧道德旧习惯旧方法负责，生物学的真理决不能妄任其咎。

既如上言，生物为要进化，应该继续生命，那便“不孝有三无后为大”，三妻四妾，也极合理了。这事也很容易解答。人类因为无后，绝了将来的生命，虽然不幸，但若用不正当的方法手段，苟延生命而害及人群，便该比一人无后，尤其“不孝”。因为现在的社会，一夫一妻制最为合理，而多妻主义，实能使人群堕落。堕落近于退化，与继续生命的目的，恰恰完全相反。无后只是灭绝了自己，退化状态的有后，便会毁到他人。人类总有些为他人牺牲自己的精神，而况生物自发生以来，交互关联，一人的血统，大抵总与他人有多少关系，不会完全灭绝。所以生物学的真理，决非多妻主义的护符。

总而言之，觉醒的父母，完全应该是义务的，利他的，牺牲的，很不易做；而在中国尤不易做。中国觉醒的人，为想随顺长者解放幼者，便须一面清结旧账，一面开辟新路。

就是开首所说的“自己背着因袭的重担，肩住了黑暗的闸门，放他们到宽阔光明的地方去；此后幸福的度日，合理的做人”。这是一件极伟大的要紧的事，也是一件极困苦艰难的事。

但世间又有一类长者，不但不肯解放子女，并且不准子女解放他们自己的子女；就是并要孙子曾孙都做无谓的牺牲。这也是一个问题；而我是愿意平和的人，所以对于这问题，现在不能解答。

再论雷峰塔的倒掉

从崇轩先生的通信（二月份《京报副刊》）里，知道他在轮船上听到两个旅客谈话，说是杭州雷峰塔之所以倒掉，是因为乡下人迷信那塔砖放在自己的家中，凡事都必平安，如意，逢凶化吉，于是这个也挖，那个也挖，挖之久久，便倒了。一个旅客并且再三叹息道：西湖十景这可缺了呵！

这消息，可又使我有点畅快了，虽然明知道幸灾乐祸，不像一个绅士，但本来不是绅士的，也没有法子来装潢。

我们中国的许多人，——我在此特别郑重声明：并不包括四万万同胞全部！——大抵患有一种“十景病”，至少是“八景病”，沉重起来的时候大概在清朝。凡看一部县志，这一县往往有十景或八景，如“远村明月”“萧寺清钟”“古池好水”之类。而且，“十”字形的病菌，似乎已经侵入血管，流布全身，其势力早不在“！”形惊叹亡国病菌之下了。点心有十样锦，菜有十碗，音乐有十番，阎罗有十殿，药有十全大补，猜拳有全福手福手全，连人的劣迹或罪状，宣布起来也大抵是十条，仿佛犯了九条的时候总不肯歇手。现在西湖十景可缺了呵！“凡为天下国家有九经”，九经固古已有之，而九景却颇不习见，所以正是对于十景病的一个针砭，至少也可以使患者感到一种不平常，知道自己的可爱的老病，忽而跑掉了十分之一了。

但仍有悲哀在里面。

其实，这一种势所必至的破坏，也还是徒然的，畅快不过是无聊的自欺。雅人和信士和传统大家，定要苦心孤诣巧语花言地再来补足了十景而后已。

无破坏即无新建设，大致是的；但有破坏却未必即有新建设。卢梭，斯谛纳尔，尼采，托尔斯泰，伊孛生等辈，若用勃兰兑斯的话来说，乃是“轨道破坏者”。其实他们不单是破坏，而且是扫除，是大呼猛进，将碍脚的旧轨道不论整条或碎片，一扫而空，并非想挖一块废铁古砖挟回家去，预备卖给旧货店。中国很少这一类人，即使有之，也会被大众的唾沫淹死。孔丘先生确是伟大，生在巫鬼势力如此旺盛的时代，偏不肯随俗谈鬼神；但可惜太聪明了，“祭如在祭神如神在”，只用他修《春秋》的照例手段以两个“如”字略寓“俏皮刻薄”之意，使人一时莫明其妙，看不出他肚皮里的反对来。他肯对子路赌咒，却不肯对鬼神宣战，因为一宣战就不和平，易犯骂人——虽然不过骂鬼——之罪，即不免有《衡论》（见一月份《晨报副镌》）作家TY先生似的好人，会替鬼神来奚落他道：为名乎？骂人不能得名。为利乎？骂人不能得利。想引诱女人乎？又不能将蚩尤的脸子印在文章上。何乐而为之也欤？

孔丘先生是深通世故的老先生，大约除脸子付印问题以外，还有深心，犯不上来做明目张胆的破坏者，所以只是不谈，而决不骂，于是乎俨然成为中国的圣人，道大，无所不包故也。否则，现在供在圣庙里的，也许不姓孔。

不过在戏台上罢了，悲剧将人生的有价值的东西毁灭给人看，喜剧将那无价值的撕破给人看。讥讽又不过是喜剧的变简的一支流。但悲壮滑稽，却都是十景病的仇敌，因为都有破坏性，虽然所破坏的方面各不同。中国如十景病尚存，则不但卢梭他们似的疯子决不产生，并且也决不产生一个悲剧作家或喜剧作家或讽刺诗人。所有的，只是喜剧的人物或非喜剧非悲剧的人物，在互相模造的十景中生存，一面各各带了十景病。

然而十全停滞的生活，世界上是很不多见的事，于是破坏者到了，但并非自己的先觉的破坏者，却是狂暴的强盗，或外来的蛮夷。猃狁早到过中原，五胡来过了，蒙古也来过了；同胞张献忠杀人如草，而满州兵的一箭，就钻进树丛中死掉了。有人论中国说，倘使没有带着新鲜的血液的野蛮的侵入，真不知自身会腐败到如何！这当然是极刻毒的恶谑，但我们一翻历史，怕不免要有汗流浃背的时候罢。外寇来了，暂一震动，终于请他做主子，在他的刀斧下修补老例；内寇来了，也暂一震动，终于请他做主子，或者别拜一个主子，在自己的瓦砾中修补老例。再来翻县志，就看见每一次兵燹之后，所添上的是许多烈妇烈女的氏名。看近来的兵祸，怕又要大举表扬节烈了罢。许多男人们都那里去了？

凡这一种寇盗式的破坏，结果只能留下一片瓦砾，与建设无关。

但当太平时候，就是正在修补老例，并无寇盗时候，即国中暂时没有破坏么？也不然的，其时有奴才式的破坏作用常川活动着。

雷峰塔砖的挖去，不过是极近的一条小小的例。龙门的石佛，大半肢体不全，图书馆中的书籍，插图须谨防撕去，凡公物或无主的东西，倘难于移动，能够完全的即很不多。但其毁坏的原因，则非如革除者的志在扫除，也非如寇盗的志在掠夺或单是破坏，仅因目前极小的自利，也肯对于完整的大物暗暗的加一个创伤。人数既多，创伤自然极大，而倒败之后，却难于知道加害的究竟是谁。正如雷峰塔倒掉以后，我们单知道由于乡下人的迷信。共有的塔失去了，乡下人的所得，却不过一块砖，这砖，将来又将为别一自利者所藏，终究至于灭尽。倘在民康物阜时候，因为十景病的发作，新的雷峰塔也会再造的罢。但将来的运命，不也就可以推想而知么？如果乡下人还是这样的乡下人，老例还是这样的老例。

这一种奴才式的破坏，结果也只能留下一片瓦砾，与建设无关。

岂但乡下人之于雷峰塔，日日偷挖中华民国的柱石的奴才们，现在正不知有多少？

瓦砾场上还不足悲，在瓦砾场上修补老例是可悲的。我们要革新的破坏者，因为他内心有理想的光。我们应该知道他和寇盗奴才的分别；应该留心自己堕入后两种。这区别并不烦难，只要观人，省己，凡言动中，思想中，含有借此据为己有的朕兆者是寇盗，含有借此占些目前的小便宜的朕兆者是奴才，无论在前面打着的是怎样鲜明好看的旗子。

论睁了眼看

虚生先生所做的时事短评中，曾有一个这样的题目：《我们应该有正眼看各方面的勇气》（《猛进》十九期）。诚然，必须敢于正视，这才可望敢想，敢说，敢作，敢当。倘使并正视而不敢，此外还能成什么气候。然而，不幸这一种勇气，是我们中国人最所缺乏的。

但现在我所想到的是别一方面——

中国的文人，对于人生，——至少是对于社会现象，向来就多没有正视的勇气。我们的圣贤，本来早已教人“非礼勿视”的了；而这“礼”又非常之严，不但“正视”，连“平视”“斜视”也不许。现在青年的精神未可知，在体质，却大半还是弯腰曲背，低眉顺眼，表示着老牌的老成的子弟，驯良的百姓，——至于说对外却有大力量，乃是近一月来的新说，还不知道究竟是如何。

再回到“正视”问题去：先既不敢，后便不能，再后，就自然不视，不见了。一辆汽车坏了，停在马路上，一群人围着呆看，所得的结果是一团乌油油的东西。然而由本身的矛盾或社会的缺陷所生的苦痛，虽不正视，却要身受的。文人究竟是敏感人物，从他们的作品上看来，有些人确也早已感到不满，可是一到快要显露缺陷的危机一髪之际，他们总即刻连说“并无其事”，同时便闭上了眼睛。这闭着的眼睛便看见一切圆满，当前的苦痛不过是“天之将降大任于是人也，必先苦其心志，劳其筋骨，饿其体肤，空乏其身，行拂乱其为。”于是无问题，无缺陷，无不平，也就无解决，无改革，无反抗。因为凡事总要“团圆”，正无须我们焦躁；放心喝茶，睡觉大吉。再说费话，就有“不合时宜”之咎，免不了要受大学教授的纠正了。呸！

我并未实验过，但有时候想：倘将一位久蛰洞房的老太爷抛在夏天正午的烈日底下，或将不出闺门的千金小姐拖到旷野的黑夜里，大概只好闭了眼睛，暂续他们残存的旧梦，总算并没有遇到暗或光，虽然已经是绝不相同的现实。中国的文人也一样，万事闭眼睛，聊以自欺，而且欺人，那方法是：瞒和骗。

中国婚姻方法的缺陷，才子佳人小说作家早就感到了，他于是使一个才子在壁上题诗，一个佳人便来和，由倾慕——现在就得称恋爱——而至于有“终身之约”。但约定之后，也就有了难关。我们都知道，“私订终身”在诗和戏曲或小说上尚不失为美谈（自然只以与终于中状元的男人私订为限），实际却不容于天下的，仍然免不了要离异。明末的作家便闭上眼睛，并这一层也加以补救了，说是：才子及第，奉旨成婚。“父母之命媒妁之言”经这大帽子来一压，便成了半个铅钱也不值，问题也一点没有了。假使有之，也只在才子的能否中状元，而决不在婚姻制度的良否。

（近来有人以为新诗人的做诗发表，是在出风头，引异性；且迁怒于报章杂志之滥登。殊不知即使无报，墙壁实“古已有之”，早做过发表机关了；据《封神演义》，纣王已曾在女娲庙壁上题诗，那起源实在非常之早。报章可以不取白话，或排斥小诗，墙壁却拆不完，管不及的；倘一律刷成黑色，也还有破磁可划，粉笔可书，真是穷于应付。做诗不刻木板，去藏之名山，却要随时发表，虽然很有流弊，但大概是难以杜绝的罢。）

《红楼梦》中的小悲剧，是社会上常有的事，作者又是比较的敢于实写的，而那结果也并不坏。无论贾氏家业再振，兰桂齐芳，即宝玉自己，也成了个披大红猩猩毡斗篷的和尚。和尚多矣，但披这样阔斗篷的能有几个，已经是“入圣超凡”无疑了。至于别的人们，则早在册子里一一注定，末路不过是一个归结：是问题的结束，不是问题的开头。读者即小有不安，也终于奈何不得。然而后或续或改，非借尸还魂，即冥中另配，必令“生旦当场团圆”才肯放手者，乃是自欺欺人的瘾太大，所以看了小小骗局，还不甘心，定须闭眼胡说一通而后快。赫克尔（E. Haeckel）说过：人和人之差，有时比类人猿和原人之差还远。我们将《红楼梦》的续作者和原作一比较，就会承认这话大概是确实的。

“作善降祥”的古训，六朝人本已有些怀疑了，他们作墓志，竟会说“积善不报，终自欺人”的话。但后来的昏人，却又瞒起来。元刘信将三岁痴儿抛入蘸纸火盆，妄希福祐，是见于《元典章》的；剧本《小张屠焚儿救母》却道是为母延命，命得延，儿亦不死了。一女愿侍痼疾之夫，《醒世恒言》中还说终于一同自杀的；后来改作的却道是有蛇坠入药罐里，丈夫服后便全愈了。凡有缺陷，一经作者粉饰，后半便大抵改观，使读者落诬妄中，以为世间委实尽够光明，谁有不幸，便是自作，自受。

有时遇到彰明的史实，瞒不下，如关羽岳飞的被杀，便只好别设骗局了。一是前世已造夙因，如岳飞；一是死后使他成神，如关羽。定命不可逃，成神的善报更满人意，所以杀人者不足责，被杀者也不足悲，冥冥中自有安排，使他们各得其所，正不必别人来费力了。

中国人的不敢正视各方面，用瞒和骗，造出奇妙的逃路来，而自以为正路。在这路上，就证明着国民性的怯弱，懒惰，而又巧滑。一天一天的满足着，即一天一天的堕落着，但却又觉得日见其光荣。在事实上，亡国一次，即添加几个殉难的忠臣，后来每不想光复旧物，而只去赞美那几个忠臣；遭劫一次，即造成一群不辱的烈女，事过之后，也每每不思惩凶，自卫，却只顾歌咏那一群烈女。彷佛亡国遭劫的事，反而给中国人发挥“两间正气”的机会，增高价值，即在此一举，应该一任其至，不足忧悲似的。自然，此上也无可为，因为我们已经借死人获得最上的光荣了。沪汉烈士的追悼会中，活的人们在一块很可景仰的高大的木主下互相打骂，也就是和我们的先辈走着同一的路。

文艺是国民精神所发的火光，同时也是引导国民精神的前途的灯火。这是互为因果的，正如麻油从芝麻榨出，但以浸芝麻，就使它更油。倘以油为上，就不必说；否则，当参入别的东西，或水或硷去。中国人向来因为不敢正视人生，只好瞒和骗，由此也生出瞒和骗的文艺来，由这文艺，更令中国人更深地陷入瞒和骗的大泽中，甚而至于已经自己不觉得。世界日日改变，我们的作家取下假面，真诚地，深入地，大胆地看取人生并且写出他的血和肉来的时候早到了；早就应该有一片崭新的文场，早就应该有几个凶猛的闯将！

现在，气象似乎一变，到处听不见歌吟花月的声音了，代之而起的是铁和血的赞颂。然而倘以欺瞒的心，用欺瞒的嘴，则无论说 A 和 O，或 Y 和 Z，一样是虚假的；只可以吓哑了先前鄙薄花月的所谓批评家的嘴，满足地以为中国就要中兴。可怜他在“爱国”大帽子底下又闭上了眼睛了——或者本来就闭着。

没有冲破一切传统思想和手法的闯将，中国是不会有真的新文艺的。

论“他妈的!”

无论是谁，只要在中国过活，便总得常听到“他妈的”或其相类的口头禅。我想：这话的分布，大概就跟着中国人足迹之所至罢；使用的遍数，怕也未必比客气的“您好呀”会更少。假使依或人所说，牡丹是中国的“国花”，那么，这就可以算是中国的“国骂”了。

我生长于浙江之东，就是西滢先生之所谓“某籍”。那地方通行的“国骂”却颇简单：专一以“妈”为限，决不牵涉余人。后来稍游各地，才始惊异于国骂之博大而精微：上溯祖宗，旁连姊妹，下递子孙，普及同性，真是“犹河汉而无极也”。而且，不特用于人，也以施之兽。前年，曾见一辆煤车的只轮陷入很深的辙迹里，车夫便愤然跳下，出死力打那拉车的骡子道：“你姊姊的！你姊姊的！”

别的国度里怎样，我不知道。单知道诺威人 Hamsun 有一本小说叫《饥饿》，粗野的口吻是很多的，但我并不见这一类话。Gorky 所写的小说中多无赖汉，就我所看过的而言，也没有这骂法。惟独 Artzybashev 在《工人绥惠略夫》里，却使无抵抗主义者亚拉借夫骂了一句“你妈的”。但其时他已经决计为爱而牺牲了，使我们也失却笑他自相矛盾的勇气。这骂的翻译，在中国原极容易的，别国却似乎为难，德文译本作“我使用过你的妈”，日文译本作“你的妈是我的母狗”。这实在太费解，——由我的眼光看起来。

那么，俄国也有这类骂法的了，但因为究竟没有中国似的精博，所以光荣还得归到这边来。好在这究竟又并非什么大光荣，所以他们大约未必抗议；也不如“赤化”之可怕，中国的阔人，名人，高人，也不至于骇死的。但是，虽在中国，说的也独有所谓“下等人”，例如“车夫”之类，至于有身份的上等人，例如“士大夫”之类，则决不出之于口，更何况笔之于书。“予生也晚”，赶不上周朝，未为大夫，也没有做士，本可以放笔直干的，然而终于改头换面，从“国骂”上削去一个动词和一个名词，又改对称为第三人称者，恐怕还因为到底未曾拉车，因而也就不免“有点贵族气味”之故。那用途，既然只限于一部分，似乎又有些不能算作“国骂”了；但也不然，阔人所赏识的牡丹，下等人又何尝以为“花之富贵者也”？

这“他妈的”的由来以及始于何代，我也不明白。经史上所见骂人的话，无非是“役夫”“奴”“死公”；较厉害的，有“老狗”“貉子”；更厉害，涉及先代的，也不外乎“而母婢也”“赘阉遗丑”罢了！还没见过什么“妈的”怎样，虽然也许是士大夫讳而不录。但《广弘明集》（七）记北魏邢子才“以为妇人不可保。谓元景曰，‘卿何必姓王?’元景变色。子才曰，‘我亦何必姓邢；能保五世耶?’”则颇有可以推见消息的地方。

晋朝已经是大重门第，重到过度了；华胄世业，子弟便易于得官；即使是一个酒囊饭袋，也还是不失为清品。北方疆土虽失于拓跋氏，士人却更其发狂似的讲究阀阅，区别等第，守护极严。庶民中纵有俊才，也不能和大姓比并。至于大姓，实不过承祖宗余荫，以旧业骄人，空腹高心，当然使人不耐。但士流既然用祖宗做护符，被压迫的庶民自然也就将他们的祖宗当作仇敌。邢子才的话虽然说不定是否出于愤激，但对于躲在门第下的男女，却确是一个致命的重伤。势位声气，本来仅靠了“祖宗”这惟一的护符而存，“祖宗”倘一被毁，便什么都倒败了。这是倚赖“余荫”的必得的果报。

同一的意思，但没有邢子才的文才，而直出于“下等人”之口的，就是：“他妈的!”

要攻击高门大族的坚固的旧堡垒，却去瞄准他的血统，在战略上，真可谓奇谲的了。最先发明这一句“他妈的”的人物，确要算一个天才，——然而是一个卑劣的天才。

唐以后，自夸族望的风气渐渐消除；到了金元，已奉夷狄为帝王，自不妨拜屠沽作卿士，“等”的上下本该从此有些难定了，但偏还有人想辛辛苦苦地爬进“上等”去。刘时中的曲子里说：“堪笑这没见识街市匹夫，好打那好顽劣。江湖伴侣，旋将表德官名相体呼，声音多厮称，字样不寻俗。听我一个个细数：粜米的唤子良；卖肉的呼仲甫……开张卖饭的呼君宝；磨面登罗的叫德夫：何足云乎?!”（《乐府新编阳春白雪》三）这就是那时的暴发户的丑态。

“下等人”还未暴发之先，自然大抵有许多“他妈的”在嘴上，但一遇机会，偶窃一位，略识几字，便即文雅起来：雅号也有了；身份也高了；家谱也修了，还要寻一个始祖，不是名儒便是名臣。从此化为“上等人”，也如上等前辈一样，言行都很温文尔雅。然而愚民究竟也有聪明的，早已看穿了这鬼把戏，所以又有俗谚，说：“口上仁义礼智，心里男盗女娼!”他们是很明白的。

于是他们反抗了，曰：“他妈的!”

但人们不能蔑弃扫荡人我的余泽和旧荫，而硬要去做别人的祖宗，无论如何，总是卑劣的事。有时，也或加暴力于所谓“他妈的”的生命上，但大概是乘机，而不是造运会，所以无论如何，也还是卑劣的事。

中国人至今还有无数“等”，还是依赖门第，还是倚仗祖宗。倘不改造，即永远有无声的或有声的“国骂”。就是“他妈的”，围绕在上下和四旁，而且这还须在太平的时候。

但偶尔也有例外的用法：或表惊异，或表感服。我曾在家乡看见乡农父子一同午饭，儿子指一碗菜向他父亲说：“这不坏，妈的你尝尝看!”那父亲回答道：“我不要吃。妈的你吃去罢!”则简直已经醇化为现在时行的“我的亲爱的”的意思了。

灯下漫笔

一

有一时，就是民国二三年时候，北京的几个国家银行的钞票，信用日见其好了，真所谓蒸蒸日上。听说连一向执迷于现银的乡下人，也知道这既便当，又可靠，很乐意收受，行使了。至于稍明事理的人，则不必是“特殊知识阶级”，也早不将沉重累坠的银元装在怀中，来自讨无谓的苦吃。想来，除了多少对于银子有特别嗜好和爱情的人物之外，所有的怕大都是钞票了罢，而且多是本国的。但可惜后来忽然受了一个不小的打击。

就是袁世凯想做皇帝的那一年，蔡松坡先生溜出北京，到云南去起义。这边所受的影响之一，是中国和交通银行的停止兑现。虽然停止兑现，政府勒令商民照旧行用的威力却还有的，商民也自有商民的老本领，不说不要，却道找不出零钱。假如拿几十几百的钞票去买东西，我不知道怎样，但倘使只要买一枝笔，一盒烟卷呢，难道就付给一元钞票么？不但不甘心，也没有这许多票。那么，换铜元，少换几个罢，又都说没有铜元。那么，到亲戚朋友那里借现钱去罢，怎么会有？于是降格以求，不讲爱国了，要外国银行的钞票。但外国银行的钞票这时就等于现银，他如果借给你这钞票，也就借给你真的银元了。

我还记得那时我怀中还有三四十元的中交票，可是忽而变了一个穷人，几乎要绝食，很有些恐慌。俄国革命以后的藏着纸卢布的富翁的心情，恐怕也就这样的罢；至多，不过更深更大罢了。我只得探听，钞票可能折价换到现银呢？说是没有行市。幸而终于，暗暗地有了行市了：六折几。我非常高兴，赶紧去卖了一半。后来又涨到七折了，我更非常高兴，全去换了现银，沉垫垫地坠在怀中，似乎这就是我的性命的斤两。倘在平时，钱铺子如果少给我一个铜元，我是决不答应的。

但我当一包现银塞在怀中，沉垫垫地觉得安心，喜欢的时候，却突然起了另一思想，就是：我们极容易变成奴隶，而且变了之后，还万分喜欢。

假如有一种暴力，“将人不当人”，不但不当人，还不及牛马，不算什么东西；待到人们羡慕牛马，发生“乱离人，不及太平犬”的叹息的时候，然后给与他略等于牛马的价格，有如元朝定律，打死别人的奴隶，赔一头牛，则人们便要心悦诚服，恭颂太平的盛世。为什么呢？因为他虽不算人，究竟已等于牛马了。

我们不必恭读《钦定二十四史》，或者入研究室，审察精神文明的高超。只要一翻孩子所读的《鉴略》，——还嫌烦重，则看《历代纪元编》，就知道“三千余年古国古”的中华，历来所闹的就不过是这一个小玩艺，但在新近编纂的所谓“历史教科书”一流东西里，却不大看得明白了，只仿佛说：咱们向来就很好的。

但实际上，中国人向来就没有争到过“人”的价格，至多不过是奴隶，到现在还如此，然而下于奴隶的时候，却是数见不鲜的。中国的百姓是中立的，战时连自已也不知道属于那一面，但又属于无论那一面。强盗来了，就属于官，当然该被杀掠；官兵既到，该是自家人了罢，但仍然要被杀掠，仿佛又属于强盗似的。这时候，百姓就希望有一个一定的主子，拿他们去做百姓，——不敢，是拿他们去做牛马，情愿自已寻草吃，只求他决定他们怎样跑。

假使真有谁能够替他们决定，定下什么奴隶规则来，自然就“皇恩浩荡”了。可惜的是往往暂时没有谁能定。举其大者，则如五胡十六国的时候，黄巢的时候，五代时候，宋末元末时候，除了老例的服役纳粮以外，都还要受意外的灾殃。张献忠的脾气更古怪了，不服役纳粮的要杀，服役纳粮的也要杀，敌他的要杀，降他的也要杀：将奴隶规则毁得粉碎。这时候，百姓就希望来一个另外的主子，较为顾及他们的奴隶规则的，无论仍旧，或者新颁，总之是有一种规则，使他们可上奴隶的轨道。

“时日曷丧，予及汝偕亡！”愤言而已，决心实行的不多见。实际上大概是群盗如麻，纷乱至极之后，就有一个较强，或较聪明，或较狡滑，或是外族的人物出来，较有秩序地收拾了天下。厘定规则：怎样服役，怎样纳粮，怎样磕头，怎样颂圣。而且这规则是不像现在那样朝三暮四的。于是便“万姓胪欢”了，用成语来说，就叫作“天下太平”。

任凭你爱排场的学者们怎样铺张，修史时候设些什么“汉族发祥时代”“汉族发达时代”“汉族中兴时代”的好题目，好意诚然是可感的，但措辞太绕湾子了。有更其直捷了当的说法在这里——

一，想做奴隶而不得的时代；

二，暂时做稳了奴隶的时代。

这一种循环，也就是“先儒”之所谓“一治一乱”；那些作乱人物，从后日的“臣民”看来，是给“主子”清道辟路的，所以说：“为圣天子驱除云尔。”

现在入了那一时代，我也不了然。但看国学家的崇奉国粹，文学家的赞叹固有文明，道学家的热心复古，可见于现状都已不满了。然而我们究竟正向着那一条路走呢？百姓是一遇到莫名其妙的战争，稍富的迁进租界。妇孺则避入教堂里去了，因为那些地方都比较的“稳”，暂不至于想做奴隶而不得。总而言之，复古的，避难的，无智愚贤不肖，似乎都已神往于三百年前的太平盛世，就是“暂时做稳了奴隶的时代”了。

但我们也就都像古人一样，永久满足于“古已有之”的时代么？都像复古家一样，不满于现在，就神往于三百年前的太平盛世么？

自然，也不满于现在的，但是，无须反顾，因为前面还有道路在。而创造这中国历史上未曾有过的第三样时代，则是现在的青年的使命！

二

但是赞颂中国固有文明的人们多起来了，加之以外国人。我常常想，凡有来到中国的，倘能疾首蹙额而憎恶中国，我敢诚意地捧献我的感谢，因为他一定是不愿意吃中国人的肉的！

鹤见祐辅氏在《北京的魅力》中，记一个白人将到中国，预定的暂住时候是一年，但五年之后，还在北京，而且不想回去了。有一天，他们两人一同吃晚饭——

在圆的桃花心木的食桌前坐定，川流不息地献着出海的珍味，谈话就从古董，画，政治这些开头。电灯上罩着支那式的灯罩，淡淡的光洋溢于古物罗列的屋子中。什么无产阶级呀，Proletariat 呀那些事，就像不过在什么地方刮风。

我一面陶醉在支那生活的空气中，一面深思着对于外人有着“魅力”的这东西。元人也曾征服支那，而被征服于汉人种的生活美了；满人也征服支那，而被征服于汉人种的生活美了。现在西洋人也一样，嘴里虽然说着 Democracy 呀，什么什么呀，而却被魅于支那人费六千年而建筑起来的生活的美。一经住过北京，就忘不掉那生活的味道。大风时候的万丈的沙尘，每三月一回的督军们的开战游戏，都不能抹去这支那生活的魅力。

这些话我现在还无力否认他。我们的古圣先贤既给与我们保古守旧的格言，但同时也排好了用子女玉帛所做的奉献于征服者的大宴。中国人的耐劳，中国人的多子，都就是办酒的材料，到现在还为我们的爱国者所自诩的。西洋人初入中国时，被称为蛮夷，自不免个个蹙额，但是，现在则时机已至，到了我们将曾经献于北魏，献于金，献于元，献于清的盛宴，来献给他们的时候了。出则汽车，行则保护：虽遇清道，然而通行自由的；虽或被劫，然而必得赔偿的；孙美瑶掳去他们站在军前，还使官兵不敢开火。何况在华屋中享用盛宴呢？待到享受盛宴的时候，自然也就是赞颂中国固有文明的时候；但是我们的有些乐观的爱国者，也许反而欣然色喜，以为他们将要开始被中国同化了罢。古人曾以女人作苟安的城堡，美其名以自欺曰“和亲”，今人还用子女玉帛为作奴的贽敬，又美其名曰“同化”。所以倘有外国的谁，到了已有赴宴的资格的现在，而还替我们诅咒中国的现状者，这才是真有良心的真可佩服的人！

但我们自己是早已布置妥帖了，有贵贱，有大小，有上下。自己被人凌虐，但也可以凌虐别人；自己被人吃，但也可以吃别人。一级一级的制驭着，不能动弹，也不想动弹了。因为倘一动弹，虽或有利，然而也有弊。我们且看古人的良法美意罢——

> 天有十日，人有十等。下所以事上，上所以共神也。故王臣公，公臣大夫，大夫臣士，士臣皁，皁臣舆，舆臣隶，隶臣僚，僚臣仆，仆臣台。（《左传》昭公七年）

但是“台”没有臣，不是太苦了么？无须担心的，有比他更卑的妻，更弱的子在。而且其子也很有希望，他日长大，升而为“台”，便又有更卑更弱的妻子，供他驱使了。如此连环，各得其所，有敢非议者，其罪名曰不安分！

虽然那是古事，昭公七年离现在也太辽远了，但“复古家”尽可不必悲观的。太平的景象还在：常有兵燹，常有水旱，可有谁听到大叫唤么？打的打，革的革，可有处士来横议么？对国民如何专横，向外人如何柔媚，不犹是差等的遗风么？中国固有的精神文明，其实并未为共和二字所埋没，只有满人已经退席，和先前稍不同。

因此我们在目前，还可以亲见各式各样的筵宴，有烧烤，有翅席，有便饭，有西餐。但茅檐下也有淡饭，路傍也有残羹，野上也有饿莩；有吃烧烤的身价不资的阔人，也有饿得垂死的每斤八文的孩子（见《现代评论》二十一期）。所谓中国的文明者，其实不过是安排给阔人享用的人肉的筵宴。所谓中国者，其实不过是安排这人肉的筵宴的厨房。不知道而赞颂者是可恕的，否则，此辈当得永远的诅咒！

外国人中，不知道而赞颂者，是可恕的；占了高位，养尊处优，因此受了蛊惑，昧却灵性而赞叹者，也还可恕的。可是还有两种，其一是以中国人为劣种，只配悉照原来模样，因而故意称赞中国的旧物。其一是愿世间人各不相同以增自己旅行的兴趣，到中国看辫子，到日本看木屐，到高丽看笠子，倘若服饰一样，便索然无味了，因而来反对亚洲的欧化。这些都可憎恶。至于罗素在西湖见轿夫含笑，便赞美中国人，则也许别有意思罢。但是，轿夫如果能对坐轿的人不含笑，中国也早不是现在似的中国了。

这文明，不但使外国人陶醉，也早使中国一切人们无不陶醉而且至于含笑。因为古代传来而至今还在的许多差别，使人们各各分离，遂不能再感到别人的痛苦；并且因为自己各有奴使别人，吃掉别人的希望，便也就忘却自己同有被奴使被吃掉的将来。于是大小无数的人肉的筵宴，即从有文明以来一直排到现在，人们就在这会场中吃人，被吃，以凶人的愚妄的欢呼，将悲惨的弱者的呼号遮掩，更不消说女人和小儿。

这人肉的筵宴现在还排着，有许多人还想一直排下去。扫荡这些食人者，掀掉这筵席，毁坏这厨房，则是现在的青年的使命！

所谓“国学”

现在暴发的“国学家”之所谓“国学”是什么？

一是商人遗老们翻印了几十部旧书赚钱，二是洋场上的文豪又做了几篇鸳鸯蝴蝶体小说出版。

商人遗老们的印书是书籍的古董化，其置重不在书籍而在古董。遗老有钱，或者也不过聊以自娱罢了，而商人便大吹大擂的借此获利。还有茶商盐贩，本来是不齿于“士类”的，现在也趁着新旧纷扰的时候，借刻书为名，想挨进遗老遗少的“士林”里去。他们所刻的书都无民国年月，辨不出是元版是清版，都是古董性质，至少每本两三元，绵连，锦帙，古色古香，学生们是买不起的。这就是他们之所谓“国学”。

然而巧妙的商人可也决不肯放过学生们的钱的，便用坏纸恶墨别印什么“菁华”什么“大全”之类来搜括。定价并不大，但和纸墨一比较却是大价了。至于这些“国学”书的校勘，新学家不行，当然是出于上海的所谓“国学家”的了，然而错字迭出，破句连篇（用的并不是新式圈点），简直是拿少年来开玩笑。这是他们之所谓“国学”。

洋场上的往古所谓文豪，“卿卿我我”“蝴蝶鸳鸯”诚然做过一小堆，可是自有洋场以来，从没有人称这些文章（？）为国学，他们自己也并不以“国学家”自命的。现在不知何以，忽而奇想天开，也学了盐贩茶商，要凭空挨进“国学家”队里去了。然而事实很可惨，他们之所谓国学，是“拆白之事各处皆有而以上海一隅为最甚（中略）余于课余之暇不惜浪费笔墨编纂事实作一篇小说以饷阅者想亦阅者所乐闻也”。（原本每句都密圈，今从略，以省排工，阅者谅之。）

“国学”乃如此而已乎？

试去翻一翻历史里的儒林和文苑传罢，可有一个将旧书当古董的鸿儒，可有一个以拆白饷阅者的文士？

倘说，从今年起，这些就是“国学”，那又是“新”例了。你们不是讲“国学”的么？

无花的蔷薇

一

又是 Schopenhauer 先生的话——

"无刺的蔷薇是没有的。——然而没有蔷薇的刺却很多。"题目改变了一点，较为好看了。

"无花的蔷薇"也还是爱好看。

二

去年，不知怎的这位勗本华尔先生忽然合于我们国度里的绅士们的脾胃了，便拉扯了他的一点《女人论》；我也就夹七夹八地来称引了好几回，可惜都是刺，失了蔷薇，实在大煞风景，对不起绅士们。

记得幼小时候看过一出戏，名目忘却了，一家正在结婚，而勾魂的无常鬼已到，夹在婚仪中间，一同拜堂，一同进房，一同坐床……实在大煞风景，我希望我还不至于这样。

三

有人说我是“放冷箭者”。

我对于“放冷箭”的解释，颇有些和他们一流不同，是说有人受伤，而不知这箭从什么地方射出。所谓“流言”者，庶几近之。但是我，却明明站在这里。

但是我，有时虽射而不说明靶子是谁，这是因为初无“与众共弃”之心，只要该靶子独自知道，知道有了洞，再不要面皮鼓得急绷绷，我的事就完了。

四

蔡孑民先生一到上海，《晨报》就据国闻社电报郑重地发表他的谈话，而且加以按语，以为“当为历年潜心研究与冷眼观察之结果，大足诏示国人，且为知识阶级所注意也。”

我很疑心那是胡适之先生的谈话，国闻社的电码有些错误了。

五

预言者，即先觉，每为故国所不容，也每受同时人的迫害，大人物也时常这样。他要得人们的恭维赞叹时，必须死掉，或者沉默，或者不在面前。

总而言之，第一要难于质证。

如果孔丘，释迦，耶稣基督还活着，那些教徒难免要恐慌。对于他们的行为，真不知道教主先生要怎样慨叹。

所以，如果活着，只得迫害他。

待到伟大的人物成为化石，人们都称他伟人时，他已经变了傀儡了。

有一流人之所谓伟大与渺小，是指他可给自己利用的效果的大小而言。

六

法国罗曼罗兰先生今年满六十岁了。晨报社为此征文，徐志摩先生于介绍之余，发感慨道："……但如其有人拿一些时行的口号，什么打倒帝国主义等等，或是分裂与猜忌的现象，去报告罗兰先生说这是新中国，我再也不能预料他的感想了。"(《晨副》一二九九)

他住得远，我们一时无从质证，莫非从"诗哲"的眼光看来，罗兰先生的意思，是以为新中国应该欢迎帝国主义的么？

"诗哲"又到西湖看梅花去了，一时也无从质证。不知孤山的古梅，著花也未，可也在那里反对中国人"打倒帝国主义"？

七

志摩先生曰："我很少夸奖人的。但西滢就他学法郎士的文章说，我敢说，已经当得起一句天津话：‘有根’了。”而且“像西滢这样，在我看来，才当得起‘学者’的名词。”（《晨副》一四二三）

西滢教授曰：“中国的新文学运动，方在萌芽，可是稍有贡献的人，如胡适之，徐志摩，郭沫若，郁达夫，丁西林，周氏兄弟等等都是曾经研究过他国文学的人。尤其是志摩他非但在思想方面，就是在体制方面，他的诗及散文，都已经有一种中国文学里从来不曾有过的风格。”（《现代》六三）

虽然抄得麻烦，但中国现今“有根”的“学者”和“尤其”的思想家及文人，总算已经互相选出了。

八

志摩先生曰：“鲁迅先生的作品，说来大不敬得很，我拜读过很少，就只《呐喊》集里两三篇小说，以及新近因为有人尊他是中国的尼采他的《热风》集里的几页。他平常零星的东西，我即使看也等于白看，没有看进去或是没有看懂。”（《晨副》一四三三）

西滢教授曰：“鲁迅先生一下笔就构陷人家的罪状。……可是他的文章，我看过了就放进了应该去的地方——说句体己话，我觉得它们就不应该从那里出来——手边却没有。”（同上）

虽然抄得麻烦，但我总算已经被中国现在“有根”的“学者”和“尤其”的思想家及文人协力踏倒了。

九

但我愿奉还“曾经研究过他国文学”的荣名。“周氏兄弟”之一，一定又是我了。我何尝研究过什么呢，做学生时候看几本外国小说和文人传记，就能算“研究过他国文学”么？

该教授——恕我打一句“官话”——说过，我笑别人称他们为“文士”，而不笑“某报天天鼓吹”我是“思想界的权威者”。现在不了，不但笑，简直唾弃它。

十

其实呢，被毁则报，被誉则默，正是人情之常。谁能说人的左颊既受爱人接吻而不作一声，就得援此为例，必须默默地将右颊给仇人咬一口呢？

我这回的竟不要那些西滢教授所颁赏陪衬的荣名，“说句体己话”罢，实在是不得已。我的同乡不是有“刑名师爷”的么？他们都知道，有些东西，为要显示他伤害你的时候的公正，在不相干的地方就称赞你几句，似乎有赏有罚，使别人看去，很像无私……。

“带住！”又要“构陷人家的罪状”了。只是这一点，就已经够使人“即使看也等于白看”，或者“看过了就放进了应该去的地方”了。

论辩的魂灵

二十年前到黑市，买得一张符，名叫“鬼画符”。虽然不过一团糟，但贴在壁上看起来，却随时显示出各样的文字，是处世的宝训，立身的金针。今年又到黑市去，又买得一张符，也是“鬼画符”。但贴了起来看，也还是那一张，并不见什么增补和修改。今夜看出来的大题目是“论辩的魂灵”；细注道：“祖传老年中年青年‘逻辑’扶乩灭洋必胜妙法太上老君急急如律令敕”。今仅摘录数条，以公同好——

“洋奴会说洋话。你主张读洋书，就是洋奴，人格破产了！受人格破产的洋奴崇拜的洋书，其价值从可知矣！但我读洋文史学校的课程，是政府的功令，反对者，即反对政府也。无父无君之无政府党，人人得而诛之。”

“你说中国不好。你是外国人么？为什么不到外国去？可惜外国人看你不起……。”

“你说甲生疮。甲是中国人，你就是说中国人生疮了。既然中国人生疮，你是中国人，就是你也生疮了。你既然也生疮，你就和甲一样。而你只说甲生疮，则竟无自知之明，你的话还有什么价值？倘你没有生疮，是说诳也。卖国贼是说诳的，所以你就是卖国贼。我妈卖国贼，所以我是爱国者。爱国者的话是最有价值的，所以我的话是不错的，我的话既然不错，你就是卖国贼无疑了！”

“自由结婚未免太过激了。其实。我也非老顽固，中国提倡女学的还是我第一个。但他们却太趋极端了，太趋极端，即有亡国之祸，所以气得我偏要说‘男女授受不亲’。况且，凡事不可过激；过激派都主张共妻主意的。乙赞成自由结婚，不就是主张共妻主意吗？他既然主张共妻主意，就应该先将他的妻拿出来给我们‘共’。”

“丙讲革命是为的要图利：不为图利，为什么要讲革命？我亲眼看见他三千七百九十一箱半的现金抬进门。你说不然，反对我么？那么，你就是他的同党。呜呼，党同伐异之风，于今为烈，提倡欧化者不得辞其咎矣！”

“丁牺牲了性命，乃是闹得一塌糊涂，活不下去了的缘故。现在妄称志士，诸君切勿为其所愚。况且，中国不是更坏了么？”

“戊能算什么英雄呢？听说，一声爆竹，他也会吃惊。还怕爆竹，能听枪炮声么？怕听枪炮声，打起仗来不要逃跑么？打起仗来就逃跑的反称英雄，所以中国糟透了。”

“你自以为是‘人’，我却以为非也。我是畜类，现在我就叫你爹爹。你既然是畜类的爹爹，当然也就是畜类了。”

“勿用惊叹符号，这是足以亡国的。但我所用的几个在例外。

中庸太太提起笔来，取精神文明精髓，作明哲保身大吉大利格言二句云：

中学为体西学用，

不薄今人爱古人。”

“碰壁”之后

我平日常常对我的年青的同学们说：古人所谓“穷愁著书”的话，是不大可靠的。穷到透顶，愁得要死的人，那里还有这许多闲情逸致来著书？我们从来没有见过候补的饿殍在沟壑边吟哦；鞭扑底下的囚徒所发出来的不过是直声的叫喊，决不会用一篇妃红俪白的骈体文来诉痛苦的。所以待到磨墨吮笔，说什么“履穿踵决”时，脚上也许早经是丝袜；高吟“饥来驱我去……”的陶征士，其时或者偏已很有些酒意了。正当苦痛，即说不出苦痛来，佛说极苦地狱中的鬼魂，也反而并无叫唤！

华夏大概并非地狱，然而“境由心造”，我眼前总充塞着重迭的黑云，其中有故鬼，新鬼，游魂，牛首阿旁，畜生，化生，大叫唤，无叫唤，使我不堪闻见。我装作无所闻见模样，以图欺骗自己，总算已从地狱中出离。

打门声一响，我又回到现实世界了。又是学校的事。我为什么要做教员?！想着走着，出去开门，果然，信封上首先就看见通红的一行字：国立北京女子师范大学。

我本就怕这学校，因为一进门就觉得阴惨惨，不知其所以然，但也常常疑心是自己的错觉。后来看到杨荫榆校长《致全体学生公启》里的“须知学校犹家庭，为尊长者断无不爱家属之理，为幼稚者亦当体贴尊长之心”的话，就恍然了，原来我虽然在学校教书，也等于在杨家坐馆，而这阴惨惨的气味，便是从“冷板凳”里出来的。可是我有一种毛病，自已也疑心是自讨苦吃的根苗，就是偶尔要想想。所以恍然之后，即又有疑问发生：这家族人员——校长和学生——的关系是怎样的，母女，还是婆媳呢?

想而又想，结果毫无。幸而这位校长宣言多，竟在她《对于暴烈学生之感言》里获得正确的解答了。曰，“与此曹子勃豀相向”，则其为婆婆无疑也。

现在我可以大胆地用“妇姑勃豀”这句古典了。但婆媳吵架，与西宾又何干呢？因为究竟是学校，所以总还是时常有信来，或是婆婆的，或是媳妇的。我的神经又不强，一闻打门而悔做教员者以此，而且也确有可悔的理由。

这一年她们的家务简直没有完，媳妇儿们不佩服婆婆做校长了，婆婆可是不歇手。这是她的家庭，怎么肯放手呢?

无足怪的。而且不但不放，还趁“五七”之际，在什么饭店请人吃饭之后，开除了六个学生自治会的职员，并且发表了那“须知学校犹家庭”的名论。

这回抽出信纸来一看，是媳妇儿们的自治会所发的，略谓：

旬余以来，校务停顿，百费待兴，若长此迁延，不特虚掷数百青年光阴，校务前途，亦岌岌不可终日。……

底下是请教员开一个会，出来维持的意思的话，订定的时间是当日下午四点钟。

“去看一看罢。”我想。

这也是我的一种毛病，自己也疑心是自讨苦吃的根苗；明知道无论什么事，在中国是万不可轻易去“看一看”的，然而终于改不掉，所以谓之“病”。但是，究竟也颇熟于世故了，我想后，又立刻决定，四点太早，到了一定没有人，四点半去罢。

四点半进了阴惨惨的校门，又走进教员休息室。出乎意料之外！除一个打盹似的校役以外，已有两位教员坐着了。一位是见过几面的；一位不认识，似乎说是姓汪，或姓王，我不大听明白，——其实也无须。

我也和他们在一处坐下了。

“先生的意思以为这事情怎样呢？”这不识教员在招呼之

后，看住了我的眼睛问。

“这可以由各方面说……。你问的是我个人的意见么？我个人的意见，是反对杨先生的办法的……。”

糟了！我的话没有说完，他便将他那灵便小巧的头向旁边一摇，表示不屑听完的态度。但这自然是我的主观；在他，或者也许本有将头摇来摇去的毛病的。

“就是开除学生的罚太严了。否则，就很容易解决……。”

我还要继续说下去。

“嗡嗡。”他不耐烦似的点头。

我就默然，点起火来吸烟卷。

“最好是给这事情冷一冷……。”不知怎的他又开始发表他的“冷一冷”学说了。

“嗡嗡。瞧着看罢。”这回是我不耐烦似的点头，但终于多说了一句话。

我点头讫，瞥见坐前有一张印刷品，一看之后，毛骨便悚然起来。文略谓：

……第用学生自治会名义，指挥讲师职员，召集校务维持讨论会，……本校素遵部章，无此学制，亦无此办法，根本上不能成立。……而自闹潮以来……不能不筹正当方法，又有其他校务进行，亦待大会议决，兹定于（月之二十一日）下午七时，由校特请全体主任专任教员评议会会员在太

平湖饭店开校务紧急会议，解决种种重要问题。务恳大驾莅临，无任盼祷！

署名就是我所视为畏途的"国立北京女子师范大学"，但下面还有一个"启"字。我这时才知道我不该来，也无须"莅临"太平湖饭店，因为我不过是一个"兼任教员"。然而校长为什么不制止学生开会，又不预先否认，却要叫我到了学校来看这"启"的呢？我愤然地要质问了，举目四顾，两个教员，一个校役，四面砖墙带着门和窗门，而并没有半个负有答复的责任的生物。"国立北京女子师范学校"虽然能"启"，然而是不能答的。只有默默地阴森地四周的墙壁将人包围，现出险恶的颜色。

我感到苦痛了，但没有悟出它的原因。

可是两个学生来请开会了；婆婆终于没有露面。我们就走进会场去，这时连我已经有五个人；后来陆续又到了七八人。于是乎开会。

"为幼稚者"仿佛不大能够"体贴尊长之心"似的，很诉了许多苦。然而我们有什么权利来干预"家庭"里的事呢？而况太平湖饭店里又要"解决种种重要问题"了！但是我也说明了几句我所以来校的理由，并要求学校当局今天缩头缩脑办法的解答。然而，举目四顾，只有媳妇儿们和西宾，砖墙带着门和窗门，而并没有半个负有答复的责任的生物！

我感到苦痛了，但没有悟出它的原因。

这时我所不识的教员和学生在谈话了；我也不很细听。但在他的话里听到一句“你们做事不要碰壁”，在学生的话里听到一句“杨先生就是壁”，于我就仿佛见了一道光，立刻知道我的痛苦的原因了。

碰壁，碰壁！我碰了杨家的壁了！

其时看看学生们，就像一群童养媳……。

这一种会议是照例没有结果的，几个自以为大胆的人物对于婆婆稍加微辞之后，即大家走散。我回家坐在自己的窗下的时候，天色已近黄昏，而阴惨惨的颜色却渐渐地退去，回忆到碰壁的学说，居然微笑起来了。

中国各处是壁，然而无形，像“鬼打墙”一般，使你随时能“碰”。能打这墙的，能碰而不感到痛苦的，是胜利者。——但是，此刻太平湖饭店之宴已近阑珊，大家都已经吃到冰其淋，在那里“冷一冷”了罢……。

我于是仿佛看见雪白的桌布已经沾了许多酱油渍，男男女女围着桌子都吃冰其淋，而许多媳妇儿，就如中国历来的大多数媳妇儿在苦节的婆婆脚下似的，都决定了暗淡的运命。

我吸了两支烟，眼前也光明起来，幻出饭店里电灯的光彩，看见教育家在杯酒间谋害学生，看见杀人者于微笑后屠戮百姓，看见死尸在粪土中舞蹈，看见污秽洒满了风籁琴，我想取作画图，竟不能画成一线。我为什么要做教员，连自己也侮蔑自己起来。但是织芳来访我了。

我们闲谈之间，他也忽而发感慨——

“中国什么都黑暗，谁也不行，但没有事的时候是看不出来的。教员咧，学生咧，烘烘烘，烘烘烘，真像一个学校，一有事故，教员也不见了，学生也慢慢躲开了；结局只剩下几个傻子给大家做牺牲，算是收束。多少天之后，又是这样的学校，躲开的也出来了，不见的也露脸了，‘地球是圆的’咧，‘苍蝇是传染病的媒介’咧，又是学生咧，教员咧，烘烘烘……。”

从不像我似的常常“碰壁”的青年学生的眼睛看来，中国也就如此之黑暗么？然而他们仅有微弱的呻吟，然而一呻吟就被杀戮了！

“碰壁”之余

女师大事件在北京似乎竟颇算一个问题，号称“大报”如所谓《现代评论》者，居然也“评论”了好几次。据我所记得的，是先有“一个女读者”的一封信，无名小卒，不在话下。此后是两个作者的“评论”了：陈西滢先生在《闲话》之间评为“臭毛厕”，李仲揆先生的《在女师大观剧的经验》里则比作戏场。我很吃惊于同是人，而眼光竟有这么不同；但究竟同是人，所以意见也不无符合之点：都不将学校看作是学校。这一点，也可以包括杨荫榆女士的“学校犹家庭”和段祺瑞执政的“先父兄之教”。

陈西滢先生是“久已夫非一日矣”的《闲话》作家，那大名我在报纸的广告上早经看熟了，然而大概还是一位高人，所以遇有不合自意的，便一气呵成屎橛，而世界上蛆虫也委实大多。至于李仲揆先生其人也者，我在《女师风潮纪事》上才识大名，是八月一日拥杨荫榆女士攻入学校的三勇士之一；到现在，却又知道他还是一位达人了，庸人以为学潮的，到他眼睛里就等于“观剧”：这是何等逍遥自在。

据文章上说，这位李仲揆先生是和杨女士“不过见面两次”，但却被用电话邀去看“名振一时的文明新戏”去了，幸而李先生自有脚踏车，否则，还要用汽车来迎接哩。我真自恨福薄，一直活到现在，寿命已不可谓不长，而从没有遇见过一个不大认识的女士来邀“观剧”；对于女师大的事说了几句后，尚且因为不过是教一两点功课的讲师，“碰壁之后”，还很恭听了些高仁山先生在《晨报》上所发表的伟论。真的，世界上实在又有各式各样的运气，各式各样的嘴，各式各样的眼睛。

接着又是西滢先生的《闲话》：“现在一部分报纸的篇幅，几乎全让女师风潮占去了。现在大部分爱国运动的青年的时间，也几乎全让女师风潮占去了。……女师风潮实在是了不起的大事情，实在有了不得的大意义。”临末还有颇为俏皮的结论道：“外国人说，中国人是重男轻女的。我看不见得吧。”

我看也未必一定“见得”。正如人们有各式各样的眼睛一样，也有各式各样的心思，手段。便是外国人的尊重一切女性的事，倘使好讲冷话的人说起来，也许以为意在一个女性。然而侮蔑若干女性的事，有时也就可以说意在一个女性。偏执的弗罗特先生宣传了“精神分析”之后，许多正人君子的外套的都被撕碎了。但撕下了正人君子的外套也不一定就是“小人”，只要并非自以为还钻在外套里的不显本相的脚色。

我看也未必一定“见得”。中国人是“圣之时者也”教徒，况且活在二十世纪了，有华道理，有洋道理，轻重当然是都随意而无不合于道的：重男轻女也行，重女轻男也行，为了一个女性而重一切女性或轻若干女性也行，为了一个男人而轻若干女性或男性也行……。所可惜的是自从西滢先生看出底细之后，除了哑吧或半阴阳，就都坠入弗罗特先生所掘的陷坑里去了。

自己坠下去的是自作自受，可恨者乃是还要带累超然似的局外人。例如女师大——对不起，又是女师大——风潮，从有些眼睛看来，原是不值得提起的，但因为竟占去了许多可贵的东西，如“报纸的篇幅”“青年的时间”之类，所以，连《现代评论》的“篇幅”和西滢先生的时间也被拖累着占去一点了，而尤其罪大恶极的是触犯了什么“重男轻女”重女轻男这些大秘密。倘不是西滢先生首先想到，提出，大概是要被含胡过去了的。

我看，奥国的学者实在有些偏激，弗罗特就是其一，他的分析精神，竟一律看待，不让谁站在超人间的上帝的地位上。还有那短命的 Otto Weininger，他的痛骂女人，不但不管她是校长，学生，同乡，亲威，爱人，自己的太太，太太的同乡，简直连自己的妈都骂在内。这实在和弗罗特说一样，都使人难于利用。不知道咱们的教授或学者们，可有方法补救没有？但是，我要先报告一个好消息：Weininger早用手枪自杀了。这已经有刘百昭率领打手痛打女师大——对不起，又是女师大——的“毛丫头”一般“痛快”，他的话也就大可置之不理了罢。

还有一个好消息。“毛丫头”打出之后，张崧年先生引“罗素之所信”道，“因世人之愚，许多问题或终于不免只有武力可以解决也！”（《京副》二五〇号）又据杨荫榆女士，章士钊总长者流之所说，则捣乱的“毛丫头”是极少数，可见中国的聪明人还多着哩，这是大可以乐观的。

忽而想谈谈我自己的事了。

我今年已经有两次被封为“学者”，而发表之后，也就即刻取消。第一次是我主张中国的青年应当多看外国书，少看，或者竟不看中国书的时候，便有论客以为素称学者的鲁迅不该如此，而现在竟至如此，则不但决非学者，而且还有洋奴的嫌疑。第二次就是这回佥事免职之后，我在《莽原》上发表了答KS君信，论及章士钊的脚色和文章的时候，又有论客以为因失了“区区佥事”而反对章士钊，确是气量狭小，没有“学者的态度”；而且，岂但没有了“学者的态度”而已哉，还有“人格卑污”的嫌疑云。

其实，没有“学者的态度”，那就不是学者喽，而有些人偏要硬派我做学者，至于何时封赠，何时考定，却连我自己也一点不知道。待到他们在报上说出我是学者，我自己也借此知道了原来我是学者的时候，则已经同时发表了我的罪状，接着就将这体面名称革掉了，虽然总该还要恢复，以便第三次的借口。

据我想来，佥事——文士诗人往往误作签事，今据官书正定——这一个官儿倒也并不算怎样“区区”，只要看我免职之后，就颇有些人在那里钻谋补缺，便是一个老大的证据。至于又有些人以为无足重轻者，大约自己现在还不过做几句“说不出”的诗文，所以不知不觉地就来“慷他人之慨”了罢，因为人的将来是想不到的。然而，惭愧我还不是“臣罪当诛兮天王圣明”式的理想奴才，所以竟不能“尽如人意”，已经在平政院对章士钊提起诉讼了。

提起诉讼之后，我只在答 KS 君信里论及一回章士钊，但听说已经要“人格卑污”了。然而别一论客却道是并不大骂，所以鲁迅究竟不足取。我所经验的事委实有点希奇，每有“碰壁”一类的事故，平时回护我的大抵愿我设法应付，甚至于暂图苟全。平时憎恶我的却总希望我做一个完人，即使敌人用了卑劣的流言和阴谋，也应该正襟危坐，毫无愤怨，默默地吃苦；或则戟指嚼舌，喷血而亡。为什么呢？自然是专为顾全我的人格起见喽。

够了，我其实又何尝“碰壁”，至多也不过遇见了“鬼打墙”罢了。

这个与那个

一　读经与读史

一个阔人说要读经，嗡的一阵一群狭人也说要读经。岂但“读”而已矣哉，据说还可以“救国”哩。“学而时习之，不亦说乎?”那也许是确凿的罢，然而甲午战败了，——为什么独独要说“甲午”呢，是因为其时还在开学校，废读经以前。

我以为伏案还未功深的朋友，现在正不必埋头来哼线装书。倘其咿唔日久，对于旧书有些上瘾了，那么，倒不如去读史，尤其是宋朝明朝史，而且尤须是野史；或者看杂说。

现在中西的学者们，几乎一听到“钦定四库全书”这名目就魂不附体，膝弯总要软下来似的。其实呢，书的原式是改变了，错字是加添了，甚至于连文章都删改了，最便当的是《琳琅秘室丛书》中的两种《茅亭客话》，一是宋本，一是四库本，一比较就知道。“官修”而加以“钦定”的正史也一样，不但本纪咧，列传咧，要摆“史架子”；里面也不敢说什么。据说，字里行间是也含着什么褒贬的，但谁有这么多的心眼儿来猜闷葫芦。至今还道“将平生事迹宣付国史馆立传”，还是算了罢。

野史和杂说自然也免不了有讹传，挟恩怨，但看往事却可以较分明，因为它究竟不像正史那样地装腔作势。看宋事，《三朝北盟汇编》已经变成古董，太贵了，新排印的《宋人说部丛书》却还便宜。明事呢，《野获编》原也好，但也化为古董了，每部数十元；易于入手的是《明季南北略》，《明季稗史汇编》，以及新近集印的《痛史》。

史书本来是过去的陈帐簿，和急进的猛士不相干。但先前说过，倘若还不能忘情于咿唔，倒也可以翻翻，知道我们现在的情形，和那时的何其神似，而现在的昏妄举动，胡涂思想，那时也早已有过，并且都闹糟了。

试到中央公园去，大概总可以遇见祖母带着她孙女儿在玩的。这位祖母的模样，就预示着那娃儿的将来。所以倘有谁要预知令夫人后日的丰姿，也只要看丈母。不同是当然要有些不同的，但总归相去不远。我们查帐的用处就在此。

但我并不说古来如此，现在遂无可为，劝人们对于“过去”生敬畏心，以为它已经铸定了我们的运命。Le Bon 先生说，死人之力比生人大，诚然也有一理的，然而人类究竟进化着。又据章士钊总长说，则美国的什么地方已在禁讲进化论了，这实在是吓死我也，然而禁只管禁，进却总要进的。

总之：读史，就愈可以觉悟中国改革之不可缓了。虽是国民性，要改革也得改革，否则，杂史杂说上所写的就是前车。一改革，就无须怕孙女儿总要像点祖母那些事，譬如祖母的脚是三角形，步履维艰的，小姑娘的却是天足，能飞跑；丈母老太太出过天花，脸上有些缺点的，令夫人却种的是牛痘，所以细皮白肉：这也就大差其远了。

二　捧与挖

中国的人们，遇见带有会使自己不安的朕兆的人物，向来就用两样法：将他压下去，或者将他捧起来。

压下去就用旧习惯和旧道德，或者凭官力，所以孤独的精神的战士，虽然为民众战斗，却往往反为这“所为”而灭亡。到这样，他们这才安心了。压不下时，则于是乎捧，以为抬之使高，餍之使足，便可以于己稍稍无害，得以安心。

伶俐的人们，自然也有谋利而捧的，如捧阔老，捧戏子，捧总长之类；但在一般粗人，——就是未尝“读经”的，则凡有捧的行为的“动机”，大概是不过想免害。即以所奉祀的神道而论，也大抵是凶恶的，火神瘟神不待言，连财神也是蛇呀刺蝟呀似的骇人的畜类；观音菩萨倒还可爱，然而那是从印度输入的，并非我们的“国粹”。要而言之：凡有被捧者，十之九不是好东西。

既然十之九不是好东西，则被捧而后，那结果便自然和捧者的希望适得其反了。不但能使不安，还能使他们很不安，因为人心本来不易餍足。然而人们终于至今没有悟，还以捧为苟安之一道。

记得有一部讲笑话的书，名目忘记了，也许是《笑林广记》罢，说，当一个知县的寿辰，因为他是子年生，属鼠的，属员们便集资铸了一个金老鼠去作贺礼。知县收受之后，另寻了机会对大众说道：明年又恰巧是贱内的整寿；她比我小一岁，是属牛的。其实，如果大家先不送金老鼠，他决不敢想金牛。一送开手，可就难于收拾了，无论金牛无力致送，即使送了，怕他的姨太太也会属象。象不在十二生肖之内，似乎不近情理罢，但这是我替他设想的法子罢了，知县当然别有我们所莫测高深的妙法在。

民元革命时候，我在 S 城，来了一个都督。他虽然也出身绿林大学，未尝“读经”（?），但倒是还算顾大局，听舆论的，可是自绅士以至于庶民，又用了祖传的捧法群起而捧之了。这个拜会，那个恭维，今天送衣料，明天送翅席，捧得他连自己也忘其所以，结果是渐渐变成老官僚一样，动手刮地皮。

最奇怪的是北几省的河道，竟捧得河身比屋顶高得多了。

当初自然是防其溃决，所以壅上一点土；殊不料愈壅愈高，一旦溃决，那祸害就更大。于是就“抢堤”咧，“护堤”咧，“严防决堤”咧，花色繁多，大家吃苦。如果当初见河水泛滥，不去增堤，却去挖底，我以为决不至于这样。

有贪图金牛者，不但金老鼠，便是死老鼠也不给。那么，此辈也就连生日都未必做了。单是省却拜寿，已经是一件大快事。

中国人的自讨苦吃的根苗在于捧，“自求多福”之道却在于挖。其实，劳力之量是差不多的，但从惰性太多的人们看来，却以为还是捧省力。

三　最先与最后

《韩非子》说赛马的妙法，在于“不为最先，不耻最后”。

这虽是从我们这样外行的人看起来，也觉得很有理。因为假若一开首便拼命奔驰，则马力易竭。但那第一句是只适用于赛马的，不幸中国人却奉为人的处世金针了。

中国人不但“不为戎首”，“不为祸始”，甚至于“不为福先”。所以凡事都不容易有改革；前驱和闯将，大抵是谁也怕得做。然而人性岂真能如道家所说的那样恬淡；欲得的却多。既然不敢径取，就只好用阴谋和手段。以此，人们也就日见其卑怯了，既是“不为最先”，自然也不敢“不耻最后”，所以虽是一大堆群众，略见危机，便“纷纷作鸟兽散”

了。如果偶有几个不肯退转，因而受害的，公论家便异口同声，称之曰傻子。对于“锲而不舍”的人们也一样。

我有时也偶尔去看看学校的运动会。这种竞争，本来不像两敌国的开战，挟有仇隙的，然而也会因了竞争而骂，或者竟打起来。但这些事又作别论。竞走的时候，大抵是最快的三四个人一到决胜点。其余的便松懈了，有几个还至于失了跑完豫定的圈数的勇气，中途挤入看客的群集中；或者佯为跌倒，使红十字队用担架将他抬走。假若偶有虽然落后，却尽跑，尽跑的人，大家就嗤笑他。大概是因为他太不聪明，“不耻最后”的缘故罢。

所以中国一向就少有失败的英雄，少有韧性的反抗，少有敢单身鏖战的武人，少有敢抚哭叛徒的吊客；见胜兆则纷纷聚集，见败兆则纷纷逃亡。战具比我们精利的欧美人，战具未必比我们精利的匈奴蒙古满洲人，都如入无人之境。“土崩瓦解”这四个字，真是形容得有自知之明。

多有“不耻最后”的人的民族，无论什么事，怕总不会一下子就“土崩瓦解”的，我每看运动会时，常常这样想：优胜者固然可敬，但那虽然落后而仍非跑至终点不止的竞技者，和见了这样竞技者而肃然不笑的看客，乃正是中国将来的脊梁。

四　流产与断种

近来对于青年的创作，忽然降下一个“流产”的恶谥，哄然应和的就有一大群。我现在相信，发明这话的是没有什么恶意的，不过偶尔说一说；应和的也是情有可原的，因为世事本来大概就这样。

我独不解中国人何以于旧状况那么心平气和，于较新的机运就这么疾首蹙额；于已成之局那么委曲求全，于初兴之事就这么求全责备？

智识高超而眼光远大的先生们开导我们：生下来的倘不是圣贤，豪杰，天才，就不要生；写出来的倘不是不朽之作，就不要写；改革的事倘不是一下子就变成极乐世界，或者，至少能给我（！）有更多的好处，就万万不要动！……

那么，他是保守派么？据说，并不然的。他正是革命家。惟独他有公平，正当，稳健，圆满，平和，毫无流弊的改革法；现下正在研究室里研究着哩，——只是还没有研究好。

什么时候研究好呢？答曰：没有准儿。

孩子初学步的第一步，在成人看来，的确是幼稚，危险，不成样子，或者简直是可笑的。但无论怎样的愚妇人，却总以恳切的希望的心，看他跨出这第一步去，决不会因为他的走法幼稚，怕要阻碍阔人的路线而“逼死”他；也决不至于将他禁在床上，使他躺着研究到能够飞跑时再下地。因为她知道：假如这么办，即使长到一百岁也还是不会走路的。

古来就这样，所谓读书人，对于后起者却反而专用彰明较著的或改头换面的禁锢。近来自然客气些，有谁出来，大抵会遇见学士文人们挡驾：且住，请坐。接着是谈道理了：调查，研究，推敲，修养，……结果是老死在原地方。否则，便得到“捣乱”的称号。我也曾有如现在的青年一样，向已死和未死的导师们问过应走的路。他们都说：不可向东，或西，或南，或北。但不说应该向东，或西，或南，或北。我终于发见他们心底里的蕴蓄了：不过是一个“不走”而已。

坐着而等待平安，等待前进，倘能，那自然是很好的，但可虑的是老死而所等待的却终于不至；不生育，不流产而等待一个英伟的宁馨儿，那自然也很可喜的，但可虑的是终于什么也没有。

倘以为与其所得的不是出类拔萃的婴儿，不如断种，那就无话可说。但如果我们永远要听见人类的足音，则我以为流产究竟比不生产还有望，因为这已经明明白白地证明着能够生产的了。

“公理”的把戏

自从去年春间，北京女子师范大学有了反对校长杨荫榆事件以来，于是而有该校长在太平湖饭店请客之后，任意将学生自治会员六人除名的事；有引警察及打手蜂拥入校的事；迨教育总长章士钊复出，遂有非法解散学校的事；有司长刘百昭雇用流氓女丐殴曳学生出校，禁之补习所空屋中的事；有手忙脚乱，急挂女子大学招牌以掩天下耳目的事；有胡敦复之趁火打劫，攫取女大校长饭碗，助章士钊欺罔世人的事。女师大的许多教职员，——我敢特地声明：并不是全体！——本极以章杨的措置为非，复痛学生之无辜受戮，无端失学，而校务维持会之组织，遂愈加严固。我先是该校的一个讲师，于黑暗残虐情形，多曾目睹；后是该会的一个委员，待到女师大在宗帽胡同自赁校舍，而章士钊尚且百端迫压的苦痛，也大抵亲历的。当章氏势焰熏天时，我也曾环顾这首善之区，寻求所谓“公理”“道义”之类而不得；而现在突起之所谓“教育界名流”者，那时则鸦雀无声；甚且捧献肉麻透顶的呈文，以歌颂功德。但这一点，我自然也判不定是因为畏章氏有嗾使兵警痛打之威呢，还是贪图分润金款之利，抑或真以他为“公理”或“道义”等类的具象的化身？但是，从章氏逃走，女师大复校以后，所谓“公理”等件，我却忽而间接地从女子大学在撷英馆宴请“北京教育界名流及女大学生家长”的席上找到了。

据十二月十六日的《北京晚报》说，则有些“名流”即于十四日晚六时在那个撷英番菜馆开会。请吃饭的，去吃饭的，在中国一天不知道有多多少少，本不与我相干，虽然也令我记起杨荫榆也爱在太平湖饭店请人吃饭的旧事。但使我留心的是，从这饭局里产生了“教育界公理维持会”，从这会又变出“国立女子大学后援会”，从这会又发出“致国立各校教职员联席会议函”，声势浩大，据说是“而于该校附和暴徒，自堕人格之教职员，即不能投畀豺虎，亦宜屏诸席外，勿与为伍”云。他们之所谓“暴徒”，盖即刘百昭之所谓“土匪”，官僚名流，口吻如一，从局外人看来，不过煞是可笑而已。而我是女师大维持会员之一，又是女师大教员，人格所关，当然有抗议的权利。岂但抗议？“投虎”“割席”，“名流”的熏灼之状，竟至于斯，则虽报以恶声，亦不为过。

但也无须如此，只要看一看这些"名流"究竟是什么东西，就尽够了。报上和函上有名单：

除了万里鸣是太平湖饭店掌柜，以及董子鹤辈为我所不知道的不计外，陶昌善是农大教务长，教长兼农大校长章士钊的替身；石志泉是法大教务长；查良钊是师大教务长；李顺卿，王桐龄是师大教授；萧友梅是前女师大而今女大教员；蹇华芬是前女师大而今女大学生；马寅初是北大讲师，又是中国银行的什么，也许是"总司库"，这些名目我记不清楚了；燕树棠，白鹏飞，陈源即做《闲话》的西滢，丁燮林即做过《一只马蜂》的西林，周鲠生即周览，皮宗石，高一涵，李仲揆即李四光曾有一篇杨荫榆要用汽车迎他"观剧"的作品登在《现代评论》上的，都是北大教授，又大抵原住在东吉祥胡同，又大抵是先前反对北大对章士钊独立的人物，所以当章士钊炙手可热之际，《大同晚报》曾称他们为"东吉祥派的正人君子"，虽然他们那时并没有开什么"公理"会。但他们的住址，今年新印的《北大职员录》上可很有些含胡了，我所依据的是民国十一年的本子。

日本人学了中国人口气的《顺天时报》，即大表同情于女子大学，据说多人的意见，以为女师大教员多系北大兼任，有附属于北大之嫌。亏它征得这么多人的意见。然而从上列的名单看来，那观察是错的。女师大向来少有专任教员，正是杨荫榆的狡计，这样，则校长即可以独揽大权；当我们说话时，高仁山即以讲师不宜与闻校事来箝制我辈之口。况且女师大也决不因为中有北大教员，即精神上附属于北大，便是北大教授，正不乏有当学生反对杨荫榆的时候，即协力来歼灭她们的人。即如八月七日的《大同晚报》，就有“某当局……谓北大教授中，如东吉祥派之正人君子，亦主张解散”等语。《顺天时报》的记者倘竟不知，可谓昏瞀，倘使知道而故意淆乱黑白，那就有挑拨对于北大怀着恶感的人物，将那恶感蔓延于女师大之嫌，居心可谓卑劣。但我们国内战争，尚且常有日本浪人从中作祟，使良民愈陷于水深火热之中，更何况一校女生和几个教员之被诬蔑。我们也只得自责国人之不争气，竟任这样的报纸跳梁！

北大教授王世杰在撷英馆席上演说，即云“本人决不主张北大少数人与女师大合作”，就可以证明我前言的不诬。至又谓“照北大校章教职员不得兼他机关主要任务然而现今北大教授在女师大兼充主任者已有五人实属违法应加以否认云云”，则颇有语病。北大教授兼国立京师图书馆副馆长月薪至少五六百元的李四光，不也是正在坐中“维持公理”，而且演说的么？使之何以为情？李教授兼副馆长的演说辞，报上却不载；但我想，大概是不赞成这个办法的。

北大教授燕树棠谓女大学生极可佩服，而对于“形同土匪破坏女大的人应以道德上之否认加之”，则竟连所谓女大教务长萧纯锦的自辩女大当日所埋伏者是听差而非流氓的启事也没有见，却已一口咬定，嘴上忽然跑出一个“道德”来了。那么，对于形同鬼蜮破坏女师大的人，应以什么上之否认加之呢？

“公理”实在是不容易谈，不但在一个维持会上，就要自相矛盾，有时竟至于会用了“道义”上之手，自批“公理”上之脸的嘴巴。西滢是曾在《现代评论》（三十八）的《闲话》里冷嘲过援助女师大的人们的：“外国人说，中国人是重男轻女的。我看不见得吧。”现在却签名于什么公理会上了，似乎性情或体质有点改变。而且曾经感慨过：“你代被群众专制所压迫者说了几句公平话，那么你不是与那人有‘密切的关系’便是吃了他或她的酒饭。”（《现代》四十）然而现在的公理什么会上的言论和发表的文章上，却口口声声，侧重多数了；似乎主张又颇有些参差，只有“吃饭”的一件事还始终如一。在《现代评论》（五十三）上，自诩是“所有的批评都本于学理和事实，绝不肆口嫚骂”，而忘却了自己曾称女师大为“臭毛厕”，并且署名于要将人“投畀豺虎”的信尾曰：陈源。陈源不就是西滢么？半年的事，几个的人，就这么矛盾支离，实在可以使人悯笑。但他们究竟是聪明的，大约不独觉得“公理”歪邪，而且连自己们的“公理维持会”也很有些歪邪了罢，所以突然一变而为“女子大学后援会”了，这是的确的，后援，就是站在背后的援助。

但是十八日《晨报》上所载该后援会开会的记事，却连发言的人的名姓也没有了，一律叫作“某君”。莫非后来连对于自己的姓名也觉得可羞，真是“内愧于心”了？还是将人“投畀豺虎”之后，豫备归过于“某君”，免得自己负责任，受报复呢？虽然报复的事，并为“正人君子”们所反对，但究竟还不如先使人不知道“后援”者为谁的稳当，所以即使为着“道义”，而坦白的态度，也仍为他们所不取罢。因为明白地站出来，就有些“形同土匪”或“暴徒”，怕要失了专在背后，用暗箭的聪明人的人格。

其实，撷英馆里和后援会中所啸聚的一彪人马，也不过是各处流来的杂人，正如我一样，到北京来骗一口饭，岂但“投畀豺虎”，简直是已经“投畀有北”的了。这算得什么呢？以人论，我与王桐龄，李顺卿虽曾在西安点首谈话，却并不当作朋侪；与陈源虽尝在给泰戈尔祝寿的戏台前一握手，而早已视为异类，又何至于会有和他们连席之意？而况于不知什么东西的杂人等辈也哉！以事论，则现在的教育界中实无豺虎，但有些城狐社鼠之流，那是当然不能免的。不幸十余年来，早见得不少了；我之所以对于有些人的口头的鸟“公理”而不敬者，即大抵由于此。

这回是“多数”的把戏

《现代评论》五五期《闲话》的末一段是根据了女大学生的宣言，说女师大学生只有二十个，别的都已进了女大，就深悔从前受了“某种报纸的催眠”。幸而见了宣言，这才省悟过来了，于是发问道：“要是二百人（按据云这是未解散前的数目）中有一百九十九人入了女大便怎样？要是二百人都入了女大便怎样？难道女师大校务维持会招了几个新生也去恢复么？我们不免要奇怪那维持会维持的究竟是谁呢？他们的目的究竟是什么呢？”

这当然要为夏间并不维持女师大而现在则出而维持“公理”的陈源教授所不解的。我虽然是女师大维持会的一个委员，但也知道别一种可解的办法——

二十人都往多的一边跑，维持会早该趋奉章士钊！

我也是“四五十岁的人爱说四五岁的孩子话”，而且爱学奴才话的，所以所说的也许是笑话。但是既经说开，索性再说几句罢：要是二百人中有二百另一人入了女大便怎样？要是维持会员也都入了女大便怎样？要是一百九十九人入了女大，而剩下的一个人偏不要维持便怎样？……

我想这些妙问，大概是无人能答的。这实在问得太离奇，虽是四五岁的孩子也不至于此，——我们不要小觑了孩子。人也许能受“某种报纸的催眠”，但也因人而异，“某君”只限于“某种”；即如我，就决不受《现代评论》或“女大学生某次宣言”的催眠。假如，倘使我看了《闲话》之后，便抚心自问：“要是二百人中有一百九十九人入了女大便怎样？……维持会维持的究竟是谁呢？……”那可真要连自己也奇怪起来，立刻对章士钊的木主肃然起敬了。但幸而连陈源教授所据为典要的《女大学生二次宣言》也还说有二十人，所以我也正不必有什么“杞天之虑”。

记得“公理”时代（可惜这黄金时代竟消失得那么快），不是有人说解散女师大的是章士钊，女大乃另外设立，所以石驸马大街的校址是不该归还的么？自然，或者也可以这样说。但我却没有被其催眠，反觉得这道理比满洲人所说的“亡明者闯贼也，我大清天下，乃得之于闯贼，非取之于明”的话还可笑。从表面上看起来，满人的话，倒还算顺理成章，不过也只能骗顺民，不能骗遗民和逆民，因为他们知道此中的底细。我不聪明，本也很可以相信的，然而竟不被骗者，因为幸而目睹了十四年前的革命，自己又是中国人。

然而“要是”女师大学生竟一百九十九人都入了女大，又怎样呢？其实，“要是”章士钊再做半年总长，或者他的走狗们作起祟来，宗帽胡同的学生纵不至于“都入了女大”，但可以被迫胁到只剩一个或不剩一个，也正是意中事。陈源教授毕竟是“通品”，虽是理想也未始没有实现的可能。那么，怎么办呢？我想，维持。那么，“目的究竟是什么呢？”我想，就用一句《闲话》来答复：“代被群众专制所压迫者说几句公平话”。

可惜正如“公理”的忽隐忽现一样，“少数”的时价也四季不同的。杨荫榆时候多数不该“压迫”少数，现在是少数应该服从多数了。你说多数是不错的么，可是俄国的多数主义现在也还叫作过激党，为大英，大日本和咱们中华民国的绅士们所“深恶而痛绝之”。这真要令我莫名其妙。或者“暴民”是虽然多数，也得算作例外的罢。

“要是”帝国主义者抢去了中国的大部分，只剩了一二省，我们便怎样？别的都归了强国了，少数的土地，还要维持么?！明亡以后，一点土地也没有了，却还有窜身海外，志在恢复的人。凡这些，从现在的“通品”看来，大约都是谬种，应该派“在德国手格盗匪数人”，立功海外的英雄刘百昭去剿灭他们的罢。

“要是”真如陈源教授所言，女师大学生只有二十了呢？但是究竟还有二十人。这足可使在章士钊门下暗作走狗而脸皮还不十分厚的教授文人学者们愧死！

学界的三魂

从《京报副刊》上知道有一种叫《国魂》的期刊，曾有一篇文章说章士钊固然不好，然而反对章士钊的“学匪”们也应该打倒。我不知道大意是否真如我所记得？但这也没有什么关系，因为不过引起我想到一个题目，和那原文是不相干的。意思是，中国旧说，本以为人有三魂六魄，或云七魄；国魂也该这样。而这三魂之中，似乎一是“官魂”，一是“匪魂”，还有一个是什么呢？也许是“民魂”罢，我不很能够决定。又因为我的见闻很偏隘，所以未敢悉指中国全社会，只好缩而小之曰“学界”。

中国人的官瘾实在深，汉重孝廉而有埋儿刻木，宋重理学而有高帽破靴，清重帖括而有“且夫”“然则”。总而言之：那魂灵就在做官，——行官势，摆官腔，打官话。顶着一个皇帝做傀儡，得罪了官就是得罪了皇帝，于是那些人就得了雅号曰“匪徒”。学界的打官话是始于去年，凡反对章士钊的都得了“土匪”“学匪”“学棍”的称号，但仍然不知道从谁的口中说出，所以还不外乎一种“流言”。

但这也足见去年学界之糟了，竟破天荒的有了学匪。以大点的国事来比罢，太平盛世，是没有匪的，待到群盗如毛时，看旧史，一定是外戚，宦官，奸臣，小人当国，即使大打一通官话，那结果也还是“呜呼哀哉”。当这“呜呼哀哉”之前，小民便大抵相率而为盗，所以我相信源增先生的话：“表面上看只是些土匪与强盗，其实是农民革命军。”（《国民新报副刊》四三）那么，社会不是改进了么？并不，我虽然也是被谥为“土匪”之一，却并不想为老前辈们饰非掩过。农民是不来夺取政权的，源增先生又道：“任三五热心家将皇帝推倒，自己过皇帝瘾去。”但这时候，匪便被称为帝，除遗老外，文人学者却都来恭维，又称反对他的为匪了。

所以中国的国魂里大概总有这两种魂：官魂和匪魂。这也并非硬要将我辈的魂挤进国魂里去，贪图与教授名流的魂为伍，只因为事实仿佛是这样。社会诸色人等，爱看《双官诰》，也爱看《四杰村》，望偏安巴蜀的刘玄德成功，也愿意打家劫舍的宋公明得法；至少，是受了官的恩惠时候则艳羡官僚，受了官的剥削时候便同情匪类。但这也是人情之常；倘使连这一点反抗心都没有，岂不就成为万劫不复的奴才了？

然而国情不同，国魂也就两样。记得在日本留学时候，有些同学问我在中国最有大利的买卖是什么，我答道："造反。"

他们便大骇怪。在万世一系的国度里，那时听到皇帝可以一脚踢落，就如我们听说父母可以一棒打杀一般。为一部分士女所心悦诚服的李景林先生，可就深知此意了，要是报纸上所传非虚。今天的《京报》即载着他对某外交官的谈话道："予预计于旧历正月间，当能与君在天津晤谈；若天津攻击竟至失败，则拟俟三四月间卷土重来，若再失败，则暂投土匪，徐养兵力，以待时机"云。但他所希望的不是做皇帝，那大概是因为中华民国之故罢。

所谓学界，是一种发生较新的阶级，本该可以有将旧魂灵略加湔洗之望了，但听到"学官"的官话，和"学匪"的新名，则似乎还走着旧道路。那末，当然也得打倒的。这来打倒他的是"民魂"，是国魂的第三种。先前不很发扬，所以一闹之后，终不自取政权，而只"任三五热心家将皇帝推倒，自己过皇帝瘾去"了。

惟有民魂是值得宝贵的，惟有他发扬起来，中国才有真进步。但是，当此连学界也倒走旧路的时候，怎能轻易地发挥得出来呢？在乌烟瘴气之中，有官之所谓"匪"和民之所谓匪；有官之所谓"民"和民之所谓民；有官以为"匪"而其实是真的国民，有官以为"民"而其实是衙役和马弁。所以貌似"民魂"的，有时仍不免为"官魂"，这是鉴别魂灵者所应该十分注意的。

话又说远了，回到本题去。去年，自从章士钊提了“整顿学风”的招牌，上了教育总长的大任之后，学界里就官气弥漫，顺我者“通”，逆我者“匪”，官腔官话的余气，至今还没有完。但学界却也幸而因此分清了颜色；只是代表官魂的还不是章士钊，因为上头还有“减膳”执政在，他至多不过做了一个官魄；现在是在天津“徐养兵力，以待时机”了。我不看《甲寅》，不知道说些什么话：官话呢，匪话呢，民话呢，衙役马弁话呢？……

谈皇帝

中国人的对付鬼神，凶恶的是奉承，如瘟神和火神之类，老实一点的就要欺侮，例如对于土地或灶君。待遇皇帝也有类似的意思。君民本是同一民族，乱世时“成则为王败则为贼”，平常是一个照例做皇帝，许多个照例做平民；两者之间，思想本没有什么大差别。所以皇帝和大臣有“愚民政策”，百姓们也自有其“愚君政策”。

往昔的我家，曾有一个老仆妇，告诉过我她所知道，而且相信的对付皇帝的方法。她说——

“皇帝是很可怕的。他坐在龙位上，一不高兴，就要杀人；不容易对付的。所以吃的东西也不能随便给他吃，倘是不容易办到的，他吃了又要，一时办不到；——譬如他冬天想到瓜，秋天要吃桃子，办不到，他就生气，杀人了。现在是一年到头给他吃波菜，一要就有，毫不为难。但是倘说是波菜，他又要生气的，因为这是便宜货，所以大家对他就不称为波菜，另外起一个名字，叫作‘红嘴绿鹦哥’。”

在我的故乡，是通年有波菜的，根很红，正如鹦哥的嘴一样。

这样的连愚妇人看来，也是呆不可言的皇帝，似乎大可以不要了。然而并不，她以为要有的，而且应该听凭他作威作福。至于用处，仿佛在靠他来镇压比自己更强梁的别人，所以随便杀人，正是非备不可的要件。然而倘使自己遇到，且须侍奉呢？可又觉得有些危险了，因此只好又将他练成傻子，终年耐心地专吃着“红嘴绿鹦哥”。

其实利用了他的名位，“挟天子以令诸侯”的，和我那老仆妇的意思和方法都相同，不过一则又要他弱，一则又要他愚。儒家的靠了“圣君”来行道也就是这玩意，因为要“靠”，所以要他威重，位高；因为要便于操纵，所以又要他颇老实，听话。

皇帝一自觉自己的无上威权，这就难办了。既然“普天之下，莫非皇土”，他就胡闹起来，还说是“自我得之，自我失之，我又何恨”哩！于是圣人之徒也只好请他吃“红嘴绿鹦哥”了，这就是所谓“天”。据说天子的行事，是都应该体帖天意，不能胡闹的；而这“天意”也者，又偏只有儒者们知道着。

这样，就决定了：要做皇帝就非请教他们不可。

然而不安分的皇帝又胡闹起来了。你对他说“天”么，他却道，“我生不有命在天?!”岂但不仰体上天之意而已，还逆天，背天，“射天”，简直将国家闹完，使靠天吃饭的圣贤君子们，哭不得，也笑不得。

于是乎他们只好去著书立说，将他骂一通，豫计百年之后，即身殁之后，大行于时，自以为这就了不得。

但那些书上，至多就止记着“愚民政策”和“愚君政策”全都不成功。

可惨与可笑

三月十八日的惨杀事件，在事后看来，分明是政府布成的罗网，纯洁的青年们竟不幸而陷下去了，死伤至于三百多人。这罗网之所以布成，其关键就全在于“流言”的奏了功效。

这是中国的老例，读书人的心里大抵含着杀机，对于异己者总给他安排下一点可死之道。就我所眼见的而论，凡阴谋家攻击别一派，光绪年间用“康党”，宣统年间用“革党”，民二以后用“乱党”，现在自然要用“共产党”了。其实，去年有些“正人君子”们称别人为“学棍”“学匪”的时候，就有杀机存在，因为这类诨号，和“臭绅士”“文士”之类不同，在“棍”“匪”字里，就藏着可死之道的。但这也许是“刀笔吏”式的深文周纳。

去年，为“整顿学风”计，大传播学风怎样不良的流言，学匪怎样可恶的流言，居然很奏了效。今年，为“整顿学风”计，又大传播共产党怎样活动，怎样可恶的流言，又居然很奏了效。于是便将请愿者作共产党论，三百多人死伤了，如果有一个所谓共产党的首领死在里面，就更足以证明这请愿就是“暴动”。

可惜竟没有。这该不是共产党了罢。据说也还是的，但他们全都逃跑了，所以更可恶。而这请愿也还是暴动，做证据的有一根木棍，两支手枪，三瓶煤油。姑勿论这些是否群众所携去的东西；即使真是，而死伤三百多人所携的武器竟不过这一点，这是怎样可怜的暴动呵！

但次日，徐谦，李大钊，李煜瀛，易培基，顾兆熊的通缉令发表了。因为他们“啸聚群众”，像去年女子师范大学生的“啸聚男生”（章士钊解散女子师范大学呈文语）一样，“啸聚”了带着一根木棍，两支手枪，三瓶煤油的群众。以这样的群众来颠覆政府，当然要死伤三百多人；而徐谦们以人命为儿戏到这地步，那当然应该负杀人之罪了；而况自己又不到场，或者全都逃跑了呢？

以上是政治上的事，我其实不很了然。但从别一方面看来，所谓“严拿”者，似乎倒是赶走；所谓“严拿”暴徒者，似乎不过是赶走北京中法大学校长兼清室善后委员会委员长（李），中俄大学校长（徐），北京大学教授（李大钊），北京大学教务长（顾），女子师范大学校长（易）；其中的三个又是俄款委员会委员：一共空出九个“优美的差缺”也。

同日就又有一种谣言，便是说还要通缉五十多人；但那姓名的一部分，却至今日才见于《京报》。这种计画，在目下的段祺瑞政府的秘书长章士钊之流的脑子里，是确实会有的。国事犯多至五十余人，也是中华民国的一个壮观；而且大概多是教员罢，倘使一同放下五十多个“优美的差缺”，逃出北京，在别的地方开起一个学校来，倒也是中华民国的一件趣事。

那学校的名称，就应该叫作“啸聚”学校。

记念刘和珍君

一

中华民国十五年三月二十五日，就是国立北京女子师范大学为十八日在段祺瑞执政府前遇害的刘和珍杨德群两君开追悼会的那一天，我独在礼堂外徘徊，遇见程君，前来问我道，“先生可曾为刘和珍写了一点什么没有？”我说“没有”。她就正告我，“先生还是写一点罢；刘和珍生前就很爱看先生的文章。”

这是我知道的，凡我所编辑的期刊，大概是因为往往有始无终之故罢，销行一向就甚为寥落，然而在这样的生活艰难中，毅然预定了《莽原》全年的就有她。我也早觉得有写一点东西的必要了，这虽然于死者毫不相干，但在生者，却大抵只能如此而已。倘使我能够相信真有所谓“在天之灵”，那自然可以得到更大的安慰，——但是，现在，却只能如此而已。

可是我实在无话可说。我只觉得所住的并非人间。四十多个青年的血，洋溢在我的周围，使我艰于呼吸视听，那里还能有什么言语？长歌当哭，是必须在痛定之后的。而此后几个所谓学者文人的阴险的论调，尤使我觉得悲哀。我已经出离愤怒了。我将深味这非人间的浓黑的悲凉；以我的最大哀痛显示于非人间，使它们快意于我的苦痛，就将这作为后死者的菲薄的祭品，奉献于逝者的灵前。

二

真的猛士，敢于直面惨淡的人生，敢于正视淋漓的鲜血。这是怎样的哀痛者和幸福者？然而造化又常常为庸人设计，以时间的流驶，来洗涤旧迹，仅使留下淡红的血色和微漠的悲哀。在这淡红的血色和微漠的悲哀中，又给人暂得偷生，维持着这似人非人的世界。我不知道这样的世界何时是一个尽头！

我们还在这样的世上活着；我也早觉得有写一点东西的必要了。离三月十八日也已有两星期，忘却的救主快要降临了罢，我正有写一点东西的必要了。

三

在四十余被害的青年之中，刘和珍君是我的学生。学生云者，我向来这样想，这样说，现在却觉得有些踌躇了，我应该对她奉献我的悲哀与尊敬。她不是“苟活到现在的我”的学生，是为了中国而死的中国的青年。

她的姓名第一次为我所见，是在去年夏初杨荫榆女士做女子师范大学校长，开除校中六个学生自治会职员的时候。其中的一个就是她；但是我不认识。直到后来，也许已经是刘百昭率领男女武将，强拖出校之后了，才有人指着一个学生告诉我，说：这就是刘和珍。其时我才能将姓名和实体联合起来，心中却暗自诧异。我平素想，能够不为势利所屈，反抗一广有羽翼的校长的学生，无论如何，总该是有些桀骜锋利的，但她却常常微笑着，态度很温和。待到偏安于宗帽胡同，赁屋授课之后，她才始来听我的讲义，于是见面的回数就较多了，也还是始终微笑着，态度很温和。待到学校恢复旧观，往日的教职员以为责任已尽，准备陆续引退的时候，我才见她虑及母校前途，黯然至于泣下。此后似乎就不相见。总之，在我的记忆上，那一次就是永别了。

四

我在十八日早晨，才知道上午有群众向执政府请愿的事；下午便得到噩耗，说卫队居然开枪，死伤至数百人，而刘和珍君即在遇害者之列。但我对于这些传说，竟至于颇为怀疑。我向来是不惮以最坏的恶意，来推测中国人的，然而我还不料，也不信竟会下劣凶残到这地步。况且始终微笑着的和蔼的刘和珍君，更何至于无端在府门前喋血呢？

然而即日证明是事实了，作证的便是她自己的尸骸。还有一具，是杨德群君的。而且又证明着这不但是杀害，简直是虐杀，因为身体上还有棍棒的伤痕。

但段政府就有令，说她们是“暴徒”！

但接着就有流言，说她们是受人利用的。

惨象，已使我目不忍视了；流言，尤使我耳不忍闻。我还有什么话可说呢？我懂得衰亡民族之所以默无声息的缘由了。沉默呵，沉默呵！不在沉默中爆发，就在沉默中灭亡。

五

但是，我还有要说的话。

我没有亲见；听说，她，刘和珍君，那时是欣然前往的。自然，请愿而已，稍有人心者，谁也不会料到有这样的罗网。但竟在执政府前中弹了，从背部入，斜穿心肺，已是致命的创伤，只是没有便死。同去的张静淑君想扶起她，中了四弹，其一是手枪，立仆；同去的杨德群君又想去扶起她，也被击，弹从左肩入，穿胸偏右出，也立仆。但她还能坐起来，一个兵在她头部及胸部猛击两棍，于是死掉了。

始终微笑的和蔼的刘和珍君确是死掉了，这是真的，有她自己的尸骸为证；沉勇而友爱的杨德群君也死掉了，有她自己的尸骸为证；只有一样沉勇而友爱的张静淑君还在医院里呻吟。当三个女子从容地转辗于文明人所发明的枪弹的攒射中的时候，这是怎样的一个惊心动魄的伟大呵！中国军人的屠戮妇婴的伟绩，八国联军的惩创学生的武功，不幸全被这几缕血痕抹杀了。

但是中外的杀人者却居然昂起头来，不知道个个脸上有着血污……。

六

时间永是流驶，街市依旧太平，有限的几个生命，在中国是不算什么的，至多，不过供无恶意的闲人以饭后的谈资，或者给有恶意的闲人作“流言”的种子。至于此外的深的意义，我总觉得很寥寥，因为这实在不过是徒手的请愿。人类的血战前行的历史，正如煤的形成，当时用大量的木材，结果却只是一小块，但请愿是不在其中的，更何况是徒手。

然而既然有了血痕了，当然不觉要扩大。至少，也当浸渍了亲族，师友，爱人的心，纵使时光流驶，洗成绯红，也会在微漠的悲哀中永存微笑的和蔼的旧影。陶潜说过，“亲戚或余悲，他人亦已歌，死去何所道，托体同山阿。”倘能如此，这也就够了。

七

我已经说过：我向来是不惮以最坏的恶意来推测中国人的。但这回却很有几点出于我的意外。一是当局者竟会这样地凶残，一是流言家竟至如此之下劣，一是中国的女性临难竟能如是之从容。

我目睹中国女子的办事，是始于去年的，虽然是少数，但看那干练坚决，百折不回的气概，曾经屡次为之感叹。至于这一回在弹雨中互相救助，虽殒身不恤的事实，则更足为中国女子的勇毅，虽遭阴谋秘计，压抑至数千年，而终于没有消亡的明证了。倘要寻求这一次死伤者对于将来的意义，意义就在此罢。

苟活者在淡红的血色中，会依稀看见微茫的希望；真的猛士，将更奋然而前行。

呜呼，我说不出话，但以此记念刘和珍君！

空谈

一

请愿的事，我一向就不以为然的，但并非因为怕有三月十八日那样的惨杀。那样的惨杀，我实在没有梦想到，虽然我向来常以“刀笔吏”的意思来窥测我们中国人。我只知道他们麻木，没有良心，不足与言，而况是请愿，而况又是徒手，却没有料到有这么阴毒与凶残。能逆料的，大概只有段祺瑞，贾德耀，章士钊和他们的同类罢。四十七个男女青年的生命，完全是被骗去的，简直是诱杀。

有些东西——我称之为什么呢，我想不出——说：群众领袖应负道义上的责任。这些东西仿佛就承认了对徒手群众应该开枪，执政府前原是“死地”，死者就如自投罗网一般。

群众领袖本没有和段祺瑞等辈心心相印，也未曾互相钩通，怎么能够料到这阴险的辣手。这样的辣手，只要略有人气者，是万万豫想不到的。

我以为倘要锻炼群众领袖的错处，只有两点：一是还以请愿为有用；二是将对手看得太好了。

二

但以上也仍然是事后的话。我想，当这事实没有发生以前，恐怕谁也不会料到要演这般的惨剧，至多，也不过获得照例的徒劳罢了。只有有学问的聪明人能够先料到，承认凡请愿就是送死。

陈源教授的《闲话》说："我们要是劝告女志士们，以后少加入群众运动，她们一定要说我们轻视她们，所以我们也不敢来多嘴。可是对于未成年的男女孩童，我们不能不希望他们以后不再参加任何运动。"（《现代评论》六十八）为什么呢？因为参加各种运动，是甚至于像这次一样，要"冒枪林弹雨的险，受践踏死伤之苦"的。

这次用了四十七条性命，只购得一种见识：本国的执政府前是"枪林弹雨"的地方，要去送死，应该待到成年，出于自愿的才是。

我以为"女志士"和"未成年的男女孩童"，参加学校运动会，大概倒还不至于有很大的危险的。至于"枪林弹雨”中的请愿，则虽是成年的男志士们，也应该切切记住，从此罢休！

看现在竟如何。不过多了几篇诗文，多了若干谈助。几个名人和什么当局者在接洽葬地，由大请愿改为小请愿了。埋葬自然是最妥当的收场。然而很奇怪，仿佛这四十七个死者，是因为怕老来死后无处埋葬，特来挣一点官地似的。万生园多么近，而四烈士坟前还有三块墓碑不镌一字，更何况僻远如圆明园。

死者倘不埋在活人的心中，那就真真死掉了。

三

改革自然常不免于流血，但流血非即等于改革。血的应用，正如金钱一般，吝啬固然是不行的，浪费也大大的失算。我对于这回的牺牲者，非常觉得哀伤。

但愿这样的请愿，从此停止就好。

请愿虽然是无论那一国度里常有的事，不至于死的事，但我们已经知道中国是例外，除非你能将“枪林弹雨”消除。正规的战法，也必须对手是英雄才适用。汉末总算还是人心很古的时候罢，恕我引一个小说上的典故：许褚赤体上阵，也就很中了好几箭。而金圣叹还笑他道：“谁叫你赤膊？”

至于现在似的发明了许多火器的时代，交兵就都用壕堑战。这并非吝惜生命，乃是不肯虚掷生命，因为战士的生命是宝贵的。在战士不多的地方，这生命就愈宝贵。所谓宝贵者，并非“珍藏于家”，乃是要以小本钱换得极大的利息，至少，也必须卖买相当。以血的洪流淹死一个敌人，以同胞的尸体填满一个缺陷，已经是陈腐的话了。从最新的战术的眼光看起来，这是多么大的损失。

这回死者的遗给后来的功德，是在撕去了许多东西的人相，露出那出于意料之外的阴毒的心，教给继续战斗者以别种方法的战斗。

《阿 Q 正传》的成因

在《文学周报》二五一期里，西谛先生谈起《呐喊》，尤其是《阿 Q 正传》。这不觉引动我记起了一些小事情，也想借此来说一说，一则也算是做文章，投了稿；二则还可以给要看的人去看去。

我先要抄一段西谛先生的原文——

这篇东西值得大家如此的注意，原不是无因的。但也有几点值得商榷的，如最后“大团圆”的一幕，我在《晨报》上初读此作之时，即不以为然，至今也还不以为然，似乎作者对于阿 Q 之收局太匆促了；他不欲再往下写了，便如此随意的给他以一个“大团圆”。像阿 Q 那样的一个人，终于要做起革命党来，终于受到那样大团圆的结局，似乎连作者他

自己在最初写作时也是料不到的。至少在人格上似乎是两个。

阿 Q 是否真要做革命党，即使真做了革命党，在人格上是否似乎是两个，现在姑且勿论。单是这篇东西的成因，说起来就要很费功夫了。我常常说，我的文章不是涌出来的，是挤出来的，听的人往往误解为谦逊，其实是真情。我没有什么话要说，也没有什么文章要做，但有一种自害的脾气，是有时不免呐喊几声，想给人们去添点热闹。譬如一匹疲牛罢，明知不堪大用的了，但废物何妨利用呢，所以张家要我耕一弓地，可以的；李家要我挨一转磨，也可以的；赵家要我在他店前站一刻，在我背上帖出广告道：敝店备有肥牛，出售上等消毒滋养牛乳。我虽然深知道自己是怎么瘦，又是公的，并没有乳，然而想到他们为张罗生意起见，情有可原，只要出售的不是毒药，也就不说什么了。但倘若用得我太苦，是不行的，我还要自己觅草吃，要喘气的工夫；要专指我为某家的牛，将我关在他的牛牢内，也不行的，我有时也许还要给别家挨几转磨。如果连肉都要出卖，那自然更不行，理由自明，无须细说。倘遇到上述的三不行，我就跑，或者索性躺在荒山里。即使因此忽而从深刻变为浅薄，从战士化为畜生，吓我以康有为，比我以梁启超，也都满不在乎，还是我跑我的，我躺我的，决不出来再上当，因为我于“世故”实在是太深了。

近几年《呐喊》有这许多人看，当初是万料不到的，而且连料也没有料。不过是依了相识者的希望，要我写一点东西就写一点东西。也不很忙，因为不很有人知道鲁迅就是我。我所用的笔名也不只一个：LS，神飞，唐俟，某生者，雪之，风声；更以前还有：自树，索士，令飞，迅行。鲁迅就是承迅行而来的，因为那时的《新青年》编辑者不愿意有别号一般的署名。

现在是有人以为我想做什么狗首领了，真可怜，侦察了百来回，竟还不明白。我就从不曾插了鲁迅的旗去访过一次人；“鲁迅即周树人”，是别人查出来的。这些人有四类：一类是为要研究小说，因而要知道作者的身世；一类单是好奇；一类是因为我也做短评，所以特地揭出来，想我受点祸；一类是以为于他有用处，想要钻进来。

那时我住在西城边，知道鲁迅就是我的，大概只有《新青年》《新潮》社里的人们罢；孙伏园也是一个。他正在晨报馆编副刊。不知是谁的主意，忽然要添一栏称为“开心话”的了，每周一次。他就来要我写一点东西。

阿 Q 的影像，在我心目中似乎确已有了好几年，但我一向毫无写他出来的意思。经这一提，忽然想起来了，晚上便写了一点，就是第一章：序。因为要切“开心话”这题目，就胡乱加上些不必有的滑稽，其实在全篇里也是不相称的。署名是“巴人”，取“下里巴人”，并不高雅的意思。谁料这署名又闯了祸了，但我却一向不知道，今年在《现代评论》上看见涵庐（即高一涵）的《闲话》才知道的。那大略是——

……我记得当《阿Q正传》一段一段陆续发表的时候，有许多人都栗栗危惧，恐怕以后要骂到他的头上。并且有一位朋友，当我面说，昨日《阿Q正传》上某一段仿佛就是骂他自己。因此便猜疑《阿Q正传》是某人作的，何以呢？因为只有某人知道他这一段私事。……从此疑神疑鬼，凡是《阿Q正传》中所骂的，都以为就是他的阴私；凡是与登载《阿Q正传》的报纸有关系的投稿人，都不免做了他所认为《阿Q正传》的作者的嫌疑犯了！等到他打听出来《阿Q正传》的作者名姓的时候，他才知道他和作者素不相识，因此，才恍然自悟，又逢人声明说不是骂他。（第四卷第八十九期）

我对于这位"某人"先生很抱歉，竟因我而做了许多天嫌疑犯。可惜不知是谁，"巴人"两字很容易疑心到四川人身上去，或者是四川人罢。直到这一篇收在《呐喊》里，也还有人问我：你实在是在骂谁和谁呢？我只能悲愤，自恨不能使人看得我不至于如此下劣。

第一章登出之后，便"苦"字临头了，每七天必须做一篇。我那时虽然并不忙，然而正在做流民，夜晚睡在做通路的屋子里，这屋子只有一个后窗，连好好的写字地方也没有，那里能够静坐一会，想一下。伏园虽然还没有现在这样胖，但已经笑嬉嬉，善于催稿了。每星期来一回，一有机会，就是："先生《阿 Q 正传》……。明天要付排了。"于是只得做，心里想着"俗语说：'讨饭怕狗咬，秀才怕岁考。'我既非秀才，又要周考真是为难……。"然而终于又一章。但是，似乎渐渐认真起来了；伏园也觉得不很"开心"，所以从第二章起，便移在"新文艺"栏里。

这样地一周一周挨下去，于是乎就不免发生阿 Q 可要做革命党的问题了。据我的意思，中国倘不革命，阿 Q 便不做，既然革命，就会做的。我的阿 Q 的运命，也只能如此，人格也恐怕并不是两个。民国元年已经过去，无可追踪了，但此后倘再有改革，我相信还会有阿 Q 似的革命党出现。我也很愿意如人们所说，我只写出了现在以前的或一时期，但我还恐怕我所看见的并非现代的前身，而是其后，或者竟是二三十年之后。其实这也不算辱没了革命党，阿 Q 究竟已经用竹筷盘上他的辫子了；此后十五年，长虹"走到出版界"，不也就成为一个中国的"绥惠略夫"了么？

《阿 Q 正传》大约做了两个月，我实在很想收束了，但我已经记不大清楚，似乎伏园不赞成，或者是我疑心倘一收束，他会来抗议，所以将"大团圆"藏在心里，而阿 Q 却已经渐渐向死路上走。到最末的一章，伏园倘在，也许会压下，而要求放阿 Q 多活几星期的罢。但是"会逢其适"，他回去了，代庖的是何作霖君，于阿Q素无爱憎，我便将“大团圆”送去，他便登出来。待到伏园回京，阿Q已经枪毙了一个多月了。纵令伏园怎样善于催稿，如何笑嘻嘻，也无法再说“先生，《阿Q正传》……。”从此我总算收束了一件事，可以另干别的去。另干了别的什么，现在也已经记不清，但大概还是这一类的事。

其实“大团圆”倒不是“随意”给他的；至于初写时可曾料到，那倒确乎也是一个疑问。我仿佛记得：没有料到。不过这也无法，谁能开首就料到人们的“大团圆”？不但对于阿Q，连我自己将来的“大团圆”，我就料不到究竟是怎样。终于是“学者”，或“教授”乎？还是“学匪”或“学棍”呢？“官僚”乎，还是“刀笔吏”呢？“思想界之权威”乎，抑“思想界先驱者”乎，抑又“世故的老人”乎？“艺术家”？“战士”？抑又是见客不怕麻烦的特别“亚拉籍夫”乎？乎？乎？乎？乎？

但阿Q自然还可以有各种别样的结果，不过这不是我所知道的事。

先前，我觉得我很有写得“太过”的地方，近来却不这样想了。中国现在的事，即使如实描写，在别国的人们，或将来的好中国的人们看来，也都会觉得 grotesk。我常常假想一件事，自以为这是想得太奇怪了；但倘遇到相类的事实，却往往更奇怪。在这事实发生以前，以我的浅见寡识，是万万想不到的。

大约一个多月以前，这里枪毙一个强盗，两个穿短衣的人各拿手枪，一共打了七枪。不知道是打了不死呢，还是死了仍然打，所以要打得这么多。当时我便对我的一群少年同学们发感慨，说：这是民国初年初用枪毙的时候的情形；现在隔了十多年，应该进步些，无须给死者这么多的苦痛。北京就不然，犯人未到刑场，刑吏就从后脑一枪，结果了性命，本人还来不及知道已经死了呢。所以北京究竟是"首善之区"，便是死刑，也比外省的好得远。

但是前几天看见十一月二十三日的北京《世界日报》，又知道我的话并不的确了，那第六版上有一条新闻，题目是《杜小拴子刀铡而死》，共分五节，现在撮录一节在下面——

杜小拴子刀铡余人枪毙先时，卫戍司令部因为从了毅军各兵士的请求，决定用"枭首刑"，所以杜等不曾到场以前，刑场已预备好了铡草大刀一把了。刀是长形的，下边是木底，中缝有厚大而锐利的刀一把，刀下头有一孔，横嵌木上，可以上下的活动，杜等四人入刑场之后，由招扶的兵士把杜等架下刑车，就叫他们脸冲北，对着已备好的刑桌前站着。……杜并没有跪，有外右五区的某巡官去问杜：要人把着不要？杜就笑而不答，后来就自己跑到刀前，自己睡在刀上，仰面受刑，先时行刑兵已将刀抬起，杜枕到适宜的地方后，行刑兵就合眼猛力一铡，杜的身首，就不在一处了。当时血出极多。在旁边跪等枪决的宋振山等三人，也各偷眼去看，中有赵振一名，身上还发起颤来。后由某排长拿手枪站在宋等的后面，先毙宋振山，后毙李有三赵振，每人都是一枪毙命。……先时，被害程步墀的两个儿子忠智忠信，都在场观看，放声大哭，到各人执刑之后，去大喊：爸！妈呀！你的仇已报了！我们怎么办哪？听的人都非常难过，后来由家族引导着回家去了。

假如有一个天才，真感着时代的心搏，在十一月二十二日发表出记叙这样情景的小说来，我想，许多读者一定以为是说着包龙图爷爷时代的事，在西历十一世纪，和我们相差将有九百年。

这真是怎么好……。

至于《阿 Q 正传》的译本，我只看见过两种。法文的登在八月分的《欧罗巴》上，还止三分之一，是有删节的。英文的似乎译得很恳切，但我不懂英文，不能说什么。只是偶然看见还有可以商榷的两处：一是“三百大钱九二串”当译为“三百大钱，以九十二文作为一百”的意思；二是“柿油党”不如译音，因为原是“自由党”，乡下人不能懂，便讹成他们能懂的“柿油党”了。

略论中国人的脸

大约人们一遇到不大看惯的东西，总不免以为他古怪。我还记得初看见西洋人的时候，就觉得他脸太白，头发太黄，眼珠太淡，鼻梁太高。虽然不能明明白白地说出理由来，但总而言之：相貌不应该如此。至于对于中国人的脸，是毫无异议；即使有好丑之别，然而都不错的。

我们的古人，倒似乎并不放松自己中国人的相貌。周的孟轲就用眸子来判胸中的正不正，汉朝还有《相人》二十四卷。后来闹这玩艺儿的尤其多；分起来，可以说有两派罢：一是从脸上看出他的智愚贤不肖；一是从脸上看出他过去，现在和将来的荣枯。于是天下纷纷，从此多事，许多人就都战战兢兢地研究自己的脸。我想，镜子的发明，恐怕这些人和小姐们是大有功劳的。不过近来前一派已经不大有人讲究，在北京上海这些地方捣鬼的都只是后一派了。

我一向只留心西洋人。留心的结果，又觉得他们的皮肤未免太粗；毫毛有白色的，也不好。皮上常有红点，即因为颜色太白之故，倒不如我们之黄。尤其不好的是红鼻子，有时简直像是将要熔化的蜡烛油，仿佛就要滴下来，使人看得栗栗危惧，也不及黄色人种的较为隐晦，也见得较为安全。总而言之：相貌还是不应该如此的。

后来，我看见西洋人所画的中国人，才知道他们对于我们的相貌也很不敬。那似乎是《天方夜谈》或者《安徒生童话》中的插画，现在不很记得清楚了。头上戴着拖花翎的红缨帽，一条辫子在空中飞扬，朝靴的粉底非常之厚。但这些都是满洲人连累我们的。独有两眼歪斜，张嘴露齿，却是我们自己本来的相貌。不过我那时想，其实并不尽然，外国人特地要奚落我们，所以格外形容得过度了。

但此后对于中国一部分人们的相貌，我也逐渐感到一种不满，就是他们每看见不常见的事件或华丽的女人，听到有些醉心的说话的时候，下巴总要慢慢挂下，将嘴张了开来。这实在不大雅观；仿佛精神上缺少着一样什么机件。据研究人体的学者们说，一头附着在上颚骨上，那一头附着在下颚骨上的“咬筋”，力量是非常之大的。我们幼小时候想吃核桃，必须放在门缝里将它的壳夹碎。但在成人，只要牙齿好，那咬筋一收缩，便能咬碎一个核桃。有着这么大的力量的筋，有时竟不能收住一个并不沉重的自己的下巴，虽然正在看得出神的时候，倒也情有可原，但我总以为究竟不是十分体面的事。

日本的长谷川如是闲是善于做讽刺文字的。去年我见过他的一本随笔集，叫作《猫·狗·人》；其中有一篇就说到中国人的脸。大意是初见中国人，即令人感到较之日本人或西洋人，脸上总欠缺着一点什么。久而久之，看惯了，便觉得这样已经尽够，并不缺少东西；倒是看得西洋人之流的脸上，多余着一点什么。这多余着的东西，他就给它一个不大高妙的名目：兽性。中国人的脸上没有这个，是人，则加上多余的东西，即成了下列的算式：

人＋兽性＝西洋人

他借了称赞中国人，贬斥西洋人，来讥刺日本人的目的，这样就达到了，自然不必再说这兽性的不见于中国人的脸上，是本来没有的呢，还是现在已经消除。如果是后来消除的，那么，是渐渐净尽而只剩了人性的呢，还是不过渐渐成了驯顺。野牛成为家牛，野猪成为猪，狼成为狗，野性是消失了，但只足使牧人喜欢，于本身并无好处。人不过是人，不再夹杂着别的东西，当然再好没有了。倘不得已，我以为还不如带些兽性，如果合于下列的算式倒是不很有趣的：

人＋家畜性＝某一种人

中国人的脸上真可有兽性的记号的疑案，暂且中止讨论罢。我只要说近来却在中国人所理想的古今人的脸上，看见了两种多余。一到广州，我觉得比我所从来的厦门丰富得多的，是电影，而且大半是"国片"，有古装的，有时装的。因为电影是"艺术"，所以电影艺术家便将这两种多余加上去了。

古装的电影也可以说是好看，那好看不下于看戏；至少，决不至于有大锣大鼓将人的耳朵震聋。在"银幕"上，则有身穿不知何时何代的衣服的人物，缓慢地动作；脸正如古人一般死，因为要显得活，便只好加上些旧式戏子的昏庸。

时装人物的脸，只要见过清朝光绪年间上海的吴友如的《画报》的，便会觉得神态非常相像。《画报》所画的大抵不是流氓拆梢，便是妓女吃醋，所以脸相都狡猾。这精神似乎至今不变，国产影片中的人物，虽是作者以为善人杰士者，眉宇间也总带些上海洋场式的狡猾。可见不如此，是连善人杰士也做不成的。

听说，国产影片之所以多，是因为华侨欢迎，能够获利，每一新片到，老的便带了孩子去指点给他们看道："看哪，我们的祖国的人们是这样的。"在广州似乎也受欢迎，日夜四场，我常见看客坐得满满。

广州现在也如上海一样，正在这样地修养他们的趣味。可惜电影一开演，电灯一定熄灭，我不能看见人们的下巴。

略谈香港

本年一月间我曾去过一回香港，因为跌伤的脚还未全好，不能到街上去闲走，演说一了，匆匆便归，印象淡薄得很，也早已忘却了香港了。今天看见《语丝》一三七期上辰江先生的通信，忽又记得起来，想说几句话来凑热闹。

我去讲演的时候，主持其事的人大约很受了许多困难，但我都不大清楚。单知道先是颇遭干涉，中途又有反对者派人索取入场券，收藏起来，使别人不能去听；后来又不许将讲稿登报，经交涉的结果，是削去和改窜了许多。

然而我的讲演，真是“老生常谈”，而且还是七八年前的“常谈”。

从广州往香港时，在船上还亲自遇见一桩笑话。有一个船员，不知怎地，是知道我的名字的，他给我十分担心。他以为我的赴港，说不定会遭谋害；我遥遥地跑到广东来教书，而无端横死，他——广东人之一——也觉得抱歉。于是他忙了一路，替我计画，禁止上陆时如何脱身，到埠捕拿时如何避免。到埠后，既不禁止，也不捕拿，而他还不放心，临别时再三叮嘱，说倘有危险，可以避到什么地方去。

我虽然觉得可笑，但我从真心里十分感谢他的好心，记得他的认真的脸相。

三天之后，平安地出了香港了，不过因为攻击国粹，得罪了若干人。现在回想起来，像我们似的人，大危险是大概没有的。不过香港总是一个畏途。这用小事情便可以证明。即如今天的香港《循环日报》上，有这样两条琐事：

陈国被控窃去芜湖街一百五十七号地下布裤一条，昨由史司判笞十二藤云。

昨晚夜深，石塘嘴有两西装男子，……遇一英警上前执行搜身。该西装男子用英语对之。该英警不理会，且警以bbb。于是双方缠上警署。……

第一条我们一目了然，知道中国人还在那里被抽藤条。“司”当是“藩司”“臬司”之“司”，是官名；史者，姓也，英国人的。港报上所谓“政府”“警司”之类，往往是指英国的而言，不看惯的很容易误解，不如上海称为“捕房”之分明。

第二条是“搜身”的纠葛，在香港屡见不鲜。但三个方围不知道是什么。何以要避忌？恐怕不是好的事情。这 bbb 似乎是因为西装和英语而得的；英警嫌恶这两件：这是主人的言语和服装。颜之推以为学鲜卑语，弹琵琶便可以生存的时代，早已过去了。

在香港时遇见一位某君，是受了高等教育的人。他自述曾因受屈，向英官申辩，英官无话可说了，但他还是输。那最末是得到严厉的训斥，道：“总之是你错的：因为我说你错！”

带着书籍的人也困难，因为一不小心，会被指为“危险文件”的。这“危险”的界说，我不知其详。总之一有嫌疑，便麻烦了。人先关起来，书去译成英文，译好之后，这才审判。而这“译成英文”的事先就可怕。我记得蒙古人“入主中夏”时，裁判就用翻译。一个和尚去告状追债，而债户商同通事，将他的状子改成自愿焚身了。官说道好；于是这和尚便被推入烈火中。我去讲演的时候也偶然提起元朝，听说颇为“X 司”所不悦，他们是的确在研究中国的经史的。

但讲讲元朝，不但为“政府”的“X 司”所不悦，且亦为有些“同胞”所不欢。我早知道不稳当，总要受些报应的。果然，我因为谨避“学者”，搬出中山大学之后，那边的《工商报》上登出来了，说是因为“清党”，已经逃走。后来，则在《循环日报》上，以讲文学为名，提起我的事，说我原是“《晨报副刊》特约撰述员”，现在则“到了汉口”。我知道这种宣传有点危险，意在说我先是研究系的好友，现是共产党的同道，虽不至于“枪终路寝”，益处大概总不会有的，晦气点还可以因此被关起来。便写了一封信去更正：

在六月十日十一日两天的《循环世界》里，看见徐丹甫先生的一篇《北京文艺界之分门别户》。各人各有他的眼光，心思，手段。他要他的，我不想来多嘴。但其中有关于我的三点，我自己比较的清楚些，可以请为更正，即：

一，我从来没有做过《晨报副刊》的“特约撰述员”。

二，陈大悲被攻击后，我并未停止投稿。

三，我现仍在广州，并没有“到了汉口”。

从发信之日到今天，算来恰恰一个月，不见登出来。“总之你是这样的：因为我说你是这样”罢。幸而还有内地的《语丝》；否则，“十二藤”“bbb”，那里去诉苦！

我现在还有时记起那一位船上的广东朋友，虽然神经过敏，但怕未必是无病呻吟。他经验多。

若夫“香江”（案：盖香港之雅称）之于国粹，则确是正在大振兴而特振兴。如六月二十五日《循环日报》“昨日下午督宪府茶会”条下，就说：

（上略）赖济熙太史即席演说，略谓大学堂汉文专科异常重要，中国旧道德与乎国粹所关，皆不容缓视，若不贯彻进行，深为可惜，（中略）周寿臣爵士亦演说汉文之宜见重于当世，及汉文科学之重要，关系国家与个人之荣辱等语，后督宪以华语演说，略谓华人若不通汉文为第一可惜，若以华人而中英文皆通达，此后中英感情必更融洽，故大学汉文一科，非常重要，未可以等闲视之云云。（下略）

我又记得还在报上见过一篇“金制军”的关于国粹的演说，用的是广东话，看起来颇费力；又以为这“金制军”是前清遗老，遗老的议论是千篇一律的，便不去理会它了。现在看了辰江先生的通信，才知道这“金制军”原来就是“港督”金文泰，大英国人也。大惊失色，赶紧跳起来去翻旧报。运气，在六月二十八日这张《循环日报》上寻到了。因为这是中国国粹不可不振兴的铁证，也是将来“中国国学振兴史”的贵重史料，所以毫不删节，并请广东朋友校正误字（但末尾的四句集《文选》句，因为不能悬揣“金制军”究竟如何说法，所以不敢妄改），剪贴于下，加以略注，希《语丝》记者以国学前途为重，予以排印，至纫公谊：

六月二十四号督辕茶会金制军演说词

列位先生，提高中文学业，周爵绅，赖太史，今日已经发挥尽致，毋庸我详细再讲咯，我对于呢件事，觉得有三种不能不办嘅原因，而家想同列位谈谈，（第一）系中国人要顾全自己祖国学问呀，香港地方，华人居民，最占多数，香港大学学生，华人子弟，亦系至多，如果在呢间大学，徒然侧重外国科学文字，对于中国历代相传嘅大道宏经，反转当作等闲，视为无足轻重嘅学业，岂唔系一件大憾事吗，所以为香港中国居民打算，为大学中国学生打算，呢一科实在不能不办，（第二）系中国人应该整理国故呀，中国事物文章，原本有极可宝贵嘅价值，不过因为文字过于艰深，所以除咗书香家子弟，同埋天分极高嘅人以外，能够领略其中奥义嘅，实在很少，为呢个原故，近年中国学者，对于（整理国故）嘅声调已经越唱越高，香港地方，同中国大陆相离，仅仅隔一衣带水，如果今日所提倡嘅中国学科，能够设立完全，将来集合一班大学问嘅人，将向来所有困难，一一加以整理，为后生学者，开条轻便嘅路途，岂唔系极安慰嘅事咩，所以为中国发扬国光计，呢一科更不能不办，（第三）就系令中国道德学问，普及世界呀，中国通商以来，华人学习语言文字，成通材嘅，虽然项背相望，但系外国人精通汉学，同埋中国人精通外国科学，能够用中国言语文字翻译介绍各国高深学术嘅，仍然系好少，呢的岂系因外国人，同中国外洋留学生，唔愿学华国文章，不过因中国文字语言，未曾用科学方法整理完备，令到呢两班人，抱一类（可望而不可即）之叹啫，如果港大（华文学系）得到成立健全，就从前所有困难，都可以由呢处逐渐解免，个时中外求学之士，一定多列门墙，争自濯磨，中外感情，自然更加浓浃，唔哙有乜野隔膜咯，所以为中国学问及世界打算，呢一科亦不能不办，列位先生，我记得十几年前有一班中国外洋留学生，因为想研精中国学问，也曾出过一份（汉风杂志），个份杂志，书面题辞，有四句集文选句，十分动人嘅，我愿借嚟贡献过列位，而且望列位实行个四句题辞嘅意思，对于（香港大学文科，华文系）赞襄尽力，务底于成，个四句题辞话，（怀旧之蓄念，发思古之幽情，光祖宗之玄灵，大汉之发天声，）

略注：

这里的括弧，间亦以代曲钩之用。爵绅盖有爵的绅士，不知其详。呢＝这。而家＝而今。嘅＝的。系＝是。唔＝无，不。哓＝了。同埋＝和。咩＝呢。啫＝呵。唔哙有乜野＝不会有什么。嚟＝来。过＝给。话＝说。

注毕不免又要发感慨了。《汉风杂志》我没有拜读过；但我记得一点旧事。前清光绪末年，我在日本东京留学，亲自看见的。那时的留学生中，很有一部分抱着革命的思想，而所谓革命者，其实是种族革命，要将土地从异族的手里取得，归还旧主人。除实行的之外，有些人是办报，有些人是钞旧书。所钞的大抵是中国所没有的禁书，所讲的大概是明末清初的情形，可以使青年猛省的。久之印成了一本书，因为是《湖北学生界》的特刊，所以名曰《汉声》，那封面上就题着四句古语：摅怀旧之蓄念，发思古之幽情，光祖宗之玄灵，振大汉之天声！

这是明明白白，叫我们想想汉族繁荣时代，和现状比较一下，看是如何，——必须“光复旧物”。说得露骨些，就是“排满”；推而广之，就是“排外”。不料二十年后，竟变成在香港大学保存国粹，而使“中外感情，自然更加浓浃”的标语了。我实在想不到这四句“集《文选》句”，竟也会被外国人所引用。

这样的感慨，在现今的中国，发起来是可以发不完的。还不如讲点有趣的事做收梢，算是“余兴”。从予先生在《一般》杂志（目录上说是独逸）上批评我的小说道：“作者的笔锋……并且颇多诙谐的意味，所以有许多小说，人家看了，只觉得发松可笑。换言之，即因为此故，至少是使读者减却了不少对人生的认识。”悲夫，这“只觉得”也！但我也确有这种的毛病，什么事都不能正正经经。便是感慨，也不肯一直发到底。只是我也自有我的苦衷。因为整年的发感慨，倘是假的，岂非无聊？倘真，则我早已感愤而死了，那里还有议论。我想，活着而想称“烈士”，究竟是不容易的。

我以为有趣，想要介绍的也不过是一个广告。港报上颇多特别的广告，而这一个最奇。我第一天看《循环日报》，便在第一版上看见的了，此后每天必见，我每见必要想一想，而直到今天终于想不通是怎么一回事：

香港城余蕙卖文

人和旅店余蕙屏联榜幅发售

香港对联　香港七律

香港七绝　青山七律

荻海对联　荻海七绝

花地七绝　花地七律

日本七绝　圣经五绝

英皇七绝　英太子诗

戏子七绝　广昌对联

三金六十员

五金五十员

七金四十员

屏条加倍

人和旅店主人谨启

小店在香港上环海傍门牌一百一十八号

读书杂谈

——七月十六日在广州知用中学讲

因为知用中学的先生们希望我来演讲一回，所以今天到这里和诸君相见。不过我也没有什么东西可讲。忽而想到学校是读书的所在，就随便谈谈读书。是我个人的意见，姑且供诸君的参考，其实也算不得什么演讲。

说到读书，似乎是很明白的事，只要拿书来读就是了，但是并不这样简单。至少，就有两种：一是职业的读书，一是嗜好的读书。所谓职业的读书者，譬如学生因为升学，教员因为要讲功课，不翻翻书，就有些危险的就是。我想在坐的诸君之中一定有些这样的经验，有的不喜欢算学，有的不喜欢博物，然而不得不学，否则，不能毕业，不能升学，和将来的生计便有妨碍了。我自己也这样，因为做教员，有时即非看不喜欢看的书不可，要不这样，怕不久便会于饭碗有妨。我们习惯了，一说起读书，就觉得是高尚的事情，其实这样的读书，和木匠的磨斧头，裁缝的理针线并没有什么分别，并不见得高尚，有时还很苦痛，很可怜。你爱做的事，偏不给你做，你不爱做的，倒非做不可。这是由于职业和嗜好不能合一而来的。倘能够大家去做爱做的事，而仍然各有饭吃，那是多么幸福。但现在的社会上还做不到，所以读书的人们的最大部分，大概是勉勉强强的，带着苦痛的为职业的读书。

现在再讲嗜好的读书罢。那是出于自愿，全不勉强，离开了利害关系的。——我想，嗜好的读书，该如爱打牌的一样，天天打，夜夜打，连续的去打，有时被公安局捉去了，放出来之后还是打。诸君要知道真打牌的人的目的并不在赢钱，而在有趣。牌有怎样的有趣呢，我是外行，不大明白。但听得爱赌的人说，它妙在一张一张的摸起来，永远变化无穷。我想，凡嗜好的读书，能够手不释卷的原因也就是这样。他在每一叶每一叶里，都得着深厚的趣味。自然，也可以扩大精神，增加智识的，但这些倒都不计及，一计及，便等于意在赢钱的博徒了，这在博徒之中，也算是下品。

不过我的意思，并非说诸君应该都退了学，去看自己喜欢看的书去，这样的时候还没有到来；也许终于不会到，至多，将来可以设法使人们对于非做不可的事发生较多的兴味罢了。我现在是说，爱看书的青年，大可以看看本分以外的书，即课外的书，不要只将课内的书抱住。但请不要误解，我并非说，譬如在国文讲堂上，应该在抽屉里暗看《红楼梦》之类；乃是说，应做的功课已完而有余暇，大可以看看各样的书，即使和本业毫不相干的，也要泛览。譬如学理科的，偏看看文学书，学文学的，偏看看科学书，看看别个在那里研究的，究竟是怎么一回事。这样子，对于别人，别事，可以有更深的了解。现在中国有一个大毛病，就是人们大概以为自己所学的一门是最好，最妙，最要紧的学问，而别的都无用，都不足道的，弄这些不足道的东西的人，将来该当饿死。其实是，世界还没有如此简单，学问都各有用处，要定什么是头等还很难。也幸而有各式各样的人，假如世界上全是文学家，到处所讲的不是"文学的分类"便是"诗之构造"，那倒反而无聊得很了。

不过以上所说的，是附带而得的效果，嗜好的读书，本人自然并不计及那些，就如游公园似的，随随便便去，因为随随便便，所以不吃力，因为不吃力，所以会觉得有趣。如果一本书拿到手，就满心想道，"我在读书了!""我在用功了!"那就容易疲劳，因而减掉兴味，或者变成苦事了。

我看现在的青年，为兴味的读书的是有的，我也常常遇到各样的询问。此刻就将我所想到的说一点，但是只限于文学方面，因为我不明白其他的。

第一，是往往分不清文学和文章。甚至于已经来动手做批评文章的，也免不了这毛病。其实粗粗的说，这是容易分别的。研究文章的历史或理论的，是文学家，是学者，做做诗，或戏曲小说的，是做文章的人，就是古时候所谓文人，此刻所谓创作家。创作家不妨毫不理会文学史或理论，文学家也不妨做不出一句诗。然而中国社会上还很误解，你做几篇小说，便以为你一定懂得小说概论，做几句新诗，就要你讲诗之原理。我也尝见想做小说的青年，先买小说法程和文学史来看。据我看来，是即使将这些书看烂了，和创作也没有什么关系的。

事实上，现在有几个做文章的人，有时也确去做教授。但这是因为中国创作不值钱，养不活自己的缘故。听说美国小名家的一篇中篇小说，时价是二千美金；中国呢，别人我不知道，我自己的短篇寄给大书铺，每篇卖过二十元。当然要寻别的事，例如教书，讲文学。研究是要用理智，要冷静的，而创作须情感，至少总得发点热，于是忽冷忽热，弄得头昏，——这也是职业和嗜好不能合一的苦处。苦倒也罢了，结果还是什么都弄不好。那证据，是试翻世界文学史，那里面的人，几乎没有兼做教授的。

还有一种坏处，是一做教员，未免有顾忌：教授有教授的架子，不能畅所欲言。这或者有人要反驳：那么，你畅所欲言就是了，何必如此小心。然而这是事前的风凉话，一到有事，不知不觉地他也要从众来攻击的。而教授自身，纵使自以为怎样放达，下意识里总不免有架子在。所以在外国，称为“教授小说”的东西倒并不少，但是不大有人说好，至少，是总难免有令大发烦的炫学的地方。

所以我想，研究文学是一件事，做文章又是一件事。

第二，我常被询问：要弄文学，应该看什么书？这实在是一个极难回答的问题。先前也曾有几位先生给青年开过一大篇书目。但从我看来，这是没有什么用处的，因为我觉得那都是开书目的先生自己想要看或者未必想要看的书目。我以为倘要弄旧的呢，倒不如姑且靠着张之洞的《书目答问》去摸门径去。倘是新的，研究文学，则自己先看看各种的小本子，如本间久雄的《新文学概论》，厨川白村的《苦闷的象征》，瓦浪斯基们的《苏俄的文艺论战》之类，然后自己再想想，再博览下去。因为文学的理论不像算学，二二一定得四，所以议论很纷歧。如第三种，便是俄国的两派的争论，——我附带说一句，近来听说连俄国的小说也不大有人看了，似乎一看见“俄”字就吃惊，其实苏俄的新创作何尝有人绍介，此刻译出的几本，都是革命前的作品，作者在那边都已经被看作反革命的了。倘要看看文艺作品呢，则先看几种名家的选本，从中觉得谁的作品自己最爱看，然后再看这一个作者的专集，然后再从文学史上看看他在史上的位置；倘要知道得更详细，就看一两本这人的传记，那便可以大略了解了。

如果专是请教别人，则各人的嗜好不同，总是格不相入的。

第三，说几句关于批评的事。现在因为出版物太多了，——其实有什么呢，而读者因为不胜其纷纭，便渴望批评，于是批评家也便应运而起。批评这东西，对于读者，至少对于和这批评家趣旨相近的读者，是有用的。但中国现在，似乎应该暂作别论。往往有人误以为批评家对于创作是操生杀之权，占文坛的最高位的，就忽而变成批评家；他的灵魂上挂了刀。但是怕自己的立论不周密，便主张主观，有时怕自己的观察别人不看重，又主张客观；有时说自己的作文的根柢全是同情，有时将校对者骂得一文不值。凡中国的批评文字，我总是越看越胡涂，如果当真，就要无路可走。印度人是早知道的，有一个很普通的比喻。他们说，一个老翁和一个孩子用一匹驴子驮着货物去出卖，货卖去了，孩子骑驴回来，老翁跟着走。但路人责备他了，说是不晓事，叫老年人徒步。他们便换了一个地位，而旁人又说老人忍心；老人忙将孩子抱到鞍鞒上，后来看见的人却说他们残酷；于是都下来，走了不久，可又有人笑他们了，说他们是呆子，空着现成的驴子却不骑。于是老人对孩子叹息道，我们只剩了一个办法了，是我们两人抬着驴子走。无论读，无论做，倘若旁征博访，结果是往往会弄到抬驴子走的。

不过我并非要大家不看批评，不过说看了之后，仍要看看本书，自己思索，自己做主。看别的书也一样，仍要自己思索，自己观察。倘只看书，便变成书厨，即使自己觉得有趣，而那趣味其实是已在逐渐硬化，逐渐死去了。我先前反对青年躲进研究室，也就是这意思，至今有些学者，还将这话算作我的一条罪状哩。

听说英国的培那特萧（Bernard Shaw），有过这样意思的话：世间最不行的是读书者。因为他只能看别人的思想艺术，不用自己。这也就是勖本华尔（Schopenhauer）之所谓脑子里给别人跑马。较好的是思索者。因为能用自己的生活力了，但还不免是空想，所以更好的是观察者，他用自己的眼睛去读世间这一部活书。

这是的确的，实地经验总比看，听，空想确凿。我先前吃过干荔支，罐头荔支，陈年荔支，并且由这些推想过新鲜的好荔支。这回吃过了，和我所猜想的不同，非到广东来吃就永不会知道。但我对于萧的所说，还要加一点骑墙的议论。萧是爱尔兰人，立论也不免有些偏激的。我以为假如从广东乡下找一个没有历练的人，叫他从上海到北京或者什么地方，然后问他观察所得，我恐怕是很有限的，因为他没有练习过观察力。所以要观察，还是先要经过思索和读书。

总之，我的意思是很简单的：我们自动的读书，即嗜好的读书，请教别人是大抵无用，只好先行泛览，然后决择而入于自己所爱的较专的一门或几门，但专读书也有弊病，所以必须和实社会接触，使所读的书活起来。

“公理”之所在

在广州的一个“学者”说，“鲁迅的话已经说完，《语丝》不必看了。”这是真的，我的话已经说完，去年说的，今年还适用，恐怕明年也还适用。但我诚恳地希望他不至于适用到十年二十年之后。倘这样，中国可就要完了，虽然我倒可以自慢。

公理和正义都被“正人君子”拿去了，所以我已经一无所有。这是我去年说过的话，而今年确也还是如此。然而我虽然一无所有，寻求是还在寻求的，正如每个穷光棍，大抵不会忘记银钱一样。

话也还没有说完。今年，我竟发见了公理之所在了。或者不能说发见，只可以说证实。北京中央公园里不是有一座白石牌坊，上面刻着四个大字道，“公理战胜”么？——

Yes，就是这个。

这四个字的意思是“有公理者战胜”，也就是“战胜者有公理”。

段执政有卫兵，“孤桐先生”秉政，开枪打败了请愿的学生，胜矣。于是东吉祥胡同的“正人君子”们的“公理”也蓬蓬勃勃。慨自执政退隐，“孤桐先生”“下野”之后，——呜呼，公理亦从而零落矣。那里去了呢？枪炮战胜了投壶，阿！有了，在南边了。于是乎南下，南下，南下……

于是乎“正人君子”们又和久违的“公理”相见了。

《现代评论》的一千元津贴事件，我一向没有插过嘴，而“主将”也将我拉在里面，乱骂一通，——大约以为我是“首领”之故罢。横竖说也被骂，不说也被骂，我就回敬一杯，问问你们所自称为“现代派”者，今年可曾幡然变计，另外运动，收受了新的战胜者的津贴没有？

还有一问，是：“公理”几块钱一斤？

新时代的放债法

还有一种新的“世故”。

先前，我总以为做债主的人是一定要有钱的，近来才知道无须。在“新时代”里，有一种精神的资本家。

你倘说中国像沙漠罢，这资本家便乘机而至了，自称是喷泉。你说社会冷酷罢，他便自说是热；你说周围黑暗罢，他便自说是太阳。

阿！世界上冠冕堂皇的招牌，都被拿去了。岂但拿去而已哉。他还润泽，温暖，照临了你。因为他是喷泉，热，太阳呵！

这是一宗恩典。

不但此也哩。你如有一点产业，那是他赏赐你的。为什么呢？因为倘若他一提倡共产，你的产业便要充公了，但他没有提倡，所以你能有现在的产业。那自然是他赏赐你的。

你如有一个爱人，也是他赏赐你的。为什么呢？因为他是天才而且革命家，许多女性都渴仰到五体投地。他只要说一声“来！”便都飞奔过去了，你的当然也在内。但他不说“来！”所以你得有现在的爱人。那自然也是他赏赐你的。

这又是一宗恩典。

还不但此也哩！他到你那里来的时候，还每回带来一担同情！一百回就是一百担——你如果不知道，那就因为你没有精神的眼睛——经过一年，利上加利，就是二三百担……

阿阿！这又是一宗大恩典。

于是乎是算账了。不得了，这么雄厚的资本，还不够买一个灵魂么？但革命家是客气的，无非要你报答一点，供其使用——其实也不算使用，不过是“帮忙”而已。

倘不如命地“帮忙”，当然，罪大恶极了。先将忘恩负义之罪，布告于天下。而且不但此也，还有许多罪恶，写在账簿上哩，一旦发布，你便要“身败名裂”了。想不“身败名裂”么，只有一条路，就是赶快来“帮忙”以赎罪。

然而我不幸竟看见了“新时代的新青年”的身边藏着这许多账簿，而他们自己对于“身败名裂”又怀着这样天大的恐慌。

于是乎又得新“世故”：关上门，塞好酒瓶，捏紧皮夹。这倒于我很保存了一些润泽，光和热——我是只看见物质的。

革命时代的文学

——四月八日在黄埔军官学校讲

今天要讲几句的话是就将这“革命时代的文学”算作题目。这学校是邀过我好几次了，我总是推宕着没有来。为什么呢？因为我想，诸君之所以来邀我，大约是因为我曾经做过几篇小说，是文学家，要从我这里听文学。其实我并不是的，并不懂什么。我首先正经学习的是开矿，叫我讲掘煤，也许比讲文学要好一些。自然，因为自己的嗜好，文学书是也时常看看的，不过并无心得，能说出于诸君有用的东西来。加以这几年，自己在北京所得的经验，对于一向所知道的前人所讲的文学的议论，都渐渐的怀疑起来。那是开枪打杀学生的时候罢，文禁也严厉了，我想：文学文学，是最不中用的，没有力量的人讲的；有实力的人并不开口，就杀人，被压迫的人讲几句话，写几个字，就要被杀；即使幸而不被杀，但天天呐喊，叫苦，鸣不平，而有实力的人仍然压迫，虐待，杀戮，没有方法对付他们，这文学于人们又有什么益处呢？

在自然界里也这样，鹰的捕雀，不声不响的是鹰，吱吱叫喊的是雀；猫的捕鼠，不声不响的是猫，吱吱叫喊的是老鼠；结果，还是只会开口的被不开口的吃掉。文学家弄得好，做几篇文章，也许能够称誉于当时，或者得到多少年的虚名罢，——譬如一个烈士的追悼会开过之后，烈士的事情早已不提了，大家倒传诵着谁的挽联做得好：这实在是一件很稳当的买卖。

但在这革命地方的文学家，恐怕总喜欢说文学和革命是大有关系的，例如可以用这来宣传，鼓吹，煽动，促进革命和完成革命。不过我想，这样的文章是无力的，因为好的文艺作品，向来多是不受别人命令，不顾利害，自然而然地从心中流露的东西；如果先挂起一个题目，做起文章来，那又何异于八股，在文学中并无价值，更说不到能否感动人了。为革命起见，要有“革命人”“革命文学”倒无须急急，革命人做出东西来，才是革命文学。所以，我想：革命，倒是与文章有关系的。革命时代的文学和平时的文学不同，革命来了，文学就变换色彩。但大革命可以变换文学的色彩，小革命却不，因为不算什么革命，所以不能变换文学的色彩。在此地是听惯了“革命”了，江苏浙江谈到革命二字，听的人都很害怕，讲的人也很危险。其实“革命”是并不稀奇的，惟其有了它，社会才会改革，人类才会进步，能从原虫到人类，从野蛮到文明，就因为没有一刻不在革命。生物学家告诉我们：“人类和猴子是没有大两样的，人类和猴子是表兄弟。”但为什么人类成了人，猴子终于是猴子呢？这就因为猴子不肯变化——它爱用四只脚走路。也许曾有一个猴子站起来，试用两脚走路的罢，但许多猴子就说：“我们的祖先一向是爬的，不许你站！”咬死了。它们不但不肯站起来，并且不肯讲话，因为它守旧。人类就不然，他终于站起，讲话，结果是他胜利了。现在也还没有完。所以革命是并不稀奇的，凡是至今还未灭亡的民族，还都天天在努力革命，虽然往往不过是小革命。

大革命与文学有什么影响呢？大约可以分开三个时候来说：

（一）大革命之前，所有的文学，大抵是对于种种社会状态，觉得不平，觉得痛苦，就叫苦，鸣不平，在世界文学中关于这类的文学颇不少。但这些叫苦鸣不平的文学对于革命没有什么影响，因为叫苦鸣不平，并无力量，压迫你们的人仍然不理，老鼠虽然吱吱地叫，尽管叫出很好的文学，而猫儿吃起它来，还是不客气。所以仅仅有叫苦鸣不平的文学时，这个民族还没有希望，因为止于叫苦和鸣不平。例如人们打官司，失败的方面到了分发冤单的时候，对手就知道他没有力量再打官司，事情已经了结了；所以叫苦鸣不平的文学等于喊冤，压迫者对此倒觉得放心。有些民族因为叫苦无用，连苦也不叫了，他们便成为沉默的民族，渐渐更加衰颓下去，埃及，阿拉伯，波斯，印度就都没有什么声音了！至于富有反抗性，蕴有力量的民族，因为叫苦没用，他便觉悟起来，由哀音而变为怒吼。怒吼的文学一出现，反抗就快到了；他们已经很愤怒，所以与革命爆发时代接近的文学每每带有愤怒之音；他要反抗，他要复仇。苏俄革命将起时，即有些这类的文学。但也有例外，如波兰，虽然早有复仇的文学，然而他的恢复，是靠着欧洲大战的。

（二）到了大革命的时代，文学没有了，没有声音了，因为大家受革命潮流的鼓荡，大家由呼喊而转入行动，大家忙着革命，没有闲空谈文学了。还有一层，是那时民生凋敝，一心寻面包吃尚且来不及，那里有心思谈文学呢？守旧的人因为受革命潮流的打击，气得发昏，也不能再唱所谓他们底文学了。有人说："文学是穷苦的时候做的"，其实未必，穷苦的时候必定没有文学作品的；我在北京时，一穷，就到处借钱，不写一个字，到薪俸发放时，才坐下来做文章。忙的时候也必定没有文学作品，挑担的人必要把担子放下，才能做文章；拉车的人也必要把车子放下，才能做文章。大革命时代忙得很，同时又穷得很，这一部分人和那一部分人斗争，非先行变换现代社会底状态不可，没有时间也没有心思做文章；所以大革命时代的文学便只好暂归沉寂了。

（三）等到大革命成功后，社会底状态缓和了，大家的生活有余裕了，这时候就又产生文学。这时候底文学有二：一种文学是赞扬革命，称颂革命，——讴歌革命，因为进步的文学家想到社会改变，社会向前走，对于旧社会的破坏和新社会的建设，都觉得有意义，一方面对于旧制度的崩坏很高兴。一方面对于新的建设来讴歌。另有一种文学是吊旧社会的灭亡——挽歌——也是革命后会有的文学。有些的人以为这是“反革命的文学”，我想，倒也无须加以这么大的罪名。革命虽然进行，但社会上旧人物还很多，决不能一时变成新人物，他们的脑中满藏着旧思想旧东西；环境渐变，影响到他们自身的一切，于是回想旧时的舒服，便对于旧社会眷念不已，恋恋不舍，因而讲出很古的话，陈旧的话，形成这样的文学。这种文学都是悲哀的调子，表示他心里不舒服，一方面看见新的建设胜利了，一方面看见旧的制度灭亡了，所以唱起挽歌来。但是怀旧，唱挽歌，就表示已经革命了，如果没有革命，旧人物正得势，是不会唱挽歌的。

不过中国没有这两种文学——对旧制度挽歌，对新制度讴歌；因为中国革命还没有成功，正是青黄不接，忙于革命的时候。不过旧文学仍然很多，报纸上的文章，几乎全是旧式。我想，这足见中国革命对于社会没有多大的改变，对于守旧的人没有多大的影响，所以旧人仍能超然物外。广东报纸所讲的文学，都是旧的，新的很少，也可以证明广东社会没有受革命影响；没有对新的讴歌，也没有对旧的挽歌，广东仍然是十年前底广东。不但如此，并且也没有叫苦，没有鸣不平；止看见工会参加游行，但这是政府允许的，不是因压迫而反抗的，也不过是奉旨革命。中国社会没有改变，所以没有怀旧的哀词，也没有崭新的进行曲，只在苏俄却已产生了这两种文学。他们的旧文学家逃亡外国，所作的文学，多是吊亡挽旧的哀词；新文学则正在努力向前走，伟大的作品虽然还没有，但是新作品已不少，他们已经离开怒吼时期而过渡到讴歌的时期了。赞美建设是革命进行以后的影响，再往后去的情形怎样，现在不得而知，但推想起来，大约是平民文学罢，因为平民的世界，是革命的结果。

现在中国自然没有平民文学，世界上也还没有平民文学，所有的文学，歌呀，诗呀，大抵是给上等人看的；他们吃饱了，睡在躺椅上，捧着看。一个才子出门遇见一个佳人，两个人很要好，有一个不才子从中捣乱，生出差迟来，但终于团圆了。这样地看看，多么舒服。或者讲上等人怎样有趣和快乐，下等人怎样可笑。前几年《新青年》载过几篇小说，描写罪人在寒地里的生活，大学教授看了就不高兴，因为他们不喜欢看这样的下流人。如果诗歌描写车夫，就是下流诗歌；一出戏里，有犯罪的事情，就是下流戏。他们的戏里的脚色，止有才子佳人，才子中状元，佳人封一品夫人，在才子佳人本身很欢喜，他们看了也很欢喜，下等人没奈何，也只好替他们一同欢喜欢喜。在现在，有人以平民——工人农民——为材料，做小说做诗，我们也称之为平民文学，其实这不是平民文学，因为平民还没有开口。这是另外的人从旁看见平民的生活，假托平民的口吻而说的。眼前的文人有些虽然穷，但总比工人农民富足些，这才能有钱去读书，才能有文章；一看好像是平民所说的，其实不是；这不是真的平民小说。平民所唱的山歌野曲，现在也有人写下来，以为是平民之音了，因为是老百姓所唱。但他们间接受古书的影响很大，他们对于乡下的绅士有田三千亩，佩服得不了，每每拿绅士的思想，做自己的思想，绅士们惯吟五言诗，七言诗；因此他们所唱的山歌野曲，大半也是五言或七言。这是就格律而言，还有构思取意，也是很陈腐的，不能称是真正的平民文学。现在中国底小说和诗实在比不上别国，无可奈何，只好称之曰文学；谈不到革命时代的文学，更谈不到平民文学。现在的文学家都是读书人，如果工人农民不解放，工人农民的思想，仍然是读书人的思想，必待工人农民得到真正的解放，然后才有真正的平民文学。有些人说："中国已有平民文学"，其实这是不对的。

诸君是实际的战争者，是革命的战士，我以为现在还是不要佩服文学的好。学文学对于战争，没有益处，最好不过作一篇战歌，或者写得美的，便可于战余休憩时看看，倒也有趣。要讲得堂皇点，则譬如种柳树，待到柳树长大，浓阴蔽日，农夫耕作到正午，或者可以坐在柳树底下吃饭，休息休息。中国现在的社会情状，止有实地的革命战争，一首诗吓不走孙传芳，一炮就把孙传芳轰走了。自然也有人以为文学于革命是有伟力的，但我个人总觉得怀疑，文学总是一种余裕的产物，可以表示一民族的文化，倒是真的。

人大概是不满于自己目前所做的事的，我一向只会做几篇文章，自己也做得厌了，而捏枪的诸君，却又要听讲文学。我呢，自然倒愿意听听大炮的声音，仿佛觉得大炮的声音或者比文学的声音要好听得多似的。我的演说只有这样多，感谢诸君听完的厚意！

文学和出汗

上海的教授对人讲文学，以为文学当描写永远不变的人性，否则便不久长。例如英国，莎士比亚和别的一两个人所写的是永久不变的人性，所以至今流传，其余的不这样，就都消灭了云。

这真是所谓“你不说我倒还明白，你越说我越胡涂”了。英国有许多先前的文章不流传，我想，这是总会有的，但竟没有想到它们的消灭，乃因为不写永久不变的人性。现在既然知道了这一层，却更不解它们既已消灭，现在的教授何从看见，却居然断定它们所写的都不是永久不变的人性了。

只要流传的便是好文学，只要消灭的便是坏文学；抢得天下的便是王，抢不到天下的便是贼。莫非中国式的历史论，也将沟通了中国人的文学论欤？

而且，人性是永久不变的么?

类人猿，类猿人，原人，古人，今人，未来的人，……如果生物真会进化，人性就不能永久不变。不说类猿人，就是原人的脾气，我们大约就很难猜得着的，则我们的脾气，恐怕未来的人也未必会明白。要写永久不变的人性，实在难哪。

譬如出汗罢，我想，似乎于古有之，于今也有，将来一定暂时也还有，该可以算得较为“永久不变的人性”了。然而“弱不禁风”的小姐出的是香汗，“蠢笨如牛”的工人出的是臭汗。不知道倘要做长留世上的文字，要充长留世上的文学家，是描写香汗好呢，还是描写臭汗好?这问题倘不先行解决，则在将来文学史上的位置，委实是“岌岌乎殆哉”。

听说，例如英国，那小说，先前是大抵写给太太小姐们看的，其中自然是香汗多；到十九世纪后半，受了俄国文学的影响，就很有些臭汗气了。那一种的命长，现在似乎还在不可知之数。

在中国，从道士听论道，从批评家听谈文，都令人毛孔痉挛，汗不敢出。然而这也许倒是中国的“永久不变的人性”罢。

无声的中国

——二月十六日在香港青年会讲

以我这样没有什么可听的无聊的讲演，又在这样大雨的时候，竟还有这许多来听的诸君，我首先应当声明我的郑重的感谢。

我现在所讲的题目是：《无声的中国》。

现在，浙江，陕西，都在打仗，那里的人民哭着呢还是笑着呢，我们不知道。香港似乎很太平，住在这里的中国人，舒服呢还是不很舒服呢，别人也不知道。

发表自己的思想，感情给大家知道的是要用文章的，然而拿文章来达意，现在一般的中国人还做不到。这也怪不得我们；因为那文字，先就是我们的祖先留传给我们的可怕的遗产。人们费了多年的工夫，还是难于运用。因为难，许多人便不理它了，甚至于连自己的姓也写不清是张还是章，或者简直不会写，或者说道：Chang。虽然能说话，而只有几个人听到，远处的人们便不知道，结果也等于无声。又因为难，有些人便当作宝贝，像玩把戏似的，之乎者也，只有几个人懂，——其实是不知道可真懂，而大多数的人们却不懂得，结果也等于无声。

文明人和野蛮人的分别，其一，是文明人有文字，能够把他们的思想，感情，藉此传给大众，传给将来。中国虽然有文字，现在却已经和大家不相干，用的是难懂的古文，讲的是陈旧的古意思，所有的声音，都是过去的，都就是只等于零的。所以，大家不能互相了解，正像一大盘散沙。

将文章当作古董，以不能使人认识，使人懂得为好，也许是有趣的事罢。但是，结果怎样呢？是我们已经不能将我们想说的话说出来。我们受了损害，受了侮辱，总是不能说出些应说的话。拿最近的事情来说，如中日战争，拳匪事件，民元革命这些大事件，一直到现在，我们可有一部像样的著作？民国以来，也还是谁也不作声。反而在外国，倒常有说起中国的，但那都不是中国人自己的声音，是别人的声音。

这不能说话的毛病，在明朝是还没有这样厉害的；他们还比较地能够说些要说的话。待到满洲人以异族侵入中国，讲历史的，尤其是讲宋末的事情的人被杀害了，讲时事的自然也被杀害了。所以，到乾隆年间，人民大家便更不敢用文章来说话了。所谓读书人，便只好躲起来读经，校刊古书，做些古时的文章，和当时毫无关系的文章。有些新意，也还是不行的；不是学韩，便是学苏。韩愈苏轼他们，用他们自己的文章来说当时要说的话，那当然可以的。我们却并非唐宋时人，怎么做和我们毫无关系的时候的文章呢。即使做得像，也是唐宋时代的声音，韩愈苏轼的声音，而不是我们现代的声音。然而直到现在，中国人却还要着这样的旧戏法。人是有的，没有声音，寂寞得很。——人会没有声音的么？没有，可以说，是死了。倘要说得客气一点，那就是：已经哑了。

要恢复这多年无声的中国，是不容易的，正如命令一个死掉的人道："你活过来！"我虽然并不懂得宗教，但我以为正如想出现一个宗教上之所谓"奇迹"一样。

首先来尝试这工作的是"五四运动"前一年，胡适之先生所提倡的"文学革命"。"革命"这两个字，在这里不知道可害怕，有些地方是一听到就害怕的。但这和文学两字连起来的"革命"，却没有法国革命的"革命"那么可怕，不过是革新，改换一个字，就很平和了，我们就称为"文学革新"罢，中国文字上，这样的花样是很多的。那大意也并不可怕，不过说：我们不必再去费尽心机，学说古代的死人的话，要说现代的活人的话；不要将文章看作古董，要做容易懂得的白话的文章。然而，单是文学革新是不够的，因为腐败思想，能用古文做，也能用白话做。所以后来就有人提倡思想革新。思想革新的结果，是发生社会革新运动。这运动一发生，自然一面就发生反动，于是便酿成战斗……。

但是，在中国，刚刚提起文学革新，就有反动了。不过白话文却渐渐风行起来，不大受阻碍。这是怎么一回事呢？就因为当时又有钱玄同先生提倡废止汉字，用罗马字母来替代。这本也不过是一种文字革新，很平常的，但被不喜欢改革的中国人听见，就大不得了了，于是便放过了比较的平和的文学革命，而竭力来骂钱玄同。白话乘了这一个机会，居然减去了许多敌人，反而没有阻碍，能够流行了。

中国人的性情是总喜欢调和，折中的。譬如你说，这屋子太暗，须在这里开一个窗，大家一定不允许的。但如果你主张拆掉屋顶，他们就会来调和，愿意开窗了。没有更激烈的主张，他们总连平和的改革也不肯行。那时白话文之得以通行，就因为有废掉中国字而用罗马字母的议论的缘故。

其实，文言和白话的优劣的讨论，本该早已过去了，但中国是总不肯早早解决的，到现在还有许多无谓的议论。例如，有的说：古文各省人都能懂，白话就各处不同，反而不能互相了解了。殊不知这只要教育普及和交通发达就好，那时就人人都能懂较为易解的白话文；至于古文，何尝各省人都能懂，便是一省里，也没有许多人懂得的。有的说：如果都用白话文，人们便不能看古书，中国的文化就灭亡了。其实呢，现在的人们大可以不必看古书，即使古书里真有好东西，也可以用白话来译出的，用不着那么心惊胆战。他们又有人说，外国尚且译中国书，足见其好，我们自己倒不看么？殊不知埃及的古书，外国人也译，非洲黑人的神话，外国人也译，他们别有用意，即使译出，也算不了怎样光荣的事的。

近来还有一种说法，是思想革新紧要，文字改革倒在其次，所以不如用浅显的文言来作新思想的文章，可以少招一重反对。这话似乎也有理。然而我们知道，连他长指甲都不肯剪去的人，是决不肯剪去他的辫子的。

因为我们说着古代的话，说着大家不明白，不听见的话，已经弄得像一盘散沙，痛痒不相关了。我们要活过来，首先就须由青年们不再说孔子孟子和韩愈柳宗元们的话。时代不同，情形也两样，孔子时代的香港不这样，孔子口调的“香港论”是无从做起的，“吁嗟阔哉香港也”，不过是笑话。

我们要说现代的，自己的话；用活着的白话，将自己的思想，感情直白地说出来。但是，这也要受前辈先生非笑的。他们说白话文卑鄙，没有价值；他们说年青人作品幼稚，贻笑大方。我们中国能做文言的有多少呢，其余的都只能说白话，难道这许多中国人，就都是卑鄙，没有价值的么？至于幼稚，尤其没有什么可羞，正如孩子对于老人，毫没有什么可羞一样。幼稚是会生长，会成熟的，只不要衰老，腐败，就好。倘说待到纯熟了才可以动手，那是虽是村妇也不至于这样蠢。她的孩子学走路，即使跌倒了，她决不至于叫孩子从此躺在床上，待到学会了走法再下地面来的。

青年们先可以将中国变成一个有声的中国。大胆地说话，勇敢地进行，忘掉了一切利害，推开了古人，将自己的真心的话发表出来。——真，自然是不容易的。譬如态度，就不容易真，讲演时候就不是我的真态度，因为我对朋友，孩子说话时候的态度是不这样的。——但总可以说些较真的话，发些较真的声音。只有真的声音，才能感动中国的人和世界的人；必须有了真的声音，才能和世界的人同在世界上生活。

我们试想现在没有声音的民族是那几种民族。我们可听到埃及人的声音？可听到安南，朝鲜的声音？印度除了泰戈尔，别的声音可还有？

我们此后实在只有两条路：一是抱着古文而死掉，一是舍掉古文而生存。

铲共大观

仍是四月六日的《申报》上，又有一段《长沙通信》，叙湘省破获共产党省委会，“处死刑者三十余人，黄花节斩决八名”。其中有几处文笔做得极好，抄一点在下面：

……是日执行之后，因马（淑纯，十六岁；志纯，十四岁）傅（凤君，二十四岁）三犯，系属女性，全城男女往观者，终日人山人海，拥挤不通。加以共魁郭亮之首级，又悬之司门口示众，往观者更众。司门口八角亭一带，交通为之断绝。计南门一带民众，则看郭亮首级后，又赴教育会看女尸。北门一带民众，则在教育会看女尸后，又往司门口看郭首级。全城扰攘，铲共空气，为之骤张；直至晚间，观者始不似日间之拥挤。

抄完之后，觉得颇不妥。因为我就想发一点议论，然而立刻又想到恐怕一面有人疑心我在冷嘲（有人说，我是只喜欢冷嘲的），一面又有人责罚我传播黑暗，因此咒我灭亡，自己带着一切黑暗到地底里去。但我熬不住，——别的议论就少发一点罢，单从“为艺术的艺术”说起来，你看这不过一百五六十字的文章，就多么有力。我一读，便仿佛看见司门口挂着一颗头，教育会前列着三具不连头的女尸。而且至少是赤膊的，——但这也许我猜得不对，是我自己太黑暗之故。而许多“民众”，一批是由北往南，一批是由南往北，挤着，嚷着……。再添一点蛇足，是脸上都表现着或者正在神往，或者已经满足的神情。在我所见的“革命文学”或“写实文学”中，还没有遇到过这么强有力的文学。批评家罗喀绥夫斯奇说的罢：“安特列夫竭力要我们恐怖，我们却并不怕；契诃夫不这样，我们倒恐怖了。”这百余字实在抵得上小说一大堆，何况又是事实。

且住。再说下去，恐怕有些英雄们又要责我散布黑暗，阻碍革命了。一理是也有一理的，现在易犯嫌疑，忠实同志被误解为共党，或关或释的，报上向来常见。万一不幸，沉冤莫白，那真是……。倘使常常提起这些来，也许未免会短壮士之气。但是，革命被头挂退的事是很少有的，革命的完结，大概只由于投机者的潜入。也就是内里蛀空。这并非指赤化，任何主义的革命都如此。但不是正因为黑暗，正因为没有出路，所以要革命的么？倘必须前面贴着“光明”和“出路”的包票，这才雄赳赳地去革命，那就不但不是革命者，简直连投机家都不如了。虽是投机，成败之数也不能预卜的。

我临末还要揭出一点黑暗，是我们中国现在（现在！不是超时代的）的民众，其实还不很管什么党，只要看“头”和“女尸”。只要有，无论谁的都有人看，拳匪之乱，清末党狱，民二，去年和今年，在这短短的二十年中，我已经目睹或耳闻了好几次了。

我的态度气量和年纪

英勇的刊物是层出不穷，“文艺的分野”上的确热闹起来了。日报广告上的《战线》这名目就惹人注意，一看便知道其中都是战士。承蒙一个朋友寄给我三本，才得看见了一点枪烟，并且明白弱水做的《谈中国现在的文学界》里的有一粒弹子，是瞄准着我的。为什么呢？因为先是《“醉眼”中的朦胧》做错了。据说错处有三：一是态度，二是气量，三是年纪。复述易于失真，还是将这粒子弹移置在下面罢：

鲁迅那篇，不敬得很，态度太不兴了。我们从他先后的论战上看来，不能不说他的量气太窄了。最先（据所知）他和西滢战，继和长虹战，我们一方面觉得正直是在他这面，一方面又觉得辞锋太有点尖酸刻薄，现在又和创造社战，辞锋仍是尖酸，正直却不一定落在他这面。是的，仿吾和初梨两人对他的批评是可以有反驳的地方，但这应庄严出之，因为他们所走的方向不能算不对，冷嘲热刺，只有对于冥顽不灵者为必要，因为是不可理喻。对于热烈猛进的绝对不合用这种态度。他那种态度，虽然在他自己亦许觉得骂得痛快，但那种口吻，适足表出"老头子"的确不行吧了。好吧，这事本该是没有勉强的必要和可能，让各人走各人的路去好了。我们不禁想起了五四时的林琴南先生了！

这一段虽然并不涉及是非，只在态度，量气，口吻上，断定这"老头子的确不行"，从此又自然而然地抹杀我那篇文字，但粗粗一看，却很像第三者从旁的批评。从我看来，"尖酸刻薄"之处也不少，作者大概是青年，不会有"老头子"气的，这恐怕因为我"冥顽不灵"，不得已而用之的罢，或者便是自己不觉得。不过我要指摘，这位隐姓埋名的弱水先生，其实是创造社那一面的。我并非说，这些战士，大概是创造社里常见他的脚踪，或在艺术大学里兼有一只饭碗，不过指明他们是相同的气类。因此，所谓《战线》，也仍不过是创造社的战线。所以我和西滢长虹战，他虽然看见正直，却一声不响，今和创造社战，便只看见尖酸，忽然显战士身而出现了。其实所断定的先两回的我的"正直"，也还是死了已经两千多年了的老头子老聃先师的"将欲取之必先与之”的战略，我并不感服这类的公评。陈西滢也知道这种战法的，他因为要打倒我的短评，便称赞我的小说，以见他之公正。

即使真以为先两回是正直在我这面的罢，也还是因为这位弱水先生是不和他们同系，同社，同派，同流……。从他们那一面看来，事情可就两样了。我“和西滢战”了以后，现代系的唐有壬曾说《语丝》的言论，是受了墨斯科的命令；“和长虹战”了以后，狂飙派的常燕生曾说《狂飙》的停版，也许因为我的阴谋。但除了我们两方以外，恐怕不大有人注意或记得了罢。事不干己，是很容易滑过去的。

这次对于创造社，是的，“不敬得很”，未免有些不“庄严”；即使在我以为是直道而行，他们也仍可认为“尖酸刻薄”。于是“论战”便变成“态度战”“量气战”“年龄战”了。但成仿吾辈的对我的“态度”，战士们虽然不屑留心到，在我本身是明白的。我有兄弟，自以为算不得就是我“不可理喻”，而这位批评家于《呐喊》出版时，即加以讥刺道：“这回由令弟编了出来，真是好看得多了。”这传统直到五年之后，再见于冯乃超的论文，说是“无聊赖地跟他弟弟说几句人道主义的美丽的说话”。我的主张如何且不论，即使相同，何以说话相同便是“无聊赖地”？莫非一有“弟弟”，就必须反对，一个讲革命，一个即该讲保皇，一个学地理，一个就得学天文么？还有，我合印一年的杂感为《华盖集》，另印先前所钞的小说史料为《小说旧闻钞》，是并不相干的。这位成仿吾先生却加以编排道：“我们的鲁迅先生坐在华盖之下正在抄他的‘小说旧闻’。”这使李初梨很高兴，今年又抄在《文化批判》里，还乐得不可开交道，“他（成仿吾）这段文章，比‘趣味文学’还更有趣些。”但是还不够，他们因为我生在绍兴，绍兴出酒，便说“醉眼陶然”；因为我年纪比他们大了，便说“老生”，还要加注道：“若许我用文学的表现。”而这一个“老”的错处，还给《战线》上的弱水先生作为“的确不行”的根源。我自信对于创造社，还不至于用了他们的籍贯，家族，年纪，来作奚落的资料，不过今年偶然做了一篇文章，其中第一次指摘了他们文字里的矛盾和笑话而已。但是“态度”问题来了，“量气”问题也来了，连战士也以为尖酸刻薄。莫非必须我学革命文学家所指为“卑污”的托尔斯泰，毫无抵抗，或者上一呈文：“小资产阶级或有产阶级臣鲁迅诚惶诚恐谨呈革命的‘印贴利更追亚’老爷麾下”，这才不至于“的确不行”么？

至于我是“老头子”，却的确是我的不行。“和长虹战”的时候，他也曾指出我这一条大错处，此外还嘲笑我的生病。而且也是真的，我的确生过病，这回弱水这一位“小头子”对于这一节没有话说，可见有些青年究竟还怀着纯朴的心，很是厚道的。所以他将“冷嘲热刺”的用途，也瓜分开来，给“热烈猛进的”制定了优待条件。可惜我生得太早，已经不属于那一类，不能享受同等待遇了。但幸而我年青时没有真上战线去，受过创伤，倘使身上有了残疾，那就又添一件话柄，现在真不知道要受多少奚落哩。这是“不革命”的好处，应该感谢自己的。

其实这回的不行，还只是我不行，无关年纪的。托尔斯泰，克罗颇特庚，马克斯，虽然言行有“卑污”与否之分，但毕竟都苦斗了一生，我看看他们的照相，全有大胡子。因为我一个而抹杀一切“老头子”，大约是不算公允的。然而中国呢，自然不免又有些特别，不行的多。少年尚且老成，老年当然成老。林琴南先生是确乎应该想起来的，他后来真是暮年景象，因为反对白话，不能论战，便从横道儿来做一篇影射小说，使一个武人痛打改革者，——说得“美丽”一点，就是神往于“武器的文艺”了。旧的和新的，往往有极其相同之点——如：个人主义者和社会主义者往往都反对资产阶级，保守者和改革者往往都主张为人生的艺术，都讳言黑暗，棒喝主义者和共产主义者都厌恶人道主义等——林琴南先生的事也正是一个证明。至于所以不行之故，其关键就全在他生得更早，不知道这一阶级将被“奥服赫变”，及早变计，于是归根结蒂，分明现出 Fascist 本相了。但我以为“老头子”如此，是不足虑的，他总比青年先死。林琴南先生就早已死去了。可怕的是将为将来柱石的青年，还象他的东拉西扯。

又来说话，量气又太小了，再说下去，就要更小，“正直”岂但“不一定”在这一面呢，还要一定不在这一面。而且所说的又都是自己的事，并非“大贫”的民众……。但是，即使所讲的只是个人的事，有些人固然只看见个人，有些人却也看见背景或环境。例如《鲁迅在广东》这一本书，今年战士们忽以为编者和被编者希图不朽，于是看得“烦躁”，也给了一点对于“冥顽不灵”的冷嘲。我却以为这太偏于唯心论了，无所谓不朽，不朽又干吗，这是现代人大抵知道的。所以会有这一本书，其实不过是要黑字印在白纸上，订成一本，作商品出售罢了。无论是怎样泡制法，所谓“鲁迅”也者，往往不过是充当了一种的材料。这种方法，便是“所走的方向不能算不对”的创造社也在所不免的。托罗兹基虽然已经“没落”，但他曾说，不含利害关系的文章，当在将来另一制度的社会里。我以为他这话却还是对的。

革命咖啡店

革命咖啡店的革命底广告式文字，昨天在报章上看到了，仗着第四个“有闲”，先抄一段在下面：

……但是读者们，我却发现了这样一家我们所理想的乐园，我一共去了两次，我在那里遇见了我们今日文艺界上的名人，龚冰庐，鲁迅，郁达夫等。并且认识了孟超，潘汉年，叶灵凤等，他们有的在那里高谈着他们的主张，有的在那里默默沉思，我在那里领会到不少教益呢。……

遥想洋楼高耸，前临阔街，门口是晶光闪灼的玻璃招牌，楼上是“我们今日文艺界上的名人”，或则高谈，或则沉思，面前是一大杯热气蒸腾的无产阶级咖啡，远处是许许多多

“龌龊的农工大众”，他们喝着，想着，谈着，指导着，获得着，那是，倒也实在是“理想的乐园”。

何况既喝咖啡，又领“教益”呢？上海滩上，一举两得的买卖本来多。大如弄几本杂志，便算革命；小如买多少钱书籍，即赠送真丝光袜或请吃冰淇淋——虽然我至今还猜不透那些惠顾的人们，究竟是意在看书呢，还是要穿丝光袜。至于咖啡店，先前只听说不过可以兼看舞女，使女，“以饱眼福”罢了。谁料这回竟是“名人”，给人“教益”，还演“高谈”“沉思”种种好玩的把戏，那简直是现实的乐园了。

但我又有几句声明——

就是：这样的咖啡店里，我没有上去过，那一位作者所“遇见”的，又是别一人。因为：一，我是不喝咖啡的，我总觉得这是洋大人所喝的东西（但这也许是我的“时代错误”），不喜欢，还是绿茶好。二，我要抄“小说旧闻”之类，无暇享受这样乐园的清福。三，这样的乐园，我是不敢上去的，革命文学家，要年青貌美，齿白唇红，如潘汉年叶灵凤辈，这才是天生的文豪，乐园的材料；如我者，在《战线》上就宣布过一条“满口黄牙”的罪状，到那里去高谈，岂不亵渎了“无产阶级文学”么？还有四，则即使我要上去，也怕走不到，至多，只能在店后门远处彷徨彷徨，嗅嗅咖啡渣的气息罢了。你看这里面不很有些在前线的文豪么，我却是“落伍者”，决不会坐在一屋子里的。

以上都是真话。叶灵凤革命艺术家曾经画过我的像，说是躲在酒坛的后面。这事的然否我不谈。现在所要声明的，只是这乐园中我没有去，也不想去，并非躲在咖啡杯后面在骗人。

杭州另外有一个鲁迅时，我登了一篇启事，“革命文学家”就挖苦了。但现在仍要自己出手来做一回，一者因为我不是咖啡，不愿意在革命店里做装点；二是我没有创造社那么阔，有一点事就一个律师，两个律师。

“皇汉医学”

革命成功之后，“国术”“国技”“国花”“国医”闹得乌烟瘴气之时，日本人汤本求真做的《皇汉医学》译本也将乘时出版了。广告上这样说——

日医汤本求真氏于明治三十四年卒业金泽医学专门学校后应世多年觉中西医术各有所长短非比较同异舍短取长不可爱发愤学汉医历十八年之久汇集吾国历来诸家医书及彼邦人士研究汉医药心得之作著“皇汉医学”一书引用书目多至一百余种旁求博考洵大观也……

我们“皇汉”人实在有些怪脾气的：外国人论及我们缺点的不欲闻，说好处就相信，讲科学者不大提，有几个说神见鬼的便绍介。这也正是同例，金泽医学专门学校卒业者何止数千人，做西洋医学的也有十几位了，然而我们偏偏刮目于可入《无双谱》的汤本先生的《皇汉医学》。

小朋友梵儿在日本东京，化了四角钱在地摊上买到一部冈千仞作的《观光纪游》，是明治十七年（一八八四）来游中国的日记。他看过之后，在书头卷尾写了几句牢骚话，寄给我了。来得正好，钞一段在下面：

二十三日，梦香竹孙来访。……梦香盛称多纪氏医书。余曰，“敝邦西洋医学盛开，无复手多纪氏书者，故贩原板上海书肆，无用陈余之刍狗也。”曰，“多纪氏书，发仲景氏微旨，他年日人必悔此事。”曰，“敝邦医术大开，译书续出，十年之后，中人争购敝邦译书，亦不可知。”梦香默然。余因以为合信氏医书（案：盖指《全体新论》），刻于宁波，宁波距此咫尺，而梦香满口称多纪氏，无一语及合信氏者，何故也？……（卷三《苏杭日记》下二页。）

冈氏于此等处似乎终于不明白。这是“四千余年古国古”的人民的“收买废铜烂铁”脾气，所以文人则“盛称多纪氏”，武人便大买旧炮和废枪，给外国“无用陈余之刍狗”有一条出路。

冈氏距明治维新后不久，还有改革的英气，所以他的日记里常有好意的苦言。革命底批评家或云与其看世纪末的烦琐隐晦没奈何之言，不如上观任何民族开国时文字，证以此事，是颇有一理的。

流氓的变迁

孔墨都不满于现状，要加以改革，但那第一步，是在说动人主，而那用以压服人主的家伙，则都是“天”。

孔子之徒为儒，墨子之徒为侠。“儒者，柔也”，当然不会危险的。惟侠老实，所以墨者的末流，至于以“死”为终极的目的。到后来，真老实的逐渐死完，止留下取巧的侠，汉的大侠，就已和公侯权贵相馈赠，以备危急时来作护符之用了。

司马迁说：“儒以文乱法，而侠以武犯禁”，“乱”之和“犯”，决不是“叛”，不过闹点小乱子而已，而况有权贵如“五侯”者在。

“侠”字渐消，强盗起了，但也是侠之流，他们的旗帜是“替天行道”。他们所反对的是奸臣，不是天子，他们所打劫的是平民，不是将相。李逵劫法场时，抡起板斧来排头砍去，而所砍的是看客。一部《水浒》，说得很分明：因为不反对天子，所以大军一到，便受招安，替国家打别的强盗——不"替天行道"的强盗去了。终于是奴才。

满洲入关，中国渐被压服了，连有"侠气"的人，也不敢再起盗心，不敢指斥奸臣，不敢直接为天子效力，于是跟一个好官员或钦差大臣，给他保镳，替他捕盗，一部《施公案》，也说得很分明，还有《彭公案》《七侠五义》之流，至今没有穷尽。他们出身清白，连先前也并无坏处，虽在钦差之下，究居平民之上，对一方面固然必须听命，对别方面还是大可逞雄，安全之度增多了，奴性也跟着加足。

然而为盗要被官兵所打，捕盗也要被强盗所打，要十分安全的侠客，是觉得都不妥当的，于是有流氓。和尚喝酒他来打，男女通奸他来捉，私娼私贩他来凌辱，为的是维持风化；乡下人不懂租界章程他来欺侮，为的是看不起无知；剪发女人他来嘲骂，社会改革者他来憎恶，为的是宝爱秩序。但后面是传统的靠山，对手又都非浩荡的强敌，他就在其间横行过去。现在的小说，还没有写出这一种典型的书，惟《九尾龟》中的章秋谷，以为他给妓女吃苦，是因为她要敲人们竹杠，所以给以惩罚之类的叙述，约略近之。

由现状再降下去，大概这一流人将成为文艺书中的主角了，我在等候"革命文学家"张资平"氏"的近作。

习惯与改革

体质和精神都已硬化了的人民，对于极小的一点改革，也无不加以阻挠，表面上好像恐怕于自己不便，其实是恐怕于自己不利，但所设的口实，却往往见得极其公正而且堂皇。

今年的禁用阴历，原也是琐碎的，无关大体的事，但商家当然叫苦连天了。不特此也，连上海的无业游民，公司雇员，竟也常常慨然长叹，或者说这很不便于农家的耕种，或者说这很不便于海船的候潮。他们居然因此念起久不相干的乡下的农夫，海上的舟子来。这真像煞有些博爱。

一到阴历的十二月二十三，爆竹就到处毕毕剥剥。我问一家的店伙："今年仍可以过旧历年，明年一准过新历年么？"那回答是："明年又是明年，要明年再看了。"他并不信明年非过阳历年不可。但日历上，却诚然删掉了阴历，只存节气。然而一面在报章上，则出现了《一百二十年阴阳合历》的广告。好，他们连曾孙玄孙时代的阴历，也已经给准备妥当了，一百二十年！

梁实秋先生们虽然很讨厌多数，但多数的力量是伟大，要紧的，有志于改革者倘不深知民众的心，设法利导，改进，则无论怎样的高文宏议，浪漫古典，都和他们无干，仅止于几个人在书房中互相叹赏，得些自己满足。假如竟有“好人政府”，出令改革乎，不多久，就早被他们拉回旧道上去了。

真实的革命者，自有独到的见解，例如乌略诺夫先生，他是将“风俗”和“习惯”，都包括在“文化”之内的，并且以为改革这些，很为困难。我想，但倘不将这些改革，则这革命即等于无成，如沙上建塔，顷刻倒坏。中国最初的排满革命，所以易得响应者，因为口号是“光复旧物”，就是“复古”，易于取得保守的人民同意的缘故。但到后来，竟没有历史上定例的开国之初的盛世，只枉然失了一条辫子，就很为大家所不满了。

以后较新的改革，就著著失败，改革一两，反动十斤，例如上述的一年日历上不准注阴历，却来了阴阳合历一百二十年。

这种合历，欢迎的人们一定是很多的，因为这是风俗和习惯所拥护，所以也有风俗和习惯的后援。别的事也如此，倘不深入民众的大层中，于他们的风俗习惯，加以研究，解剖，分别好坏，立存废的标准，而于存于废，都慎选施行的方法，则无论怎样的改革，都将为习惯的岩石所压碎，或者只在表面上浮游一些时。

现在已不是在书斋中，捧书本高谈宗教，法律，文艺，美术……等等的时候了，即使要谈论这些，也必须先知道习惯和风俗，而且有正视这些的黑暗面的勇猛和毅力。因为倘不看清，就无从改革。仅大叫未来的光明，其实是欺骗怠慢的自己和怠慢的听众的。

我们要批评家

看大概的情形（我们这里得不到确凿的统计），从去年以来，挂着“革命的”的招牌的创作小说的读者已经减少，出版界的趋势，已在转向社会科学了。这不能不说是好现象。最初，青年的读者迷于广告式批评的符咒，以为读了“革命的”创作，便有出路，自己和社会，都可以得救，于是随手拈来，大口吞下，不料许多许多是并不是滋养品，是新袋子里的酸酒，红纸包里的烂肉，那结果，是吃得胸口痒痒的，好像要呕吐。

得了这一种苦楚的教训之后，转而去求医于根本的，切实的社会科学，自然，是一个正当的前进。

然而，大部分是因为市场的需要，社会科学的译著又蜂起云涌了，较为可看的和很要不得的都杂陈在书摊上，开始寻求正确的知识的读者们已经在惶惑。然而新的批评家不开口，类似批评家之流便趁势一笔抹杀："阿狗阿猫"。

到这里，我们所需要的，就只得还是几个坚实的，明白的，真懂得社会科学及其文艺理论的批评家。

批评家的发生，在中国已经好久了。每一个文学团体中，大抵总有一套文学的人物。至少，是一个诗人，一个小说家，还有一个尽职于宣传本团体的光荣和功绩的批评家。这些团体，都说是志在改革，向旧的堡垒取攻势的，然而还在中途，就在旧的堡垒之下纷纷自己扭打起来，扭得大家乏力了，这才放开了手，因为不过是"扭"而已矣，所以大创是没有的，仅仅喘着气。一面喘着气，一面各自以为胜利，唱着凯歌。旧堡垒上简直无须守兵，只要袖手俯首，看这些新的敌人自己所唱的喜剧就够。他无声，但他胜利了。

这两年中，虽然没有极出色的创作，然而据我所见，印成本子的，如李守章的《跋涉的人们》，台静农的《地之子》，叶永蓁的《小小十年》前半部，柔石的《二月》及《旧时代之死》，魏金枝的《七封信的自传》，刘一梦的《失业以后》，总还是优秀之作。可惜我们的有名的批评家，梁实秋先生还在和陈西滢相呼应，这里可以不提；成仿吾先生是怀念了创造社过去的光荣之后，摇身一变而成为"石厚生"，接着又流星似的消失了；钱杏邨先生近来又只在《拓荒者》上，搀着藏原惟人，一段又一段的，在和茅盾扭结。

每一个文学团体以外的作品，在这样忙碌或萧闲的战场，便都被“打发”或默杀了。

这回的读书界的趋向社会科学，是一个好的，正当的转机，不惟有益于别方面，即对于文艺，也可催促它向正确，前进的路。但在出品的杂乱和旁观者的冷笑中，是极容易雕谢的，所以现在所首先需要的，也还是——

几个坚实的，明白的，真懂得社会科学及其文艺理论的批评家。

“好政府主义”

梁实秋先生这回在《新月》的“零星”上，也赞成“不满于现状”了，但他以为“现在有智识的人〔尤其是夙来有‘前驱者’‘权威’‘先进’的徽号的人〕，他们的责任不仅仅是冷讥热嘲地发表一点‘不满于现状’的杂感而已，他们应该更进一步的诚诚恳恳地去求一个积极医治‘现状’的药方”。

为什么呢？因为有病就须下药，“三民主义是一副药，——梁先生说，——共产主义也是一副药，国家主义也是一副药，无政府主义也是一副药，好政府主义也是一副药”，现在你“把所有的药方都褒贬得一文不值，都挖苦得不留余地，……这可是什么心理呢？”

这种心理，实在是应该责难的。但在实际上，我却还未曾见过这样的杂感，譬如说，同一作者，而以为三民主义者是违背了英美的自由，共产主义者又收受了俄国的卢布，国家主义太狭，无政府主义又太空……。所以梁先生的"零星"，是将他所见的杂感的罪状夸大了。

其实是，指摘一种主义的理由的缺点，或因此而生的弊病，虽是并非某一种主义者，原也无所不可的。有如被压榨得痛了，就要叫喊，原不必在想出更好的主义之前，就定要咬住牙关。但自然，能有更好的主张，便更成一个样子。

不过我以为梁先生所谦逊地放在末尾的"好政府主义"，却还得更谦逊地放在例外的，因为自三民主义以至无政府主义，无论它性质的寒温如何，所开的究竟还是药名，如石膏，肉桂之类，——至于服后的利弊，那是另一个问题。独有"好政府主义"这"一副药"，他在药方上所开的却不是药名，而是"好药材"三个大字，以及一些唠唠叨叨的名医架子的"主张"。不错，谁也不能说医病应该用坏药材，但这张药方，是不必医生才配摇头，谁也会将他"褒贬得一文不值"〔"褒"是"称赞"之意，用在这里，不但"不通"，也证明了不识"褒"字，但这是梁先生的原文，所以姑仍其旧〕的。

倘这医生羞恼成怒，喝道"你嘲笑我的好药料主义，就开出你的药方来！"那就更是大可笑的"现状"之一，即使不根据什么主义，也会生出杂感来的。杂感之无穷无尽，正因为这样的"现状"太多的缘故。

中国无产阶级革命文学和前驱的血

中国的无产阶级革命文学在今天和明天之交发生，在诬蔑和压迫之中滋长，终于在最黑暗里，用我们的同志的鲜血写了第一篇文章。

我们的劳苦大众历来只被最剧烈的压迫和榨取，连识字教育的布施也得不到，惟有默默地身受着宰割和灭亡。繁难的象形字，又使他们不能有自修的机会。智识的青年们意识到自己的前驱的使命，便首先发出战叫。这战叫和劳苦大众自己的反叛的叫声一样地使统治者恐怖，走狗的文人即群起进攻，或者制造谣言，或者亲作侦探，然而都是暗做，都是匿名，不过证明了他们自己是黑暗的动物。

统治者也知道走狗的文人不能抵挡无产阶级革命文学，于是一面禁止书报，封闭书店，颁布恶出版法，通缉著作家，一面用最末的手段，将左翼作家逮捕，拘禁，秘密处以死刑，至今并未宣布。这一面固然在证明他们是在灭亡中的黑暗的动物，一面也在证实中国无产阶级革命文学阵营的力量，因为如传略所罗列，我们的几个遇害的同志的年龄，勇气，尤其是平日的作品的成绩，已足使全队走狗不敢狂吠。

然而我们的这几个同志已被暗杀了，这自然是无产阶级革命文学的若干的损失，我们的很大的悲痛。但无产阶级革命文学却仍然滋长，因为这是属于革命的广大劳苦群众的，大众存在一日，壮大一日，无产阶级革命文学也就滋长一日。我们的同志的血，已经证明了无产阶级革命文学和革命的劳苦大众是在受一样的压迫，一样的残杀，作一样的战斗，有一样的运命，是革命的劳苦大众的文学。

现在，军阀的报告，已说虽是六十岁老妇，也为“邪说”所中，租界的巡捕，虽对于小学儿童，也时时加以检查，他们除从帝国主义得来的枪炮和几条走狗之外，已将一无所有了，所有的只是老老小小——青年不必说——的敌人。而他们的这些敌人，便都在我们的这一面。

我们现在以十分的哀悼和铭记，纪念我们的战死者，也就是要牢记中国无产阶级革命文学的历史的第一页，是同志的鲜血所记录，永远在显示敌人的卑劣的凶暴和启示我们的不断的斗争。

黑暗中国的文艺界的现状

——为美国《新群众》作

现在，在中国，无产阶级的革命的文艺运动，其实就是惟一的文艺运动。因为这乃是荒野中的萌芽，除此以外，中国已经毫无其他文艺。属于统治阶级的所谓“文艺家”，早已腐烂到连所谓“为艺术的艺术”以至“颓废”的作品也不能生产，现在来抵制左翼文艺的，只有诬蔑，压迫，囚禁和杀戮；来和左翼作家对立的，也只有流氓，侦探，走狗，刽子手了。

这一点，已经由两年以来的事实，证明得十分明白。

前年，最初绍介蒲力汗诺夫（Plekhanov）和卢那卡尔斯基（Lunacharsky）的文艺理论进到中国的时候，先使一位白璧德先生（Mr · Aprof · Airving Babbitt）的门徒，感觉锐敏的“学者”愤慨，他以为文艺原不是无产阶级的东西，无产者倘要创作或鉴赏文艺，先应该辛苦地积钱，爬上资产阶级去，而不应该大家浑身褴褛，到这花园中来吵嚷。并且造出谣言，说在中国主张无产阶级文学的人，是得了苏俄的卢布。这方法也并非毫无效力，许多上海的新闻记者就时时捏造新闻，有时还登出卢布的数目。但明白的读者们并不相信它，因为比起这种纸上的新闻来，他们却更切实地在事实上看见只有从帝国主义国家运到杀戮无产者的枪炮。

统治阶级的官僚，感觉比学者慢一点，但去年也就日加迫压了。禁期刊，禁书籍，不但内容略有革命性的，而且连书面用红字的，作者是俄国的，绥拉菲摩维支（A. Serafmovitch），伊凡诺夫（V. Ivanov）和奥格涅夫（N. Ognev）不必说了，连契诃夫（A. Chekhov）和安特来夫（L. Andreev）的有些小说，也都在禁止之列。于是使书店好出算学教科书和童话，如 Mr. Cat 和 Miss Ros 谈天，称赞春天如何可爱之类——因为至尔妙伦（H. Iur Muhle）所作的童话的译本也已被禁止，所以只好竭力称赞春天。但现在又有一位将军发怒，说动物居然也能说话而且称为 Mr.，有失人类的尊严了。

单是禁止，还不根本的办法，于是今年有五个左翼作家失了踪，经家族去探听，知道是在警备司令部，然而不能相见，半月以后，再去问时，却道已经“解放”——这是“死刑”的嘲弄的名称——了，而上海的一切中文和西文的报章上，绝无记载。接着是封闭曾出新书或代售新书的书店，多的时候，一天五家，——但现在又陆续开张了，我们不知道是怎么一回事，惟看书店的广告，知道是在竭力印些英汉对照，如斯蒂文生（Robert Stevenson），槐尔特（Oscar Wilde）等人的文章。

然而统治阶级对于文艺，也并非没有积极的建设。一方面，他们将几个书店的原先的老板和店员赶开，暗暗换上肯听嗾使的自己的一伙。但这立刻失败了。因为里面满是走狗，这书店便像一座威严的衙门，而中国的衙门，是人民所最害怕最讨厌的东西，自然就没有人去。喜欢去跑跑的还是几只闲逛的走狗。这样子，又怎能使门市热闹呢？但是，还有一方面，是做些文章，印行杂志，以代被禁止的左翼的刊物，至今为止，已将十种。然而这也失败了。最有妨碍的是这些“文艺”的主持者，乃是一位上海市的政府委员和一位警备司令部的侦缉队长，他们的善于“解放”的名誉，都比“创作”要大得多。他们倘做一部“杀戮法”或“侦探术”，大约倒还有人要看的，但不幸竟在想画画，吟诗。这实在譬如美国的亨利·福特（Henry Ford）先生不谈汽车，却来对大家唱歌一样，只令人觉得非常诧异。

官僚的书店没有人来，刊物没有人看，救济的方法，是去强迫早经有名，而并不分明左倾的作者来做文章，帮助他们的刊物的流布。那结果，是只有一两个胡涂的中计，多数却至今未曾动笔，有一个竟吓得躲到不知道什么地方去了。

现在他们里面的最宝贵的文艺家，是当左翼文艺运动开始，未受迫害，为革命的青年所拥护的时候，自称左翼，而现在爬到他们的刀下，转头来害左翼作家的几个人。为什么被他们所宝贵的呢？因为他曾经是左翼，所以他们的有几种刊物，那面子还有一部分是通红的，但将其中的农工的图，换上了毕亚兹莱（Aubrey Beardsley）的个个好像病人的图画了。

在这样的情形之下，那些读者们，凡是一向爱读旧式的强盗小说的和新式的肉欲小说的，倒并不觉得不便。然而较进步的青年，就觉得无书可读，他们不得已，只得看看空话很多，内容极少——这样的才不至于被禁止——的书，姑且安慰饥渴，因为他们知道，与其去买官办的催吐的毒剂，还不如喝喝空杯，至少，是不至于受害。但一大部分革命的青年，却无论如何，仍在非常热烈地要求，拥护，发展左翼文艺。

所以，除官办及其走狗办的刊物之外，别的书店的期刊，还是不能不设种种方法，加入几篇比较的急进的作品去，他们也知道专卖空杯，这生意决难久长。左翼文艺有革命的读者大众支持，“将来”正属于这一面。

这样子，左翼文艺仍在滋长。但自然是好像压于大石之下的萌芽一样，在曲折地滋长。

所可惜的，是左翼作家之中，还没有农工出身的作家。一者，因为农工历来只被迫压，榨取，没有略受教育的机会；二者，因为中国的象形——现在是早已变得连形也不像了——的方块字，使农工虽是读书十年，也还不能任意写出自己的意见。这事情很使拿刀的“文艺家”喜欢。他们以为受教育能到会写文章，至少一定是小资产阶级，小资产者应该抱住自己的小资产，现在却反而倾向无产者，那一定是“虚伪”。惟有反对无产阶级文艺的小资产阶级的作家倒是出于“真”心的。“真”比“伪”好，所以他们的对于左翼作家的诬蔑，压迫。囚禁和杀戮，便是更好的文艺。

但是，这用刀的“更好的文艺”，却在事实上，证明了左翼作家们正和一样在被压迫被杀戮的无产者负着同一的运命，惟有左翼文艺现在在和无产者一同受难（Passion），将来当然也将和无产者一同起来。单单的杀人究竟不是文艺，他们也因此自己宣告了一无所有了。

以脚报国

今年八月三十一日《申报》的《自由谈》里，又看见了署名“寄萍”的《杨缦华女士游欧杂感》，其中的一段，我觉得很有趣，就照抄在下面：

……有一天我们到比利时一个乡村里去。许多女人争着来看我的脚。我伸起脚来给伊们看。才平服伊们好奇的疑窦。一位女人说。“我们也向来不曾见过中国人。但从小就听说中国人是有尾巴的（即辫发）。都要讨姨太太的。女人都是小脚。跑起路来一摇一摆的。如今才明白这话不确实。请原谅我们的错念。”还有一人自以为熟悉东亚情形的。带着讥笑的态度说。“中国的军阀如何专横。到处闹的是兵匪。人民过着地狱的生活。”这种似是而非的话。说了一大堆。我说“此种传说。全无根据。”同行的某君。也报以很滑稽的话。“我看你们那里会知道立国数千年的大中华民国。等我们革命成功之后。简直要把显微镜来照你们比利时呢。”就此一笑而散。

我们的杨女士虽然用她的尊脚征服了比利时女人，为国增光，但也有两点“错念”。其一，是我们中国人的确有过尾巴（即辫发）的，缠过小脚的，讨过姨太太的，虽现在也在讨。其二，是杨女士的脚不能代表一切中国女人的脚，正如留学的女生不能代表一切中国的女性一般。留学生大多数是家里有钱，或由政府派遣，为的是将来给家族或国家增光，贫穷和受不到教育的女人怎么能同日而语。所以，虽在现在，其实是缠着小脚，“跑起路来一摇一摆的”女人还不少。

至于困苦，那是用不着多谈，只要看同一的《申报》上，记载着多少“呼吁和平”的文电，多少募集急赈的广告，多少兵变和绑票的记事，留学外国的少爷小姐们虽然相隔太远，可以说不知道，但既然能想到用显微镜，难道就不能想到用望远镜吗？况且又何必用望远镜呢，同一的《杨缦华女士游欧杂感》里就又说：

……据说使领馆的穷困。不自今日始。不过近几年来。有每况愈下之势。譬如逢到我国国庆或是重大纪念日。照例须招待外宾。举行盛典。意思是庆祝国运方兴。兼之联络各友邦的感情。以前使领馆必备盛宴。款待上宾。到了去年。为馆费支绌。改行茶会。以目前的形势推测。将后恐怕连茶会都开不成呢。在国际上最讲究体面的。要算日本国。他们政府行政费的预算。宁可特别节省。惟独于驻外使领馆的经费。十分充足。单就这一点来比较。我们已相形见拙了。

使馆和领事馆是代表本国，如杨女士所说，要“庆祝国运方兴”的，而竟有“每况愈下之势”，孟子曰，“百姓不足，君孰与足?”则人民的过着什么生活，也就可想而知了。然而小国比利时的女人们究竟是单纯的，终于请求了原谅，假使她们真“知道立国数千年的大中华民国”的国民，往往有自欺欺人的不治之症，那可真是没有面子了。

假如这样，又怎么办呢？我想，也还是“就此一笑而散”罢。

宣传与做戏

就是那刚刚说过的日本人，他们做文章论及中国的国民性的时候，内中往往有一条叫作“善于宣传”。看他的说明，这“宣传”两字却又不像是平常的“Propaganda”，而是“对外说谎”的意思。

这宗话，影子是有一点的。譬如罢，教育经费用光了，却还要开几个学堂，装装门面；全国的人们十之九不识字，然而总得请几位博士，使他对西洋人去讲中国的精神文明；至今还是随便拷问，随便杀头，一面却总支撑维持着几个洋式的“模范监狱”，给外国人看看。还有，离前敌很远的将军，他偏要大打电报，说要“为国前驱”。连体操班也不愿意上的学生少爷，他偏要穿上军装，说是“灭此朝食”。

不过，这些究竟还有一点影子；究竟还有几个学堂，几个博士，几个模范监狱，几个通电，几套军装。所以说是“说谎”，是不对的。这就是我之所谓“做戏”。

但这普遍的做戏，却比真的做戏还要坏。真的做戏，是只有一时；戏子做完戏，也就恢复为平常状态的。杨小楼做《单刀赴会》，梅兰芳做《黛玉葬花》，只有在戏台上的时候是关云长，是林黛玉，下台就成了普通人，所以并没有大弊。倘使他们扮演一回之后，就永远提着青龙偃月刀或锄头，以关老爷，林妹妹自命，怪声怪气，唱来唱去，那就实在只好算是发热昏了。

不幸因为是“天地大戏场”，可以普遍的做戏者，就很难有下台的时候，例如杨缦华女士用自己的天足，踢破小国比利时女人的“中国女人缠足说”，为面子起见，用权术来解围，这还可以说是很该原谅的。但我以为应该这样就拉倒。现在回到寓里，做成文章，这就是进了后台还不肯放下青龙偃月刀；而且又将那文章送到中国的《申报》上来发表，则简直是提着青龙偃月刀一路唱回自己的家里来了。难道作者真已忘记了中国女人曾经缠脚，至今也还有正在缠脚的么？还是以为中国人都已经自己催眠，觉得全国女人都已穿了高跟皮鞋了呢？

这不过是一个例子罢了，相像的还多得很，但恐怕不久天也就要亮了。

风马牛

主张“顺而不信”译法的大将赵景深先生，近来却并没有译什么大作，他大抵只在《小说月报》上，将“国外文坛消息”来介绍给我们。这自然是很可感谢的。那些消息，是译来的呢，还是介绍者自去打听来，研究来的？我们无从捉摸。即使是译来的罢，但大抵没有说明出处，我们也无从考查。自然，在主张“顺而不信”译法的赵先生，这是都不必注意的，如果有些“不信”，倒正是贯彻了宗旨。

然而，疑难之处，我却还是遇到的。

在二月号的《小说月报》里，赵先生将“新群众作家近讯”告诉我们，其一道：“格罗泼已将马戏的图画故事《Alay Oop》脱稿。”这是极“顺”的，但待到看见了这本图画，却不尽是马戏。借得英文字典来，将书名下面注着的两行英文

"Life and Love Among the Acrobats Told Entirely in Pictures" 查了一通，才知道原来并不是"马戏"的故事，而是"做马戏的戏子们"的故事。这么一说，自然，有些"不顺"了。但内容既然是这样的，另外也没有法子想。必须是"马戏子"，这才会有"Love"。

《小说月报》到了十一月号，赵先生又告诉了我们"塞意斯完成四部曲"，而且"连最后的一册《半人半牛怪》(Der Zentaur）也已于今年出版"了。这一下"Der"，就令人眼睛发白，因为这是茄门话，就是想查字典，除了同济学校也几乎无处可借，那里还敢发生什么贰心。然而那下面的一个名词，却不写尚可，一写倒成了疑难杂症。这字大约是源于希腊的，英文字典上也就有，我们还常常看见用它做画材的图画，上半身是人，下半身却是马，不是牛。牛马同是哺乳动物，为了要"顺"，固然混用一回也不关紧要，但究竟马是奇蹄类，牛是偶蹄类，有些不同，还是分别了好，不必"出到最后的一册"的时候，偏来"牛"一下子的。

"牛"了一下之后，使我联想起赵先生的有名的"牛奶路"来了。这很像是直译或"硬译"，其实却不然，也是无缘无故的"牛"了进去的。这故事无须查字典，在图画上也能看见。却说希腊神话里的大神宙斯是一位很有些喜欢女人的神，他有一回到人间去，和某女士生了一个男孩子。物必有偶，宙斯太太却偏又是一个很有些嫉妒心的女神。她一知道，拍桌打凳的（?）大怒了一通之后，便将那孩子取到天上，要看机会将他害死。然而孩子是天真的，他满不知道，有一回，碰着了宙太太的乳头，便一吸，太太大吃一惊，将他一推，跌落到人间，不但没有被害，后来还成了英雄。但宙太太的乳汁，却因此一吸，喷了出来，飞散天空，成为银河，也就是"牛奶路"，——不，其实是"神奶路"。但白种人是一切"奶"都叫"Milk"的，我们看惯了罐头牛奶上的文字，有时就不免于误译，是的，这也是无足怪的事。

但以对于翻译大有主张的名人，而遇马发昏，爱牛成性，有些"牛头不对马嘴"的翻译，却也可当作一点谈助。——不过当作别人的一点谈助，并且借此知道一点希腊神话而已，于赵先生的"与其信而不顺，不如顺而不信"的格言，却还是毫无损害的。这叫作"乱译万岁！"

“智识劳动者”万岁

“劳动者”这句话成了“罪人”的代名词，已经足足四年了。压迫罢，谁也不响；杀戮罢，谁也不响；文学上一提起这句话，就有许多“文人学士”和“正人君子”来笑骂，接着又有许多他们的徒子徒孙来笑骂。劳动者呀劳动者，真要永世不得翻身了。

不料竟又有人记得你起来。

不料帝国主义老爷们还嫌党国屠杀得不赶快，竟来亲自动手了，炸的炸，轰的轰。称“人民”为“反动分子”，是党国的拿手戏，而不料帝国主义老爷也有这妙法，竟称不抵抗的顺从的党国官军为“贼匪”，大加以“膺惩”！冤乎枉哉，这真有些“顺”“逆”不分，玉石俱焚之慨了！

于是又记得了劳动者。

于是久不听到了的“亲爱的劳动者呀!”的亲热喊声，也在文章上看见了；久不看见了的“智识劳动者”的奇妙官衔，也在报章上发见了，还因为“感于有联络的必要”，组织了“协会”，举了干事樊仲云，汪馥泉呀这许多新任“智识劳动者”先生们。

有什么“智识”？有什么“劳动”？“联络”了干什么？“必要”在那里？这些这些，暂且不谈罢，没有“智识”的体力劳动者，也管不着的。

“亲爱的劳动者”呀！你们再替这些高贵的“智识劳动者”起来干一回罢！给他们仍旧可以坐在房里“劳动”他们那高贵的“智识”。即使失败，失败的也不过是“体力”，“智识”还在着的！

“智识”劳动者万岁！

“友邦惊诧”论

只要略有知觉的人就都知道：这回学生的请愿，是因为日本占据了辽吉，南京政府束手无策，单会去哀求国联，而国联却正和日本是一伙。读书呀，读书呀，不错，学生是应该读书的，但一面也要大人老爷们不至于葬送土地，这才能够安心读书。报上不是说过，东北大学逃散，冯庸大学逃散，日本兵看见学生模样的就枪毙吗？放下书包来请愿，真是已经可怜之至。不道国民党政府却在十二月十八日通电各地军政当局文里，又加上他们“捣毁机关，阻断交通，殴伤中委，拦劫汽车，攒击路人及公务人员，私逮刑讯，社会秩序，悉被破坏”的罪名，而且指出结果，说是“友邦人士，莫名惊诧，长此以往，国将不国”了！

好个“友邦人士”！日本帝国主义的兵队强占了辽吉，

炮轰机关，他们不惊诧；阻断铁路，追炸客车，捕禁官吏，枪毙人民，他们不惊诧。中国国民党治下的连年内战，空前水灾，卖儿救穷，砍头示众，秘密杀戮，电刑逼供，他们也不惊诧。在学生的请愿中有一点纷扰，他们就惊诧了！

好个国民党政府的“友邦人士”！是些什么东西！

即使所举的罪状是真的罢，但这些事情，是无论那一个“友邦”也都有的，他们的维持他们的“秩序”的监狱，就撕掉了他们的“文明”的面具。摆什么“惊诧”的臭脸孔呢？

可是“友邦人士”一惊诧，我们的国府就怕了，“长此以往，国将不国”了，好像失了东三省，党国倒愈像一个国，失了东三省谁也不响，党国倒愈像一个国，失了东三省只有几个学生上几篇“呈文”，党国倒愈像一个国，可以博得“友邦人士”的夸奖，永远“国”下去一样。

几句电文，说得明白极了：怎样的党国，怎样的“友邦”。“友邦”要我们人民身受宰割，寂然无声，略有“越轨”，便加屠戮；党国是要我们遵从这“友邦人士”的希望，否则，他就要“通电各地军政当局”，“即予紧急处置，不得于事后借口无法劝阻，敷衍塞责”了！

因为“友邦人士”是知道的：日兵“无法劝阻”，学生们怎会“无法劝阻”？每月一千八百万的军费，四百万的政费，作什么用的呀，“军政当局”呀？

写此文后刚一天，就见二十一日《申报》登载南京专电云：“考试院部员张以宽，盛传前日为学生架去重伤。兹据张自述，当时因车夫误会，为群众引至中大，旋出校回寓，并无受伤之事。至行政院某秘书被拉到中大，亦当时出来，更无失踪之事。”而“教育消息”栏内，又记本埠一小部分学校赴京请愿学生死伤的确数，则云：“中公死二人，伤三十人，复旦伤二人，复旦附中伤十人，东亚失踪一人（系女性），上中失踪一人，伤三人，文生氏死一人，伤五人……”可见学生并未如国府通电所说，将“社会秩序，破坏无余”，而国府则不但依然能够镇压，而且依然能够诬陷，杀戮。“友邦人士”，从此可以不必“惊诧莫名”，只请放心来瓜分就是了。

我们不再受骗了

帝国主义是一定要进攻苏联的。苏联愈弄得好，它们愈急于要进攻，因为它们愈要趋于灭亡。

我们被帝国主义及其侍从们真是骗得长久了。十月革命之后，它们总是说苏联怎么穷下去，怎么凶恶，怎么破坏文化。但现在的事实怎样？小麦和煤油的输出，不是使世界吃惊了么？正面之敌的实业党的首领，不是也只判了十年的监禁么？列宁格勒，墨斯科的图书馆和博物馆，不是都没有被炸掉么？文学家如绥拉菲摩维支，法捷耶夫，革拉特珂夫，绥甫林娜，唆罗诃夫等，不是西欧东亚，无不赞美他们的作品么？关于艺术的事我不大知道，但据乌曼斯基（K. Umansky）说，一九一九年中，在墨斯科的展览会就二十次，列宁格勒两次（《Neue Kunst in Russland》），则现在的旺盛，更是可想而知了。

然而谣言家是极无耻而且巧妙的，一到事实证明了他的话是撒谎时，他就躲下，另外又来一批。

新近我看见一本小册子，是说美国的财政有复兴的希望的，序上说，苏联的购领物品，必须排成长串，现在也无异于从前，仿佛他很为排成长串的人们抱不平，发慈悲一样。

这一事，我是相信的，因为苏联内是正在建设的途中，外是受着帝国主义的压迫，许多物品，当然不能充足。但我们也听到别国的失业者，排着长串向饥寒进行；中国的人民，在内战，在外侮，在水灾，在榨取的大罗网之下，排着长串而进向死亡去。

然而帝国主义及其奴才们，还来对我们说苏联怎么不好，好像它倒愿意苏联一下子就变成天堂，人们个个享福。现在竟这样子，它失望了，不舒服了。——这真是恶鬼的眼泪。

一睁开眼，就露出恶鬼的本相来的，——它要去惩办了。

它一面去惩办，一面来诳骗。正义，人道，公理之类的话，又要满天飞舞了。但我们记得，欧洲大战时候，飞舞过一回的，骗得我们的许多苦工，到前线去替它们死，接着是在北京的中央公园里竖了一块无耻的，愚不可及的“公理战胜”的牌坊（但后来又改掉了）。现在怎样？“公理”在哪里？这事还不过十六年，我们记得的。

帝国主义和我们，除了它的奴才之外，那一样利害不和我们正相反？我们的痈疽，是它们的宝贝，那么，它们的敌人，当然是我们的朋友了。它们自身正在崩溃下去，无法支持，为挽救自己的末运，便憎恶苏联的向上。谣诼，诅咒，怨恨，无所不至，没有效，终于只得准备动手去打了，一定要灭掉它才睡得着。但我们干什么呢？我们还会再被骗么？

“苏联是无产阶级专政的，智识阶级就要饿死。”——一位有名的记者曾经这样警告我。是的，这倒恐怕要使我也有些睡不着了。但无产阶级专政，不是为了将来的无阶级社会么？只要你不去谋害它，自然成功就早，阶级的消灭也就早，那时就谁也不会“饿死”了。不消说，排长串是一时难免的，但到底会快起来。

帝国主义的奴才们要去打，自己（！）跟着它的主人去打，去就是。我们人民和它们是利害完全相反的。我们反对进攻苏联。我们倒要打倒进攻苏联的恶鬼，无论它说着怎样甜腻的话头，装着怎样公正的面孔。

这才也是我们自己的生路！

论“第三种人”

这三年来，关于文艺上的论争是沉寂的，除了在指挥刀的保护之下，挂着“左翼”的招牌，在马克斯主义里发见了文艺自由论，列宁主义里找到了杀尽共匪说的论客的“理论”之外，几乎没有人能够开口，然而，倘是“为文艺而文艺”的文艺，却还是“自由”的，因为他决没有收了卢布的嫌疑。但在“第三种人”，就是“死抱住文学不放的人”，又不免有一种苦痛的豫感：左翼文坛要说他是“资产阶级的走狗”。

代表了这一种“第三种人”来鸣不平的，是《现代》杂志第三和第六期上的苏汶先生的文章（我在这里先应该声明：我为便利起见，暂且用了“代表”，“第三种人”这些字眼，虽然明知道苏汶先生的“作家之群”，是也如拒绝“或者”，“多少”，“影响”这一类不十分决定的字眼一样，不要固定的名称的，因为名称一固定，也就不自由了）。他以为左翼的批评家，动不动就说作家是“资产阶级的走狗”，甚至于将中立者认为非中立，而一非中立，便有认为“资产阶级的走狗”的可能，号称“左翼作家”者既然“左而不作”，“第三种人”又要作而不敢，于是文坛上便没有东西了。然而文艺据说至少有一部分是超出于阶级斗争之外的，为将来的，就是“第三种人”所抱住的真的，永久的文艺。——但可惜，被左翼理论家弄得不敢作了，因为作家在未作之前，就有了被骂的豫感。

我相信这种豫感是会有的，而以“第三种人”自命的作家，也愈加容易有。我也相信作者所说，现在很有懂得理论，而感情难变的作家。然而感情不变，则懂得理论的度数，就不免和感情已变或略变者有些不同，而看法也就因此两样。苏汶先生的看法，由我看来，是并不正确的。

自然，自从有了左翼文坛以来，理论家曾经犯过错误，作家之中，也不但如苏汶先生所说，有“左而不作”的，并且还有由左而右，甚至于化为民族主义文学的小卒，书坊的老板，敌党的探子的，然而这些讨厌左翼文坛了的文学家所遗下的左翼文坛，却依然存在，不但存在，还在发展，克服自己的坏处，向文艺这神圣之地进军。苏汶先生问过：克服了三年，还没有克服好么？回答是：是的，还要克服下去，三十年也说不定。然而一面克服着，一面进军着，不会做待到克服完成，然后行进那样的傻事的。但是，苏汶先生说过“笑话”：左翼作家在从资本家取得稿费；现在我来说一句真话，是左翼作家还在受封建的资本主义的社会的法律的压迫，禁锢，杀戮。所以左翼刊物，全被摧残，现在非常寥寥，即偶有发表，批评作品的也绝少，而偶有批评作品的，也并未动不动便指作家为“资产阶级的走狗”，而且不要“同路人”。左翼作家并不是从天上掉下来的神兵，或国外杀进来的仇敌，他不但要那同走几步的“同路人”，还要招致那站在路旁看看的看客也一同前进。

但现在要问：左翼文坛现在因为受着压迫，不能发表很多的批评，倘一旦有了发表的可能，不至于动不动就指“第三种人”为“资产阶级的走狗”么？我想，倘若左翼批评家没有宣誓不说，又只从坏处着想，那是有这可能的，也可以想得比这还要坏。不过我以为这种豫测，实在和想到地球也许有破裂之一日，而先行自杀一样，大可以不必的。

然而苏汶先生的“第三种人”，却据说是为了这未来的恐怖而“搁笔”了。未曾身历，仅仅因为心造的幻影而搁笔，“死抱住文学不放”的作者的拥抱力，又何其弱呢？两个爱人，有因为豫防将来的社会上的斥责而不敢拥抱的么？

其实，这“第三种人”的“搁笔”，原因并不在左翼批评的严酷。真实原因的所在，是在做不成这样的“第三种人”，做不成这样的人，也就没有了第三种笔，搁与不搁，还谈不到。

生在有阶级的社会里而要做超阶级的作家，生在战斗的时代而要离开战斗而独立，生在现在而要做给与将来的作品，这样的人，实在也是一个心造的幻影，在现实世界上是没有的。要做这样的人，恰如用自己的手拔着头发，要离开地球一样，他离不开，焦躁着，然而并非因为有人摇了摇头，使他不敢拔了的缘故。

所以虽是“第三种人”，却还是一定超不出阶级的，苏汶先生就先在豫料阶级的批评了，作品里又岂能摆脱阶级的利害；也一定离不开战斗的，苏汶先生就先以“第三种人”之名提出抗争了，虽然“抗争”之名又为作者所不愿受；而且也跳不过现在的，他在创作超阶级的，为将来的作品之前，先就留心于左翼的批判了。

这确是一种苦境。但这苦境，是因为幻影不能成为实有而来的。即使没有左翼文坛作梗，也不会有这“第三种人”，何况作品。但苏汶先生却又心造了一个横暴的左翼文坛的幻影，将“第三种人”的幻影不能出现，以至将来的文艺不能发生的罪孽，都推给它了。

左翼作家诚然是不高超的，连环图画，唱本，然而也不到苏汶先生所断定那样的没出息。左翼也要托尔斯泰，弗罗培尔。但不要“努力去创造一些属于将来（因为他们现在是不要的）的东西”的托尔斯泰和弗罗培尔。他们两个，都是为现在而写的，将来是现在的将来，于现在有意义，才于将来会有意义。尤其是托尔斯泰，他写些小故事给农民看，也不自命为“第三种人”，当时资产阶级的多少攻击，终于不能使他“搁笔”。左翼虽然诚如苏汶先生所说，不至于蠢到不知道“连环图画是产生不出托尔斯泰，产生不出弗罗培尔来”，但却以为可以产出密开朗该罗，达文希那样伟大的画手。而且我相信，从唱本说书里是可以产生托尔斯泰，弗罗培尔的。现在提起密开朗该罗们的画来，谁也没有非议了，但实际上，那不是宗教的宣传画，《旧约》的连环图画么？而且是为了那时的“现在”的。

总括起来说，苏汶先生是主张“第三种人”与其欺骗，与其做冒牌货，倒还不如努力去创作，这是极不错的。

“定要有自信的勇气，才会有工作的勇气！”这尤其是对的。

然而苏汶先生又说，许多大大小小的“第三种人”们，却又因为豫感了不祥之兆——左翼理论家的批评而“搁笔”了！

“怎么办呢”？

辱骂和恐吓决不是战斗

——致《文学月报》编辑的一封信

起应兄：

前天收到《文学月报》第四期，看了一下。我所觉得不足的，并非因为它不及别种杂志的五花八门，乃是总还不能比先前充实。但这回提出了几位新的作家来，是极好的，作品的好坏我且不论，最近几年的刊物上，倘不是姓名曾经排印过了的作家，就很有不能登载的趋势，这么下去，新的作者要没有发表作品的机会了。现在打破了这局面，虽然不过是一种月刊的一期，但究竟也扫去一些沉闷，所以我以为是一种好事情。但是，我对于芸生先生的一篇诗，却非常失望。

这诗，一目了然，是看了前一期的别德纳衣的讽刺诗而作的。然而我们来比一比罢，别德纳衣的诗虽然自认为“恶毒”，但其中最甚的也不过是笑骂。这诗怎么样？有辱骂，有恐吓，还有无聊的攻击：其实是大可以不必作的。

例如罢，开首就是对于姓的开玩笑。一个作者自取的别名，自然可以窥见他的思想，譬如“铁血”，“病鹃”之类，固不妨由此开一点小玩笑。但姓氏籍贯，却不能决定本人的功罪，因为这是从上代传下来的，不能由他自主。我说这话还在四年之前，当时曾有人评我为“封建余孽”，其实是捧住了这样的题材，欣欣然自以为得计者，倒是十分“封建的”的。不过这种风气，近几年颇少见了，不料现在竟又复活起来，这确不能不说是一个退步。

尤其不堪的是结末的辱骂。现在有些作品，往往并非必要而偏在对话里写上许多骂语去，好像以为非此便不是无产者作品，骂詈愈多，就愈是无产者作品似的。其实好的工农之中，并不随口骂人的多得很，作者不应该将上海流氓的行为，涂在他们身上的。即使有喜欢骂人的无产者，也只是一种坏脾气，作者应该由文艺加以纠正，万不可再来展开，使将来的无阶级社会中，一言不合，便祖宗三代的闹得不可开交。况且即是笔战，就也如别的兵战或拳斗一样，不妨伺隙乘虚，以一击制敌人的死命，如果一味鼓噪，已是《三国志演义》式战法，至于骂一句爹娘，扬长而去，还自以为胜利，那简直是“阿Q”式的战法了。

接着又是什么“剖西瓜”之类的恐吓，这也是极不对的，我想。无产者的革命，乃是为了自己的解放和消灭阶级，并非因为要杀人，即使是正面的敌人，倘不死于战场，就有大众的裁判，决不是一个诗人所能提笔判定生死的。现在虽然很有什么“杀人放火”的传闻，但这只是一种诬陷。中国的报纸上看不出实话，然而只要一看别国的例子也就可以恍然：德国的无产阶级革命（虽然没有成功），并没有乱杀人；俄国不是连皇帝的宫殿都没有烧掉么？而我们的作者，却将革命的工农用笔涂成一个吓人的鬼脸，由我看来，真是卤莽之极了。

自然，中国历来的文坛上，常见的是诬陷，造谣，恐吓，辱骂，翻一翻大部的历史，就往往可以遇见这样的文章，直到现在，还在应用，而且更加厉害。但我想，这一份遗产，还是都让给叭儿狗文艺家去承受罢，我们的作者倘不竭力的抛弃了它，是会和他们成为“一丘之貉”的。

不过我并非主张要对敌人陪笑脸，三鞠躬。我只是说，战斗的作者应该注重于“论争”；倘在诗人，则因为情不可遏而愤怒，而笑骂，自然也无不可。但必须止于嘲笑，止于热骂，而且要“喜笑怒骂，皆成文章”，使敌人因此受伤或致死，而自己并无卑劣的行为，观者也不以为污秽，这才是战斗的作者的本领。

刚才想到了以上的一些，便写出寄上，也许于编辑上可供参考。总之，我是极希望此后的《文学月报》上不再有那样的作品的。

专此布达，并问好。

论“赴难”和“逃难”

——寄《涛声》编辑的一封信

编辑先生：

我常常看《涛声》，也常常叫“快哉！”但这回见了周木斋先生那篇《骂人与自骂》，其中说北平的大学生“即使不能赴难，最低最低的限度也应不逃难”，而致慨于五四运动时代式锋芒之销尽，却使我如骨鲠在喉，不能不说几句话。因为我是和周先生的主张正相反，以为“倘不能赴难，就应该逃难”，属于“逃难党”的。

周先生在文章的末尾，“疑心是北京改为北平的应验”，我想，一半是对的。那时的北京，还挂着“共和”的假面，学生嚷嚷还不妨事；那时的执政，是昨天上海市十八团体为他开了“上海各界欢迎段公芝老大会”的段祺瑞先生，他虽然是武人，却还没有看过《莫索理尼传》。然而，你瞧，来了呀。有一回，对着请愿的学生毕毕剥剥的开枪了，兵们最爱瞄准的是女学生，这用精神分析学来解释，是说得过去的，尤其是剪发的女学生，这用整顿风俗的学说来解说，也是说得过去的。总之是死了一些"莘莘学子"。然而还可以开追悼会；还可以游行过执政府之门，大叫"打倒段祺瑞"。为什么呢？因为这时又还挂着"共和"的假面。然而，你瞧，又来了呀。现为党国大教授的陈源先生，在《现代评论》上哀悼死掉的学生，说可惜他们为几个卢布送了性命；《语丝》反对了几句，现为党国要人的唐有壬先生在《晶报》上发表一封信，说这些言动是受墨斯科的命令的。这实在已经有了北平气味了。

后来，北伐成功了，北京属于党国，学生们就都到了进研究室的时代，五四式是不对了。为什么呢？因为这是很容易为"反动派"所利用的。为了矫正这种坏脾气，我们的政府，军人，学者，文豪，警察，侦探，实在费了不少的苦心。用诰谕，用刀枪，用书报，用煅炼，用逮捕，用拷问，直到去年请愿之徒，死的都是"自行失足落水"，连追悼会也不开的时候为止，这才显出了新教育的效果。

倘使日本人不再攻榆关，我想，天下是太平了的，"必先安内而后可以攘外"。但可恨的是外患来得太快一点，太繁一点，日本人太不为中国诸公设想之故也，而且也因此引起了周先生的责难。

看周先生的主张，似乎最好是“赴难”。不过，这是难的。倘使早先有了组织，经过训练，前线的军人力战之后，人员缺少了，副司令下令召集，那自然应该去的。无奈据去年的事实，则连火车也不能白坐，而况乎日所学的又是债权论，土耳其文学史，最小公倍数之类。去打日本，一定打不过的。大学生们曾经和中国的兵警打过架，但是“自行失足落水”了，现在中国的兵警尚且不抵抗，大学生能抵抗么？我们虽然也看见过许多慷慨激昂的诗，什么用死尸堵住敌人的炮口呀，用热血胶住倭奴的刀枪呀，但是，先生，这是“诗”呵！事实并不这样的，死得比蚂蚁还不如，炮口也堵不住，刀枪也胶不住。孔子曰：“以不教民战，是谓弃之。”我并不全拜服孔老夫子，不过觉得这话是对的，我也正是反对大学生“赴难”的一个。

那么，“不逃难”怎样呢？我也是完全反对。自然，现在是“敌人未到”的，但假使一到，大学生们将赤手空拳，骂贼而死呢，还是躲在屋里，以图幸免呢？我想，还是前一着堂皇些，将来也可以有一本烈士传。不过于大局依然无补，无论是一个或十万个，至多，也只能又向“国联”报告一声罢了。去年十九路军的某某英雄怎样杀敌，大家说得眉飞色舞，因此忘却了全线退出一百里的大事情，可是中国其实还是输了的。而况大学生们连武器也没有。现在中国的新闻上大登“满洲国”的虐政，说是不准私藏军器，但我们大中华民国人民来藏一件护身的东西试试看，也会家破人亡，——先生，这是很容易“为反动派所利用”的呵。

施以狮虎式的教育，他们就能用爪牙，施以牛羊式的教育，他们到万分危急时还会用一对可怜的角。然而我们所施的是什么式的教育呢，连小小的角也不能有，则大难临头，惟有兔子似的逃跑而已。自然，就是逃也不见得安稳，谁都说不出那里是安稳之处来，因为到处繁殖了猎狗，诗曰：“趯趯毚兔，遇犬获之”，此之谓也，然则三十六计，固仍以“走”为上计耳。

总之，我的意见是：我们不可看得大学生太高，也不可责备他们太重，中国是不能专靠大学生的；大学生逃了之后，却应该想想此后怎样才可以不至于单是逃，脱出诗境，踏上实地去。

但不知先生以为何如？能给在《涛声》上发表，以备一说否？谨听裁择，并请文安。

罗怃顿首。一月二十八夜。

再：顷闻十来天之前，北平有学生五十多人因开会被捕，可见不逃的还有，然而罪名是“借口抗日，意图反动”，又可见虽“敌人未到”，也大以“逃难”为是也。

为了忘却的记念

一

我早已想写一点文字，来记念几个青年的作家。这并非为了别的，只因为两年以来，悲愤总时时来袭击我的心，至今没有停止，我很想借此算是竦身一摇，将悲哀摆脱，给自己轻松一下，照直说，就是我倒要将他们忘却了。

两年前的此时，即一九三一年的二月七日夜或八日晨，是我们的五个青年作家同时遇害的时候。当时上海的报章都不敢载这件事，或者也许是不愿，或不屑载这件事，只在《文艺新闻》上有一点隐约其辞的文章。那第十一期（五月二十五日）里，有一篇林莽先生作的《白莽印象记》，中间说：

他做了好些诗，又译过匈牙利和诗人彼得斐的几首诗，当时的《奔流》的编辑者鲁迅接到了他的投稿，便来信要和他会面，但他却是不愿见名人的人，结果是鲁迅自己跑来找他，竭力鼓励他作文学的工作，但他终于不能坐在亭子间里写，又去跑他的路了。不久，他又一次的被了捕。……

这里所说的我们的事情其实是不确的。白莽并没有这么高慢，他曾经到过我的寓所来，但也不是因为我要求和他会面；我也没有这么高慢，对于一位素不相识的投稿者，会轻率的写信去叫他。我们相见的原因很平常，那时他所投的是从德文译出的《彼得斐传》，我就发信去讨原文，原文是载在诗集前面的，邮寄不便，他就亲自送来了。看去是一个二十多岁的青年，面貌很端正，颜色是黑黑的，当时的谈话我已经忘却，只记得他自说姓徐，象山人；我问他为什么代你收信的女士是这么一个怪名字（怎么怪法，现在也忘却了），他说她就喜欢起得这么怪，罗曼谛克，自己也有些和她不大对劲了。就只剩了这一点。

夜里，我将译文和原文粗粗的对了一遍，知道除几处误译之外，还有一个故意的曲译。他像是不喜欢“国民诗人”这个字的，都改成“民众诗人”了。第二天又接到他一封来信，说很悔和我相见，他的话多，我的话少，又冷，好像受了一种威压似的。我便写一封回信去解释，说初次相会，说话不多，也是人之常情，并且告诉他不应该由自己的爱憎，将原文改变。因为他的原书留在我这里了，就将我所藏的两本集子送给他，问他可能再译几首诗，以供读者的参看。他果然译了几首，自己拿来了，我们就谈得比第一回多一些。这传和诗，后来就都登在《奔流》第二卷第五本，即最末的一本里。

我们第三次相见，我记得是在一个热天。有人打门了，我去开门时，来的就是白莽，却穿着一件厚棉袍，汗流满面，彼此都不禁失笑。这时他才告诉我他是一个革命者，刚由被捕而释出，衣服和书籍全被没收了，连我送他的那两本；身上的袍子是从朋友那里借来的，没有夹衫，而必须穿长衣，所以只好这么出汗。我想，这大约就是林莽先生说的“又一次的被了捕”的那一次了。

我很欣幸他的得释，就赶紧付给稿费，使他可以买一件夹衫，但一面又很为我的那两本书痛惜：落在捕房的手里，真是明珠投暗了。那两本书，原是极平常的，一本散文，一本诗集，据德文译者说，这是他搜集起来的，虽在匈牙利本国，也还没有这么完全的本子，然而印在《莱克朗氏万有文库》（Reclam´s Universal-Bibliothek）中，倘在德国，就随处可得，也值不到一元钱。不过在我是一种宝贝，因为这是三十年前，正当我热爱彼得斐的时候，特地托丸善书店从德国去买来的，那时还恐怕因为书极便宜，店员不肯经手，开口时非常惴惴。后来大抵带在身边，只是情随事迁，已没有翻译的意思了，这回便决计送给这也如我的那时一样，热爱彼得斐的诗的青年，算是给它寻得了一个好着落。所以还郑重其事，托柔石亲自送去的。谁料竟会落在“三道头”之类的手里的呢，这岂不冤枉！

二

我的决不邀投稿者相见，其实也并不完全因为谦虚，其中含着省事的分子也不少。由于历来的经验，我知道青年们，尤其是文学青年们，十之九是感觉很敏，自尊心也很旺盛的，一不小心，极容易得到误解，所以倒是故意回避的时候多。见面尚且怕，更不必说敢有托付了。但那时我在上海，也有一个惟一的不但敢于随便谈笑，而且还敢于托他办点私事的人，那就是送书去给白莽的柔石。

我和柔石最初的相见，不知道是何时，在那里。他仿佛说过，曾在北京听过我的讲义，那么，当在八九年之前了。我也忘记了在上海怎么来往起来，总之，他那时住在景云里，离我的寓所不过四五家门面，不知怎么一来，就来往起来了。大约最初的一回他就告诉我是姓赵，名平复。但他又曾谈起他家乡的豪绅的气焰之盛，说是有一个绅士，以为他的名字好，要给儿子用，叫他不要用这名字了。所以我疑心他的原名是“平福”，平稳而有福，才正中乡绅的意，对于“复”

字却未必有这么热心。他的家乡，是台州的宁海，这只要一看他那台州式的硬气就知道，而且颇有点迂，有时会令我忽而想到方孝孺，觉得好像也有些这模样的。

他躲在寓里弄文学，也创作，也翻译，我们往来了许多日，说得投合起来了，于是另外约定了几个同意的青年，设立朝华社。目的是在绍介东欧和北欧的文学，输入外国的版画，因为我们都以为应该来扶植一点刚健质朴的文艺。接着就印《朝花旬刊》，印《近代世界短篇小说集》，印《艺苑朝华》，算都在循着这条线，只有其中的一本《蕗谷虹儿画选》，是为了扫荡上海滩上的“艺术家”，即戳穿叶灵凤这纸老虎而印的。

然而柔石自己没有钱，他借了二百多块钱来做印本。除买纸之外，大部分的稿子和杂务都是归他做，如跑印刷局，制图，校字之类。可是往往不如意，说起来皱着眉头。看他旧作品，都很有悲观的气息，但实际上并不然，他相信人们是好的。我有时谈到人会怎样的骗人，怎样的卖友，怎样的吮血，他就前额亮晶晶的，惊疑地圆睁了近视的眼睛，抗议道，“会这样的么？——不至于此罢？……”

不过朝花社不久就倒闭了，我也不想说清其中的原因，总之是柔石的理想的头，先碰了一个大钉子，力气固然白化，此外还得去借一百块钱来付纸账。后来他对于我那“人心惟危”说的怀疑减少了，有时也叹息道，“真会这样的么？……”但是，他仍然相信人们是好的。

他于是一面将自己所应得的朝花社的残书送到明日书店和光华书局去，希望还能够收回几文钱，一面就拼命的译书，准备还借款，这就是卖给商务印书馆的《丹麦短篇小说集》和戈理基作的长篇小说《阿尔泰莫诺夫之事业》。但我想，这些译稿，也许去年已被兵火烧掉了。

他的迂渐渐的改变起来，终于也敢和女性的同乡或朋友一同去走路了，但那距离，却至少总有三四尺的。这方法很不好，有时我在路上遇见他，只要在相距三四尺前后或左右有一个年青漂亮的女人，我便会疑心就是他的朋友。但他和我一同走路的时候，可就走得近了，简直是扶住我，因为怕我被汽车或电车撞死；我这面也为他近视而又要照顾别人担心，大家都苍皇失措的愁一路，所以倘不是万不得已，我是不大和他一同出去的，我实在看得他吃力，因而自己也吃力。

无论从旧道德，从新道德，只要是损己利人的，他就挑选上，自己背起来。

他终于决定地改变了，有一回，曾经明白的告诉我，此后应该转换作品的内容和形式。我说：这怕难罢，譬如使惯了刀的，这回要他耍棍，怎么能行呢？他简洁的答道：只要学起来！

他说的并不是空话，真也在从新学起来了，其时他曾经带了一个朋友来访我，那就是冯铿女士。谈了一些天，我对于她终于很隔膜，我疑心她有点罗曼谛克，急于事功；我又疑心柔石的近来要做大部的小说，是发源于她的主张的。但我又疑心我自己，也许是柔石的先前的斩钉截铁的回答，正中了我那其实是偷懒的主张的伤疤，所以不自觉地迁怒到她身上去了。——我其实也并不比我所怕见的神经过敏而自尊的文学青年高明。

她的体质是弱的，也并不美丽。

三

直到左翼作家联盟成立之后，我才知道我所认识的白莽，就是在《拓荒者》上做诗的殷夫。有一次大会时，我便带了一本德译的，一个美国的新闻记者所做的中国游记去送他，这不过以为他可以由此练习德文，另外并无深意。然而他没有来。我只得又托了柔石。

但不久，他们竟一同被捕，我的那一本书，又被没收，落在“三道头”之类的手里了。

四

明日书店要出一种期刊，请柔石去做编辑，他答应了；书店还想印我的译著，托他来问版税的办法，我便将我和北新书局所订的合同，抄了一份交给他，他向衣袋里一塞，匆匆的走了。其时是一九三一年一月十六日的夜间，而不料这一去，竟就是我和他相见的末一回，竟就是我们的永诀。

第二天，他就在一个会场上被捕了，衣袋里还藏着我那印书的合同，听说官厅因此正在找寻我。印书的合同，是明明白白的，但我不愿意到那些不明不白的地方去辩解。记得《说岳全传》里讲过一个高僧，当追捕的差役刚到寺门之前，他就“坐化”了，还留下什么“何立从东来，我向西方走”的偈子。这是奴隶所幻想的脱离苦海的惟一的好方法，“剑侠”盼不到，最自在的惟此而已。我不是高僧，没有涅槃的自由，却还有生之留恋，我于是就逃走。

这一夜，我烧掉了朋友们的旧信札，就和女人抱着孩子走在一个客栈里。不几天，即听得外面纷纷传我被捕，或是被杀了，柔石的消息却很少。有的说，他曾经被巡捕带到明日书店里，问是否是编辑；有的说，他曾经被巡捕带往北新书局去，问是否是柔石，手上上了铐，可见案情是重的。但怎样的案情，却谁也不明白。

他在囚系中，我见过两次他写给同乡的信，第一回是这样的——

“我与三十五位同犯（七个女的）于昨日到龙华。并于昨夜上了镣，开政治犯从未上镣之纪录。此案累及太大，我一时恐难出狱，书店事望兄为我代办之。现亦好，且跟殷夫兄学德文，此事可告周先生；望周先生勿念，我等未受刑。

捕房和公安局，几次问周先生地址，但我那里知道。诸望勿念。祝好！

赵少雄　一月二十四日。”

以上正面。

“洋铁饭碗，要二三只

如不能见面，可将东西

望转交赵少雄”

以上背面。

他的心情并未改变，想学德文，更加努力；也仍在记念我，像在马路上行走时候一般。但他信里有些话是错误的，政治犯而上镣，并非从他们开始，但他向来看得官场还太高，以为文明至今，到他们才开始了严酷。其实是不然的。果然，第二封信就很不同，措词非常惨苦，且说冯女士的面目都浮肿了，可惜我没有抄下这封信。其时传说也更加纷繁，说他可以赎出的也有，说他已经解往南京的也有，毫无确信；而用函电来探问我的消息的也多起来，连母亲在北京也急得生病了，我只得一一发信去更正，这样的大约有二十天。

天气愈冷了，我不知道柔石在那里有被褥不？我们是有的。洋铁碗可曾收到了没有？……但忽然得到一个可靠的消息，说柔石和其他二十三人，已于二月七日夜或八日晨，在龙华警备司令部被枪毙了，他的身上中了十弹。

原来如此！……

在一个深夜里，我站在客栈的院子中，周围是堆着的破烂的什物；人们都睡觉了，连我的女人和孩子。我沉重的感到我失掉了很好的朋友，中国失掉了很好的青年，我在悲愤中沉静下去了，然而积习却从沉静中抬起头来，凑成了这样的几句：

惯于长夜过春时，挈妇将雏鬓有丝。
梦里依稀慈母泪，城头变幻大王旗。
忍看朋辈成新鬼，怒向刀丛觅小诗。
吟罢低眉无写处，月光如水照缁衣。

但末二句，后来不确了，我终于将这写给了一个日本的歌人。

可是在中国，那时是确无写处的，禁锢得比罐头还严密。我记得柔石在年底曾回故乡，住了好些时，到上海后很受朋友的责备。他悲愤的对我说，他的母亲双眼已经失明了，要他多住几天，他怎么能够就走呢？我知道这失明的母亲的眷眷的心，柔石的拳拳的心。当《北斗》创刊时，我就想写一点关于柔石的文章，然而不能够，只得选了一幅珂勒惠支（Kăthe Kollwitz）夫人的木刻，名曰《牺牲》，是一个母亲悲哀地献出她的儿子去的，算是只有我一个人心里知道的柔石的记念。

同时被难的四个青年文学家之中，李伟森我没有会见过，胡也频在上海也只见过一次面，谈了几句天。较熟的要算白莽，即殷夫了，他曾经和我通过信，投过稿，但现在寻起来，一无所得，想必是十七那夜统统烧掉了，那时我还没有知道被捕的也有白莽。然而那本《彼得斐诗集》却在的，翻了一遍，也没有什么，只在一首《Wahlspruch》（格言）的旁边，有钢笔写的四行译文道：

生命诚宝贵，
爱情价更高；
若为自由故，
二者皆可抛！

又在第二叶上，写着“徐培根”三个字，我疑心这是他的真姓名。

五

前年的今日，我避在客栈里，他们却是走向刑场了；去年的今日，我在炮声中逃在英租界，他们则早已埋在不知那里的地下了；今年的今日，我才坐在旧寓里，人们都睡觉了，连我的女人和孩子。我又沉重的感到我失掉了很好的朋友，中国失掉了很好的青年，我在悲愤中沉静下去了，不料积习又从沉静中抬起头来，写下了以上那些字。

要写下去，在中国的现在，还是没有写处的。年青时读向子期《思旧赋》，很怪他为什么只有寥寥的几行，刚开头却又煞了尾。然而，现在我懂得了。

不是年青的为年老的写记念，而在这三十年中，却使我目睹许多青年的血，层层淤积起来，将我埋得不能呼吸，我只能用这样的笔墨，写几句文章，算是从泥土中挖一个小孔，自己延口残喘，这是怎样的世界呢。夜正长，路也正长，我不如忘却，不说的好罢。但我知道，即使不是我，将来总会有记起他们，再说他们的时候的。……

由中国女人的脚，推定中国人之非中庸，又由此推定孔夫子有胃病

——“学匪”派考古学之一

古之儒者不作兴谈女人，但有时总喜欢谈到女人。例如“缠足”罢，从明朝到清朝的带些考据气息的著作中，往往有一篇关于这事起源的迟早的文章。为什么要考究这样下等事呢，现在不说他也罢，总而言之，是可以分为两大派的，一派说起源早，一派说起源迟。说早的一派，看他的语气，是赞成缠足的，事情愈古愈好，所以他一定要考出连孟子的母亲，也是小脚妇人的证据来。说迟的一派却相反，他不大恭维缠足，据说，至早，亦不过起于宋朝的末年。

其实，宋末，也可以算得古的了。不过不缠之足，样子却还要古，学者应该“贵古而贱今”，斥缠足者，爱古也。但也有失怀了反对缠足的成见，假造证据的，例如前明才子

杨升庵先生，他甚至于替汉朝人做《杂事秘辛》，来证明那时的脚是“底平趾敛”。

于是又有人将这用作缠足起源之古的材料，说既然“趾敛”，可见是缠的了。但这是自甘于低能之谈，这里不加评论。

照我的意见来说，则以上两大派的话，是都错，也都对的。现在是古董出现的多了，我们不但能看见汉唐的图画，也可以看到晋唐古坟里发掘出来的泥人儿。那些东西上所表现的女人的脚上，有圆头履，有方头履，可见是不缠足的。古人比今人聪明，她决不至于缠小脚而穿大鞋子，里面塞些棉花，使自己走得一步一拐。

但是，汉朝就确已有一种“利屣”，头是尖尖的，平常大约未必穿罢，舞的时候，却非此不可。不但走着爽利，“潭腿”似的踢开去之际，也不至于为裙子所碍，甚至于踢下裙子来。那时太太们固然也未始不舞，但舞的究以倡女为多，所以倡伎就大抵穿着“利屣”，穿得久了，也免不了要“趾敛”的。然而伎女的装束，是闺秀们的大成至圣先师，这在现在还是如此，常穿利屣，即等于现在之穿高跟皮鞋，可以俨然居炎汉“摩登女郎”之列，于是乎虽是名门淑女，脚尖也就不免尖了起来。先是倡伎尖，后是摩登女郎尖，再后是大家闺秀尖，最后才是“小家碧玉”一齐尖。待到这些“碧玉”们成了祖母时，就入于利屣制度统一脚坛的时代了。

当民国初年，“不佞”观光北京的时候，听人说，北京女人看男人是否漂亮（自按：盖即今之所谓“摩登”也）的时候，是从脚起，上看到头的。所以男人的鞋袜，也得留心，脚样更不消说，当然要弄得齐齐整整，这就是天下之所以有“包脚布”的原因。仓颉造字，我们是知道的，谁造这布的呢，却还没有研究出。但至少是“古已有之”，唐朝张鷟作的《朝野佥载》罢，他说武后朝有一位某男士，将脚裹得窄窄的，人们见了都发笑。可见盛唐之世，就已有了这一种玩意儿，不过还不是很极端，或者还没有很普及。然而好像终于普及了。由宋至清，绵绵不绝，民元革命以后，革了与否，我不知道，因为我是专攻考“古”学的。

然而奇怪得很，不知道怎的（自按：此处似略失学者态度），女士们之对于脚，尖还不够，并且勒令它“小”起来了，最高模范，还竟至于以三寸为度。这么一来，可以不必兼买利屣和方头履两种，从经济的观点来看，是不算坏的，可是从卫生的观点来看，却未免有些“过火”，换一句话，就是“走了极端”了。

我中华民族虽然常常的自命为爱“中庸”，行“中庸”的人民，其实是颇不免于过激的。譬如对于敌人罢，有时是压服不够，还要“除恶务尽”，杀掉不够，还要“食肉寝皮”。但有时候，却又谦虚到“侵略者要进来，让他们进来。也许他们会杀了十万中国人。不要紧，中国人有的是，我们再有人上去”。这真教人会猜不出是真痴还是假呆。而女人的脚尤其是一个铁证，不小则已，小则必求其三寸，宁可走不成路，摆摆摇摇。慨自辫子肃清以后，缠足本已一同解放的了，老新党的母亲们，鉴于自已在皮鞋里塞棉花之麻烦，一时也确给她的女儿留了天足。然而我们中华民族是究竟有些“极端”的，不多久，老病复发，有些女士们已在别想花样，用一枝细黑柱子将脚跟支起，叫它离开地球。她到底非要她的脚变把戏不可。由过去以测将来，则四朝（假如仍旧有朝代的话）之后，全国女人的脚趾都和小腿成一直线，是可以有八九成把握的。

然则圣人为什么大呼“中庸”呢？曰：这正因为大家并不中庸的缘故。人必有所缺，这才想起他所需。穷教员养不活老婆了，于是觉到女子自食其力说之合理，并且附带地向男女平权论卢头；富翁胖到要发哮喘病了，才去打高而富球，从此主张运动的紧要。我们平时，是决不记得自已有一个头，或一个肚子，应该加以优待的，然而一旦头痛肚泻，这才记起了他们，并且大有休息要紧，饮食小心的议论。倘有谁听了这些议论之后，便贸贸然决定这议论者为卫生家，可就失之十丈，差以亿里了。

倒相反，他是不卫生家，议论卫生，正是他向来的不卫生的结果的表现。孔子曰，“不得中行而与之，必也狂狷乎，狂者进取，狷者有所不为也！”以孔子交游之广，事实上没法子只好寻狂狷相与，这便是他在理想上之所以哼着“中庸，中庸”的原因。

以上的推定假使没有错，那么，我们就可以进而推定孔子晚年，是生了胃病的了。“割不正不食”，这是他老先生的古板规矩，但“食不厌精，脍不厌细”的条令却有些稀奇。他并非百万富翁或能收许多版税的文学家，想不至于这么奢侈的，除了只为卫生，意在容易消化之外，别无解法。况且“不撤姜食”，又简直是省不掉暖胃药了。何必如此独厚于胃，念念不忘呢？曰，以其有胃病之故也。

倘说：坐在家里，不大走动的人们很容易生胃病，孔子周游列国，运动王公，该可以不生病证的了。那就是犯了知今而不知古的错误。盖当时花旗白面，尚未输入，土磨麦粉，多含灰沙，所以分量较今面为重；国道尚未修成，泥路甚多凹凸，孔子如果肯走，那是不大要紧的，而不幸他偏有一车两马。胃里袋着沉重的面食，坐在车子里走着七高八低的道路，一颠一顿，一掀一坠，胃就被坠得大起来，消化力随之减少，时时作痛；每餐非吃“生姜”不可了。所以那病的名目，该是“胃扩张”；那时候，则是“晚年”，约在周敬王十年以后。

以上的推定，虽然简略，却都是“读书得间”的成功。但若急于近功，妄加猜测，即很容易陷于“多疑”的谬误。例如罢，二月十四日《申报》载南京专电云：“中执委会令各级党部及人民团体制‘忠孝仁爱信义和平’匾额，悬挂礼堂中央，以资启迪。”看了之后，切不可便推定为各要人讥大家为“忘八”；三月一日《大晚报》载新闻云：“孙总理夫人宋庆龄女士自归国寓沪后，关于政治方面，不闻不问，惟对社会团体之组织非常热心。据本报记者所得报告，前日有人由邮政局致宋女士之索诈信□（自按：原缺）件，业经本市局派驻邮局检查处检查员查获，当将索诈截留，转辗呈报市府。”看了之后，也切不可便推定虽为总理夫人宋女士的信件，也常在邮局被当局派员所检查。

盖虽“学匪派考古学”，亦当不离于“学”，而以“考古”为限的。

关于女人

国难期间，似乎女人也特别受难些。一些正人君子责备女人爱奢侈，不肯光顾国货。就是跳舞，肉感等等，凡是和女性有关的，都成了罪状。仿佛男人都做了苦行和尚，女人都进了修道院，国难就会得救似的。

其实那不是女人的罪状，正是她的可怜。这社会制度把她挤成了各种各式的奴隶，还要把种种罪名加在她头上。西汉末年，女人的“堕马髻”“愁眉啼妆”，也说是亡国之兆。其实亡汉的何尝是女人！不过，只要看有人出来唉声叹气的不满意女人的妆束，我们就知道当时统治阶级的情形，大概有些不妙了。

奢侈和淫靡只是一种社会崩溃腐化的现象，决不是原因。私有制度的社会，本来把女人也当做私产，当做商品。一切国家，一切宗教都有许多稀奇古怪的规条，把女人看做一种不吉利的动物，威吓她，使她奴隶般的服从；同时又要她做高等阶级的玩具。正像现在的正人君子，他们骂女人奢侈，板起面孔维持风化，而同时正在偷偷地欣赏着肉感的大腿文化。

阿剌伯的一个古诗人说："地上的天堂是在圣贤的经书上，马背上，女人的胸脯上。"这句话倒是老实的供状。

自然，各种各式的卖淫总有女人的份。然而买卖是双方的。没有买淫的嫖男，哪里会有卖淫的娼女。所以问题还在买淫的社会根源。这根源存在一天，也就是主动的买者存在一天，那所谓女人的淫靡和奢侈就一天不会消灭。男人是私有主的时候，女人自身也不过是男人的所有品。也许是因此罢，她的爱惜家财的心或者比较的差些，她往往成了"败家精"。何况现在买淫的机会那么多，家庭里的女人直觉地感觉到自己地位的危险。民国初年我就听说，上海的时髦是从长三幺二传到姨太太之流，从姨太太之流再传到太太奶奶小姐。这些"人家人"，多数是不自觉地在和娼妓竞争，——自然，她们就要竭力修饰自己的身体，修饰到拉得住男子的心的一切。这修饰的代价是很贵的，而且一天一天的贵起来，不但是物质上的，而且还有精神上的。

美国一个百万富翁说："我们不怕共匪（原文无匪字，谨遵功令改译），我们的妻女就要使我们破产，等不及工人来没收。”中国也许是惟恐工人“来得及”，所以高等华人的男女这样赶紧的浪费着，享用着，畅快着，哪里还管得到国货不国货，风化不风化。然而口头上是必须维持风化，提倡节俭的。

谈金圣叹

讲起清朝的文字狱来，也有人拉上金圣叹，其实是很不合适的。他的“哭庙”，用近事来比例，和前年《新月》上的引据三民主义以自辩，并无不同，但不特捞不到教授而且至于杀头，则是因为他早被官绅们认为坏货了的缘故。就事论事，倒是冤枉的。

清中叶以后的他的名声，也有些冤枉。他抬起小说传奇来，和《左传》《杜诗》并列，实不过拾了袁宏道辈的唾余；而且经他一批，原作的诚实之处，往往化为笑谈，布局行文，也都被硬拖到八股的作法上。这余荫，就使有一批人，堕入了对于《红楼梦》之类，总在寻求伏线，挑剔破绽的泥塘。

自称得到古本，乱改《西厢》字句的案子且不说罢，单是截去《水浒》的后小半，梦想有一个“嵇叔夜”来杀尽宋江们，也就昏庸得可以。虽说因为痛恨流寇的缘故，但他是究竟近于官绅的，他到底想不到小百姓的对于流寇，只痛恨着一半：不在于“寇”，而在于“流”。

百姓固然怕流寇，也很怕“流官”。记得民元革命以后，我在故乡，不知怎地县知事常常掉换了。每一掉换，农民们便愁苦着相告道：“怎么好呢？又换了一只空肚鸭来了！”他们虽然至今不知道“欲壑难填”的古训，却很明白“成则为王，败则为贼”的成语，贼者，流着之王，王者，不流之贼也，要说得简单一点，那就是“坐寇”。中国百姓一向自称“蚁民”，现在为便于譬喻起见，姑升为牛罢，铁骑一过，茹毛饮血，蹄骨狼藉，倘可避免，他们自然是总想避免的，但如果肯放任他们自啮野草，苟延残喘，挤出乳来将这些“坐寇”喂得饱饱的，后来能够比较的不复狼吞虎咽，则他们就以为如天之福。所区别的只在“流”与“坐”，却并不在“寇”与“王”。试翻明末的野史，就知道北京民心的不安，在李自成入京的时候，是不及他出京之际的利害的。

宋江据有山寨，虽打家劫舍，而劫富济贫，金圣叹却道应该在童贯高俅辈的爪牙之前，一个个俯首受缚，他们想不懂。所以《水浒传》纵然成了断尾巴蜻蜓，乡下人却还要看《武松独手擒方腊》这些戏。

不过这还是先前的事，现在似乎又有了新的经验了。听说四川有一只民谣，大略是“贼来如梳，兵来如篦，官来如剃”的意思。汽车飞艇，价值既远过于大轿马车，租界和外国银行，也是海通以来新添的物事，不但剃尽毛发，就是刮尽筋肉，也永远填不满的。正无怪小百姓将“坐寇”之可怕，放在“流寇”之上了。

事实既然教给了这些，仅存的路，就当然使他们想到了自己的力量。

又论“第三种人”

戴望舒先生远远的从法国给我们一封通信，叙述着法国 A. E. A. R.（革命文艺家协会）得了纪德的参加，在三月二十一日召集大会，猛烈的反抗德国法西斯谛的情形，并且绍介了纪德的演说，发表在六月号的《现代》上。法国的文艺家，这样的仗义执言的举动是常有的：较远，则如左拉为德来孚斯打不平，法朗士当左拉改葬时候的讲演；较近，则有罗曼罗兰的反对战争。但这回更使我感到真切的欢欣，因为问题是当前的问题，而我也正是憎恶法西斯谛的一个。不过戴先生在报告这事实的同时，一并指明了中国左翼作家的“愚蒙”和像军阀一般的横暴，我却还想来说几句话。但希望不要误会，以为意在辩解，希图中国也从所谓“第三种人”得到对于德国的被压迫者一般的声援，——并不是的。

中国的焚禁书报，封闭书店，囚杀作者，实在还远在德国的白色恐怖以前，而且也得到过世界的革命的文艺家的抗议了。我现在要说的，不过那通信里的必须指出的几点。

那通信叙述过纪德的加入反抗运动之后，说道——

在法国文坛中，我们可以说纪德是“第三种人”，……自从他在一八九一年……起，一直到现在为止，他始终是一个忠实于他的艺术的人。然而，忠实于自己的艺术的作者，不一定就是资产阶级的“帮闲者”，法国的革命作家没有这种愚蒙的见解（或者不如说是精明的策略），因此，在热烈的欢迎之中，纪德便在群众之间发言了。

这就是说：“忠实于自己的艺术的作者”，就是“第三种人”，而中国的革命作家，却“愚蒙”到指这种人为全是“资产阶级的帮闲者”，现在已经由纪德证实，是“不一定”的了。

这里有两个问题应该解答。

第一，是中国的左翼理论家是否真指“忠实于自己的艺术的作者”为全是“资产阶级的帮闲者”？据我所知道，却并不然。左翼理论家无论如何“愚蒙”，还不至于不明白“为艺术的艺术”在发生时，是对于一种社会的成规的革命，但待到新兴的战斗的艺术出现之际，还拿着这老招牌来明明暗暗阻碍他的发展，那就成为反动，且不只是“资产阶级的帮闲者”了。至于“忠实于自己的艺术的作者”，却并未视同一律。因为不问哪一阶级的作家，都有一个“自己”，这“自己”，就都是他本阶级的一分子，忠实于他自己的艺术的人，也就是忠实于他本阶级的作者，在资产阶级如此，在无产阶级也如此。这是极显明粗浅的事实，左翼理论家也不会不明白的。但这位——戴先生用“忠实于自己的艺术”来和“为艺术的艺术”掉了一个包，可真显得左翼理论家的“愚蒙”透顶了。

第二，是纪德是否真是中国所谓的“第三种人”？我没有读过纪德的书，对于作品，没有加以批评的资格。但我相信：创作和演说，形式虽然不同，所含的思想是决不会两样的。我可以引出戴先生所绍介的演说里的两段来——

有人会对我说：“在苏联也是这样的。”那是可能的事；但是目的却是完全两样的，而且，为了要建设一个新社会起见，为了把发言权给与那些一向做着受压迫者，一向没有发言权的人们起见，不得已的矫枉过正也是免不掉的事。

我为什么并怎样会在这里赞同我在那边所反对的事呢？那就是因为我在德国的恐怖政策中，见到了最可叹最可憎的过去底再演，在苏联的社会创设中，我却见到一个未来的无限的允约。

这说得清清楚楚，虽是同一手段，而他却因目的之不同而分为赞成或反抗。苏联十月革命后，侧重艺术的“绥拉比翁的兄弟们”这团体，也被称为“同路人”，但他们却并没有这么积极。中国关于“第三种人”的文字，今年已经汇印了一本专书，我们可以查一查，凡自称为“第三种人”的言论，可有丝毫近似这样的意见的么？倘其没有，则我敢决定地说，“不可以说纪德是‘第三种人’”。

然而正如我说纪德不像中国的“第三种人”一样，戴望舒先生也觉得中国的左翼作家和法国的大有贤愚之别了。他在参加大会，为德国的左翼艺术家同伸义愤之后，就又想起了中国左翼作家的愚蠢横暴的行为。于是他临末禁不住感慨——

> 我不知道我国对于德国法西斯谛的暴行有没有什么表示。正如我们的军阀一样，我们的文艺者也是勇于内战的。在法国的革命作家们和纪德携手的时候，我们的左翼作家想必还在把所谓“第三种人”当作唯一的敌手吧！

这里无须解答，因为事实具在：我们这里也曾经有一点表示，但因为和在法国两样，所以情形也不同；刊物上也久不见什么“把所谓‘第三种人’当作唯一的敌手”的文章，不再内战，没有军阀气味了。戴先生的豫料，是落了空的。

然而中国的左翼作家，这就和戴先生意中的法国左翼作家一样贤明了么？我以为并不这样，而且也不应该这样的。如果声音还没有全被削除的时候，对于“第三种人”的讨论，还极有从新提起和展开的必要。戴先生看出了法国革命作家们的隐衷，觉得在这危急时，和“第三种人”携手，也许是“精明的策略”。但我以为单靠“策略”，是没有用的，有真切的见解，才有精明的行为，只要看纪德的讲演，就知道他并不超然于政治之外，决不能贸贸然称之为“第三种人”，加以欢迎，是不必别具隐衷的。不过在中国的所谓“第三种人”，却还复杂得很。

所谓“第三种人”，原意只是说：站在甲乙对立或相斗之外的人。但在实际上，是不能有的。人体有胖和瘦，在理论上，是该能有不胖不瘦的第三种人的，然而事实上却并没有，一加比较，非近于胖，就近于瘦。文艺上的“第三种人”也一样，即使好像不偏不倚罢，其实是总有些偏向的，平时有意的或无意的遮掩起来，而一遇切要的事故，它便会分明的显现。如纪德，他就显出左向来了；别的人，也能从几句话里，分明的显出。所以在这混杂的一群中，有的能和革命前进，共鸣；有的也能乘机将革命中伤，软化，曲解。左翼理论家是有着加以分析的任务的。

如果这就等于“军阀”的内战，那么，左翼理论家就必须更加继续这内战，而将营垒分清，拔去了从背后射来的毒箭！

上海的少女

在上海生活，穿时髦衣服的比土气的便宜。如果一身旧衣服，公共电车的车掌会不照你的话停车，公园看守会格外认真的检查入门券，大宅子或大客寓的门丁会不许你走正门。所以，有些人宁可居斗室，喂臭虫，一条洋服裤子却每晚必须压在枕头下，使两面裤腿上的折痕天天有棱角。

然而更便宜的是时髦的女人。这在商店里最看得出：挑选不完，决断不下，店员也还是很能忍耐的。不过时间太长，就须有一种必要的条件，是带着一点风骚，能受几句调笑。否则，也会终于引出普通的白眼来。

惯在上海生活了的女性，早已分明地自觉着这种自己所具的光荣，同时也明白着这种光荣中所含的危险。所以凡有时髦女子所表现的神气，是在招摇，也在固守，在罗致，也在抵御，像一切异性的亲人，也像一切异性的敌人，她在喜欢，也正在恼怒。这神气也传染了未成年的少女，我们有时会看见她们在店铺里购买东西，侧着头，佯嗔薄怒，如临大敌。自然，店员们是能像对于成年的女性一样，加以调笑的，而她也早明白着这调笑的意义。总之：她们大抵早熟了。

然而我们在日报上，确也常常看见诱拐女孩，甚而至于凌辱少女的新闻。

不但是《西游记》里的魔王，吃人的时候必须童男和童女而已，在人类中的富户豪家，也一向以童女为侍奉，纵欲，鸣高，寻仙，采补的材料，恰如食品的餍足了普通的肥甘，就想乳猪芽茶一样。现在这现象并且已经见于商人和工人里面了，但这乃是人们的生活不能顺遂的结果，应该以饥民的掘食草根树皮为比例，和富户豪家的纵恣的变态是不可同日而语的。

但是，要而言之，中国是连少女也进了险境了。

这险境，更使她们早熟起来，精神已是成人，肢体却还是孩子。俄国的作家梭罗古勃曾经写过这一种类型的少女，说是还是小孩子，而眼睛却已经长大了。然而我们中国的作家是另有一种称赞的写法的：所谓“娇小玲珑”者就是。

上海的儿童

上海越界筑路的北四川路一带，因为打仗，去年冷落了大半年，今年依然热闹了，店铺从法租界搬回，电影院早经开始，公园左近也常见携手同行的爱侣，这是去年夏天所没有的。

倘若走进住家的弄堂里去，就看见便溺器，吃食担，苍蝇成群的在飞，孩子成队的在闹，有剧烈的捣乱，有发达的骂詈，真是一个乱烘烘的小世界。但一到大路上，映进眼帘来的却只是轩昂活泼地玩着走着的外国孩子，中国的儿童几乎看不见了。但也并非没有，只因为衣裤郎当，精神萎靡，被别人压得像影子一样，不能醒目了。

中国中流的家庭，教孩子大抵只有两种法。其一，是任其跋扈，一点也不管，骂人固可，打人亦无不可，在门内或门前是暴主，是霸王，但到外面，便如失了网的蜘蛛一般，立刻毫无能力。其二，是终日给以冷遇或呵斥，甚而至于打扑，使他畏葸退缩，仿佛一个奴才，一个傀儡，然而父母却美其名曰“听话”，自以为是教育的成功，待到放他到外面来，则如暂出樊笼的小禽，他决不会飞鸣，也不会跳跃。

现在总算中国也有印给儿童看的画本了，其中的主角自然是儿童，然而画中人物，大抵倘不是带着横暴冥顽的气味，甚而至于流氓模样的，过度的恶作剧的顽童，就是钩头耸背，低眉顺眼，一副死板板的脸相的所谓“好孩子”。这虽然由于画家本领的欠缺，但也是取儿童为范本的，而从此又以作供给儿童仿效的范本。我们试一看别国的儿童画罢，英国沉着，德国粗豪，俄国雄厚，法国漂亮，日本聪明，都没有一点中国似的衰惫的气象。观民风是不但可以由诗文，也可以由图画，而且可以由不为人们所重的儿童画的。

顽劣，钝滞，都足以使人没落，灭亡。童年的情形，便是将来的命运。我们的新人物，讲恋爱，讲小家庭，讲自立，讲享乐了，但很少有人为儿女提出家庭教育的问题，学校教育的问题，社会改革的问题。先前的人，只知道“为儿孙作马牛”，固然是错误的，但只顾现在，不想将来，“任儿孙作马牛”，却不能不说是一个更大的错误。

关于妇女解放

孔子曰："唯女子与小人为难养也，近之则不逊，远之则怨。"女子与小人归在一类里，但不知道是否也包括了他的母亲。后来的道学先生们，对于母亲，表面上总算是敬重的了，然而虽然如此，中国的为母的女性，还受着自己儿子以外的一切男性的轻蔑。

辛亥革命后，为了参政权，有名的沈佩贞女士曾经一脚踢倒过议院门口的守卫。不过我很疑心那是他自己跌倒的，假使我们男人去踢罢，他一定会还踢你几脚。这是做女子便宜的地方。还有，现在有些太太们，可以和阔男人并肩而立，在码头或会场上照一个照相；或者当汽船飞机开始行动之前，到前面去敲碎一个酒瓶（这或者非小姐不可也说不定，我不知道那详细）了，也还是做女子的便宜的地方。此外，又新有了各样的职业，除女工，为的是她们工钱低，又听话，因此为厂主所乐用的不算外，别的就大抵只因为是女子，所以一面虽然被称为“花瓶”，一面也常有“一切招待，全用女子”的光荣的广告。男子倘要这么突然的飞黄腾达，单靠原来的男性是不行的他至少非变狗不可。

这是五四运动后，提倡了妇女解放以来的成绩。不过我们还常常听到职业妇女的痛苦的呻吟，评论家的对于新式女子的讥笑。她们从闺阁走出，到了社会上，其实是又成为给大家开玩笑，发议论的新资料了。

这是因为她们虽然到了社会上，还是靠着别人的“养”；要别人“养”，就得听人的唠叨，甚而至于侮辱。我们看看孔夫子的唠叨，就知道他是为了要“养”而“难”，“近之”“远之”都不十分妥帖的缘故。这也是现在的男子汉大丈夫的一般的叹息。也是女子的一般的苦痛。在没有消灭“养”和“被养”的界限以前，这叹息和苦痛是永远不会消灭的。

这并未改革的社会里，一切单独的新花样，都不过一块招牌，实际上和先前并无两样。拿一匹小鸟关在笼中，或给站在竿子上，地位好象改变了，其实还只是一样的在给别人做玩意，一饮一啄，都听命于别人。俗语说：“受人一饭，听人使唤”，就是这。所以一切女子，倘不得到和男子同等的经济权，我以为所有好名目，就都是空话。自然，在生理和心理上，男女是有差别的；即在同性中，彼此也都不免有些差别，然而地位却应该同等。必须地位同等之后，才会有真的女人和男人，才会消失了叹息和苦痛。

在真的解放之前，是战斗。但我并非说，女人应该和男人一样的拿枪，或者只给自己的孩子吸一只奶，而使男子去负担那一半。我只以为应该不自苟安于目前暂时的位置，而不断的为解放思想，经济等等而战斗。解放了社会，也就解放了自己。但自然，单为了现存的惟妇女所独有的桎梏而斗争，也还是必要的。

我没有研究过妇女问题，倘使必须我说几句，就只有这一点空话。

家庭为中国之基本

中国的自己能酿酒，比自己来种鸦片早，但我们现在只听说许多人躺着吞云吐雾，却很少见有人像外国水兵似的满街发酒疯。唐宋的踢球，久已失传，一般的娱乐是躲在家里彻夜叉“麻雀”。从这两点看起来，我们在从露天下渐渐的躲进家里去，是无疑的。古之上海文人，已尝慨乎言之，曾出一联，索人属对，道：“三鸟害人鸦雀鸽”，“鸽”是彩票，雅号奖券，那时却称为“白鸽票”的。但我不知道后来有人对出了没有。

不过我们也并非满足于现状，是身处斗室之中，神驰宇宙之外，抽鸦片者享乐着幻境，叉麻雀者心仪于好牌。檐下放起爆竹，是在将月亮从天狗嘴里救出；剑仙坐在书斋里，哼的一声，一道白光，千万里外的敌人可被杀掉了，不过飞剑还是回家，钻进原先的鼻孔去，因为下次还要用。这叫做千变万化，不离其宗。所以学校是从家庭里拉出子弟来，教成社会人才的地方，而一闹到不可开交的时候，还是“交家长严加管束”云。

“骨肉归于土，命也；若夫魂气，则无不之也，无不之也！”一个人变了鬼，该可以随便一点了罢，而活人仍要烧一所纸房子，请他住进去，阔气的还有打牌桌，鸦片盘。成仙，这变化是很大的，但是刘太太偏舍不得老家，定要运动到“拔宅飞升”，连鸡犬都带了上去而后已，好依然的管家务，饲狗，喂鸡。

我们的古今人，对于现状，实在也愿意有变化，承认其变化的。变鬼无法，成仙更佳，然而对于老家，却总是死也不肯放。我想，火药只做爆竹，指南针只看坟山，恐怕那原因就在此。

现在是火药蜕化为轰炸弹，烧夷弹，装在飞机上面了，我们却只能坐在家里等他落下来。自然，坐飞机的人是颇有了的，但他那里是远征呢，他为的是可以快点回到家里去。

家是我们的生处，也是我们的死所。

逃的辩护

古时候，做女人大晦气，一举一动，都是错的，这个也骂，那个也骂。现在这晦气落在学生头上了，进也挨骂，退也挨骂。

我们还记得，自前年冬天以来，学生是怎么闹的，有的要南来，有的要北上，南来北上，都不给开车。待到到得首都，顿首请愿，却不料"为反动派所利用"，许多头都恰巧"碰"在刺刀和枪柄上，有的竟"自行失足落水"而死了。

验尸之后，报告书上说道，"身上五色"。我实在不懂。

谁发一句质问，谁提一句抗议呢？有些人还笑骂他们。

还要开除，还要告诉家长，还要劝进研究室。一年以来，好了，总算安静了。但不料榆关失了守，上海还远，北平却不行了，因为连研究室也有了危险。住在上海的人们想必记得的，去年二月的暨南大学，劳动大学，同济大学……，研究室里还坐得住么？

北平的大学生是知道的，并且有记性，这回不再用头来“碰”刺刀和枪柄了，也不再想“自行失足落水”，弄得“身上五色”了，却发明了一种新方法，是：大家走散，各自回家。

这正是这几年来的教育显了成效。

然而又有人来骂了。童子军还在烈士们的挽联上，说他们“遗臭万年”。

但我们想一想罢：不是连语言历史研究所里的没有性命的古董都在搬家了么？不是学生都不能每人有一架自备的飞机么？能用本国的刺刀和枪柄“碰”得瘟头瘟脑，躲进研究室里去的，倒能并不瘟头瘟脑，不被外国的飞机大炮，炸出研究室外去么？

阿弥陀佛！

对于战争的祈祷

——读书心得

热河的战争开始了。

三月一日——上海战争的结束的“纪念日”，也快到了。“民族英雄”的肖像一次又一次的印刷着，出卖着；而小兵们的血，伤痕，热烈的心，还要被人糟蹋多少时候？回忆里的炮声和几千里外的炮声，都使得我们带着无可如何的苦笑，去翻开一本无聊的，但是，倒也很有几句“警句”的闲书。这警句是：

“喂，排长，我们到底上哪里去哟？”——其中的一个问。

“走吧。我也不晓得。”

“丢那妈，死光就算了，走什么！”

“不要吵，服从命令！”

“丢那妈的命令！”

然而丢那妈归丢那妈，命令还是命令，走也当然还是走。四点钟的时候，中山路复归于沉寂，风和叶儿沙沙的响，月亮躲在青灰色的云海里，睡着，依旧不管人类的事。

这样，十九路军就向西退去。

（黄震遐：《大上海的毁灭》。）

什么时候“丢那妈”和“命令”不是这样各归各，那就得救了。

不然呢？还有“警句”可以回答这个问题：

十九路军打，是告诉我们说，除掉空说以外，还有些事好做！

十九路军胜利，只能增加我们苟且，偷安与骄傲的迷梦！

十九路军死，是警告我们活得可怜，无趣！

十九路军失败，才告诉我们非努力，还是做奴隶的好！

（见同书。）

这是警告我们，非革命，则一切战争，命里注定的必然要失败。现在，主战是人人都会的了——这是“一·二八”的十九路军的经验：打是一定要打的，然而切不可打胜，而打死也不好，不多不少刚刚适宜的办法是失败。“民族英雄”对于战争的祈祷是这样的。而战争又的确是他们在指挥着，这指挥权是不肯让给别人的。战争，禁得起主持的人预定着打败仗的计画么？好像戏台上的花脸和白脸打仗，谁输谁赢是早就在后台约定了的。呜呼，我们的“民族英雄”！

战略关系

首都《救国日报》上有句名言：

> 浸使为战略关系，须暂时放弃北平，以便引敌深入……应严厉责成张学良，以武力制止反对运动，虽流血亦所不辞。(见《上海日报》二月九日转载。)

虽流血亦所不辞！勇敢哉战略大家也！

血的确流过不少，正在流的更不少，将要流的还不知道有多多少少。这都是“反对”运动者的血。为着什么？为着战略关系。

战略家在去年上海打仗的时候，曾经说：“为战略关系，退守第二道防线”，这样就退兵。过了两天又说，为战略关系，“如日军不向我军射击，则我军不得开枪，着士兵一体遵照”，这样就停战。此后，“第二道防线”消失，上海和议开始，谈判，签字，完结。那时候，大概为着战略关系也曾经见过血；这是军机大事，小民不得而知，——至于亲自流过血的虽然知道，他们又已经没有了舌头。究竟那时候的敌人为什么没有“被诱深入”？

现在我们知道了：那次敌人所以没有“被诱深入”者，决不是当时战略家的手段太不高明，也不是完全由于“反对”运动者的血流得“太少”，而另外还有个原因：原来英国从中调停——暗地里和日本有了谅解，说是日本呀，你们的军队暂时退出上海，我们英国更进一步来帮你的忙，使满洲国不至于被国联否认，——这就是现在国联的什么什么草案，什么什么委员的态度。这其实是说，你不要在这里深入，——这里是有赃大家分，——你先到北方去深入再说。深入还是要深入，不过地点暂时不同。

因此，“诱敌深入北平”的战略目前就需要了。流血自然又要多流几次。

其实，现在一切准备停当，行都陪都色色俱全，文化古物，和大学生，也已经各自乔迁。无论是黄面孔，白面孔，新大陆，旧大陆的敌人，无论这些敌人要深入到什么地方，都请深入罢。至于怕有什么“反对”运动，那我们的战略家：“虽流血亦所不辞”！放心，放心。

从讽刺到幽默

讽刺家，是危险的。

假使他所讽刺的是不识字者，被杀戮者，被囚禁者，被压迫者罢，那很好，正可给读他文章的所谓有教育的智识者嘻嘻一笑，更觉得自己的勇敢和高明。然而现今的讽刺家之所以为讽刺家，却正在讽刺这一流所谓有教育的智识者社会。

因为所讽刺的是这一流社会，其中的各分子便各各觉得好像刺着了自己，就一个个的暗暗的迎出来，又用了他们的讽刺，想来刺死这讽刺者。

最先是说他冷嘲，渐渐的又七嘴八舌的说他谩骂，俏皮话，刻毒，可恶，学匪，绍兴师爷，等等，等等。然而讽刺社会的讽刺，却往往仍然会“悠久得惊人”的，即使捧出了做过和尚的洋人或专办了小报来打击，也还是没有效，这怎不气死人也么哥呢！

枢纽是在这里：他所讽刺的是社会，社会不变，这讽刺就跟着存在，而你所刺的是他个人，他的讽刺倘存在，你的讽刺就落空了。

所以，要打倒这样的可恶的讽刺家，只好来改变社会。

然而社会讽刺家究竟是危险的，尤其是在有些“文学家”明明暗暗的成了“王之爪牙”的时代。人们谁高兴做“文字狱”中的主角呢，但倘不死绝，肚子里总还有半口闷气，要借着笑的幌子，哈哈的吐他出来。笑笑既不至于得罪别人，现在的法律上也尚无国民必须哭丧着脸的规定，并非“非法”，盖可断言的。

我想：这便是去年以来，文字上流行了“幽默”的原因，但其中单是“为笑笑而笑笑”的自然也不少。

然而这情形恐怕是过不长久的，“幽默”既非国产，中国人也不是长于“幽默”的人民，而现在又实在是难以幽默的时候。于是虽幽默也就免不了改变样子了，非倾于对社会的讽刺，即堕入传统的“说笑话”和“讨便宜”。

从幽默到正经

“幽默”一倾于讽刺，失了它的本领且不说，最可怕的是有些人又要来“讽刺”，来陷害了，倘若堕于“说笑话”，则寿命是可以较为长远，流年也大致顺利的，但愈堕愈近于国货，终将成为洋式徐文长。当提倡国货声中，广告上已有中国的“自造舶来品”，便是一个证据。

而况我实在恐怕法律上不久也就要有规定国民必须哭丧着脸的明文了。笑笑，原也不能算“非法”的。但不幸东省沦陷，举国骚然，爱国之士竭力搜索失地的原因，结果发见了其一是在青年的爱玩乐，学跳舞。当北海上正在嘻嘻哈哈的溜冰的时候，一个大炸弹抛下来，虽然没有伤人，冰却已经炸了一个大窟窿，不能溜之大吉了。

又不幸而榆关失守，热河吃紧了，有名的文人学士，也就更加吃紧起来，做挽歌的也有，做战歌的也有，讲文德的也有，骂人固然可恶，俏皮也不文明，要大家做正经文章，装正经脸孔，以补“不抵抗主义”之不足。

但人类究竟不能这么沉静，当大敌压境之际，手无寸铁，杀不得敌人，而心里却总是愤怒的，于是他就不免寻求敌人的替代。这时候，笑嘻嘻的可就遭殃了，因为他这时便被叫作：“陈叔宝全无心肝”。所以知机的人，必须也和大家一样哭丧着脸，以免于难。“聪明人不吃眼前亏”，亦古贤之遗教也，然而这时也就“幽默”归天，“正经”统一了剩下的全中国。

明白这一节，我们就知道先前为什么无论贞女与淫女，见人时都得不笑不言；现在为什么送葬的女人，无论悲哀与否，在路上定要放声大叫。

这就是“正经”。说出来么，那就是“刻毒”。

伸冤

李顿报告书采用了中国人自己发明的“国际合作以开发中国的计划”，这是值得感谢的，——最近南京市各界的电报已经“谨代表京市七十万民众敬致慰念之忱”，称他“不仅为中国好友，且为世界和平及人道正义之保障者”（三月一日南京中央社电）了。

然而李顿也应当感谢中国才好：第一，假使中国没有“国际合作学说”，李顿爵士就很难找着适当的措辞来表示他的意思。岂非共管没有了学理上的根据？第二，李顿爵士自己说的：“南京本可欢迎日本之扶助以拒共产潮流”，他就更应当对于中国当局的这种苦心孤诣表示诚恳的敬意。

但是，李顿爵士最近在巴黎的演说（路透社二月二十日巴黎电），却提出了两个问题，一个是：“中国前途，似系于如何，何时及何人对于如此伟大人力予以国家意识的统一力量，日内瓦乎，莫斯科乎？”还有一个是：“中国现在倾向日内瓦，但若日本坚持其现行政策，而日内瓦失败，则中国纵非所愿，亦将变更其倾向矣。”这两个问题都有点儿侮辱中国的国家人格。国家者政府也。李顿说中国还没有“国家意识的统一力量”，甚至于还会变更其对于日内瓦之倾向！这岂不是不相信中国国家对于国联的忠心，对于日本的苦心？

为着中国国家的尊严和民族的光荣起见，我们要想答复李顿爵士已经好多天了，只是没有相当的文件。这使人苦闷得很。今天突然在报纸上发见了一件宝贝，可以拿来答复李大人：这就是“汉口警部三月一日的布告”。这里可以找着“铁一样的事实”，来反驳李大人的怀疑。

例如这布告（原文见《申报》三月一日汉口专电）说：“在外资下劳力之劳工，如劳资间有未解决之正当问题，应禀请我主管机关代表为交涉或救济，绝对不得直接交涉，违者拿办，或受人利用，故意以此种手段，构成严重事态者，处死刑。”这是说外国资本家遇见“劳资间有未解决之正当问题”，可以直接任意办理，而劳工方面如此这般者……就要处死刑。这样一来，我们中国就只剩得“用国家意识统一了的”劳工了。因为凡是违背这“意识”的，都要请他离开中国的“国家”——到阴间去。李大人难道还能够说中国当局不是“国家意识的统一力量”么？

再则统一这个“统一力量”的，当然是日内瓦，而不是莫斯科。“中国现在倾向日内瓦”，——这是李顿大人自己说的。我们这种倾向十二万分的坚定，例如那布告上也说：“如有奸民流痞受人诱买勾串，或直受驱使，或假托名义，以图破坏秩序安宁，与构成其他不利于我国家社会之重大犯行者，杀无赦。”这是保障“日内瓦倾向”的坚决手段，所谓“虽流血亦所不辞”。而且“日内瓦”是讲世界和平的，因此，中国两年以来都没有抵抗，因为抵抗就要破坏和平；直到“一·二八”，中国也不过装出挡挡炸弹枪炮的姿势；最近的热河事变，中国方面也同样的尽在“缩短阵线”。不但如此，中国方面埋头剿匪，已经宣誓在一两个月内肃清匪共，“暂时”不管热河。这一切都是要证明“日本……见中国南方共产潮流渐起，为之焦虑”是不必的，日本很可以无须亲自出马。中国方面这样辛苦的忍耐的工作着，无非是为着要感动日本，使它悔悟，达到远东永久和平的目的，国际资本可以在这里分工合作。而李顿爵士要还怀疑中国会“变更其倾向”，这就未免太冤枉了。

总之，“处死刑，杀无赦”，是回答李顿爵士的怀疑的历史文件。请放心罢，请扶助罢。

出卖灵魂的秘诀

几年前，胡适博士曾经玩过一套“五鬼闹中华”的把戏，那是说：这世界上并无所谓帝国主义之类在侵略中国，倒是中国自己该着“贫穷”，“愚昧”……等五个鬼，闹得大家不安宁。现在，胡适博士又发见了第六个鬼，叫做仇恨。这个鬼不但闹中华，而且祸延友邦，闹到东京去了。因此，胡适博士对症发药，预备向“日本朋友”上条陈。

据博士说：“日本军阀在中国暴行所造成之仇恨，到今日已颇难消除”，“而日本决不能用暴力征服中国”（见报载胡适之的最近谈话，下同）。这是值得忧虑的：难道真的没有方法征服中国么？不，法子是有的。“九世之仇，百年之友，均在觉悟不觉悟之关系头上，”——“日本只有一个方法可以征服中国，即悬崖勒马，彻底停止侵略中国，反过来征服中国民族的心。”

这据说是“征服中国的唯一方法”。不错，古代的儒教军师，总说“以德服人者王，其心诚服也”。胡适博士不愧为日本帝国主义的军师。但是，从中国小百姓方面说来，这却是出卖灵魂的唯一秘诀。中国小百姓实在“愚昧”，原不懂得自己的“民族性”，所以他们一向会仇恨，如果日本陛下大发慈悲，居然采用胡博士的条陈，那么，所谓“忠孝仁爱信义和平”的中国固有文化，就可以恢复：——因为日本不用暴力而用软功的王道，中国民族就不至于再生仇恨，因为没有仇恨，自然更不抵抗，因为更不抵抗，自然就更和平，更忠孝……中国的肉体固然买到了，中国的灵魂也被征服了。

可惜的是这“唯一方法”的实行，完全要靠日本陛下的觉悟。如果不觉悟，那又怎么办？胡博士回答道：“到无可奈何之时，真的接受一种耻辱的城下之盟”好了。那真是无可奈何的呵——因为那时候“仇恨鬼”是不肯走的，这始终是中国民族性的污点，即为日本计，也非万全之道。

因此，胡博士准备出席太平洋会议，再去“忠告”一次他的日本朋友：征服中国并不是没有法子的，请接受我们出卖的灵魂罢，何况这并不难，所谓“彻底停止侵略”，原只要执行“公平的”李顿报告——仇恨自然就消除了！

“以夷制夷”

我还记得，当去年中国有许多人，一味哭诉国联的时候，日本的报纸上往往加以讥笑，说这是中国祖传的“以夷制夷”的老手段。粗粗一看，也仿佛有些像的，但是，其实不然。那时的中国的许多人，的确将国联看作“青天大老爷”，心里何尝还有一点儿“夷”字的影子。

倒相反，“青天大老爷”们却常常用着“以华制华”的方法的。

例如罢，他们所深恶的反帝国主义的“犯人”，他们自己倒是不做恶人的，只是松松爽爽的送给华人，叫你自己去杀去。他们所痛恨的腹地的“共匪”，他们自己是并不明白表示意见的，只将飞机炸弹卖给华人，叫你自己去炸去。对付下等华人的有黄帝子孙的巡捕和西崽，对付智识阶级的有高等华人的学者和博士。

我们自夸了许多日子的“大刀队”，好像是无法制伏的了，然而四月十五日的《××报》上，有一个用头号字印《我斩敌二百》的题目。粗粗一看，是要令人觉得胜利的，但我们再来看一看本文罢——

（本报今日北平电）昨日喜峰口右翼，仍在滦阳城以东各地，演争夺战。敌出现大刀队千名，系新开到者，与我大刀队对抗。其刀特长，敌使用不灵活。我军挥刀砍抹，敌招架不及，连刀带臂，被我砍落者纵横满地，我军伤亡亦达二百余。……

那么，这其实是“敌斩我军二百”了，中国的文字，真是像‘国步”一样，正在一天一天的艰难起来。但我要指出来的却并不在此。

我要指出来的是“大刀队”乃中国人自夸已久的特长，日本人员有击剑，大刀却非素习。现在可是“出现”了，这不必迟疑，就可决定是满洲的军队。满洲从明末以来，每年即大有直隶山东人迁居，数代之后，成为土著，则虽是满洲军队，而大多数实为华人，也决无疑义。现在已经各用了特长的大刀，在滦东相杀起来，一面是“连刀带臂，纵横满地”，一面是“伤亡亦达二百余”，开演了极显著的“以华制华”的一幕了。

至于中国的所谓手段，由我看来，有是也应该说有的，但决非“以夷制夷”，倒是想“以夷制华”。然而“夷”又哪有这么愚笨呢，却先来一套“以华制华”给你看。

这例子常见于中国的历史上，后来的史官为新朝作颂，称此辈的行为曰：“为王前驱”！

近来的战报是极可诧异的，如同日同报记冷口失守云：“十日以后，冷口方面之战，非常激烈，华军……顽强抵抗，故继续未曾有之大激战”，但由宫崎部队以十余兵士，作成人梯，前仆后继，“卒越过长城，因此宫崎部队牺牲二十三名之多云”。越过一个险要，而日军只死了二十三人，但已云“之多”，又称为“未曾有之大激战”，也未免有些费解。所以大刀队之战，也许并不如我所猜测。但既经写出，就姑且留下以备一说罢。

王化

中国的王化现在真是“光被四表格于上下”的了。

溥仪的弟媳妇跟着一位厨司务，卷了三万多元逃走了。于是中国的法庭把她缉获归案，判定“交还夫家管束”。满洲国虽然“伪”，夫权是不“伪”的。

新疆的回民闹乱子，于是派出宣慰使。

蒙古的王公流离失所了，于是特别组织“蒙古王公救济委员会”。

对于西藏的怀柔，是请班禅喇嘛诵经念咒。

而最宽仁的王化政策，要算广西对付瑶民的办法。据《大晚报》载，这种“宽仁政策”是在三万瑶民之中杀死三千人，派了三架飞机到瑶洞里去“下蛋”，使他们“惊诧为天神天将而不战自降”。事后，还要挑选瑶民代表到外埠来观光，叫他们看看上国的文化，例如马路上，红头阿三的威武之类。

而红头阿三说的是：勿要哗啦哗啦！

这些久已归化的“夷狄”，近来总是“哗啦哗啦”，原因是都有些怨了。王化盛行的时候，“东面而征西夷怨，南面而征北狄怨。”这原是当然的道理。

不过我们还是东奔西走，南征北剿，决不偷懒。虽然劳苦些，但“精神上的胜利”是属于我们的。

等到“伪”满的夫权保障了，蒙古的王公救济了，喇嘛的经咒念完了，回民真的安慰了，瑶民“不战自降”了，还有什么事可以做呢？自然只有修文德以服“远人”的日本了。这时候，我们印度阿三式的责任算是尽到了。

呜呼，草野小民，生逢盛世，唯有逖听欢呼，闻风鼓舞而已！

五月七日。

这篇被新闻检查处抽掉了，没有登出。幸而既非瑶民，又居租界，得免于国货的飞机来“下蛋”，然而“勿要哗啦哗啦”却是一律的，所以连“欢呼”也不许，——然则惟有一声不响，装死救国而已！

言论自由的界限

看《红楼梦》，觉得贾府上是言论颇不自由的地方。焦大以奴才的身份，仗着酒醉，从主子骂起，直到别的一切奴才，说只有两个石狮子干净。结果怎样呢？结果是主子深恶，奴才痛嫉，给他塞了一嘴马粪。

其实是，焦大的骂，并非要打倒贾府，倒是要贾府好，不过说主奴如此，贾府就要弄不下去罢了。然而得到的报酬是马粪。所以这焦大，实在是贾府的屈原，假使他能做文章，我想，恐怕也会有一篇《离骚》之类。

三年前的新月社诸君子，不幸和焦大有了相类的境遇。他们引经据典，对于党国有了一点微词，虽然引的大抵是英国经典，但何尝有丝毫不利于党国的恶意，不过说："老爷，人家的衣服多么干净，您老人家的可有些儿脏，应该洗它一洗”罢了。不料“荃不察余之中情兮”，来了一嘴的马粪：国报同声致讨，连《新月》杂志也遭殃。但新月社究竟是文人学士的团体，这时就也来了一大堆引据三民主义，辨明心迹的“离骚经”。现在好了，吐出马粪，换塞甜头，有的顾问，有的教授，有的秘书，有的大学院长，言论自由，《新月》也满是所谓“为文艺的文艺”了。

这就是文人学士究竟比不识字的奴才聪明，党国究竟比贾府高明，现在究竟比乾隆时候光明：三明主义。

然而竟还有人在嚷着要求言论自由。世界上没有这许多甜头，我想，该是明白的罢，这误解，大约是在没有悟到现在的言论自由，只以能够表示主人的宽宏大度的说些“老爷，你的衣服……”为限，而还想说开去。

这是断乎不行的。前一种，是和《新月》受难时代不同，现在好像已有的了，这《自由谈》也就是一个证据，虽然有时还有几位拿着马粪，前来探头探脑的英雄。至于想说开去，那就足以破坏言论自由的保障。要知道现在虽比先前光明，但也比先前利害，一说开去，是连性命都要送掉的。即使有了言论自由的明令，也千万大意不得。这我是亲眼见过好几回的，非“卖老”也，不自觉其做奴才之君子，幸想一想而垂鉴焉。

中国人的生命圈

“蝼蚁尚知贪生”，中国百姓向来自称“蚁民”，我为暂时保全自己的生命计，时常留心着比较安全的处所，除英雄豪杰之外，想必不至于讥笑我的罢。

不过，我对于正面的记载，是不大相信的，往往用一种另外的看法。例如罢，报上说，北平正在设备防空，我见了并不觉得可靠；但一看见载着古物的南运，却立刻感到古城的危机，并且由这古物的行踪，推测中国乐土的所在。

现在，一批一批的古物，都集中到上海来了，可见最安全的地方，到底也还是上海的租界上。

然而，房租是一定要贵起来的了。

这在“蚁民”，也是一个大打击，所以还得想想另外的地方。

想来想去，想到了一个“生命圈”。这就是说，既非“腹地”，也非“边疆”，是介乎两者之间，正如一个环子，一个圈子的所在，在这里倒或者也可以“苟延性命于×世”的。

“边疆”上是飞机抛炸弹。据日本报，说是在剿灭“兵匪”；据中国报，说是屠戮了人民，村落市廛，一片瓦砾。“腹地”里也是飞机抛炸弹。据上海报，说是在剿灭“共匪”，他们被炸得一塌胡涂；“共匪”的报上怎么说呢，我们可不知道。但总而言之，边疆上是炸，炸，炸；腹地里也是炸，炸，炸。虽然一面是别人炸，一面是自己炸，炸手不同，而被炸则一。只有在这两者之间的，只要炸弹不要误行落下来，倒还有可免“血肉横飞”的希望，所以我名之曰“中国人的生命圈”。

再从外面炸进来，这“生命圈”便收缩而为“生命线”；再炸进来，大家便都逃进那炸好了的“腹地”里面去，这“生命圈”便完结而为“生命〇”。

其实，这预感是大家都有的，只要看这一年来，文章上不大见有“我中国地大物博，人口众多”的套话了，便是一个证据。而有一位先生，还在演说上自己说中国人是“弱小民族”哩。

但这一番话，阔人们是不以为然的，因为他们不但有飞机，还有他们的“外国”！

夜颂

爱夜的人，也不但是孤独者，有闲者，不能战斗者，怕光明者。

人的言行，在白天和在深夜，在日下和在灯前，常常显得两样。夜是造化所织的幽玄的天衣，普覆一切人，使他们温暖，安心，不知不觉的自己渐渐脱去人造的面具和衣裳，赤条条地裹在这无边际的黑絮似的大块里。

虽然是夜，但也有明暗。有微明，有昏暗，有伸手不见掌，有漆黑一团糟。爱夜的人要有听夜的耳朵和看夜的眼睛，自在暗中，看一切暗。君子们从电灯下走入暗室中，伸开了他的懒腰；爱侣们从月光下走进树阴里，突变了他的眼色。夜的降临，抹杀了一切文人学士们当光天化日之下，写在耀眼的白纸上的超然，混然，恍然，勃然，粲然的文章，只剩下乞怜，讨好，撒谎，骗人，吹牛，捣鬼的夜气，形成一个灿烂的金色的光圈，像见于佛画上面似的，笼罩在学识不凡的头脑上。

爱夜的人于是领受了夜所给与的光明。

高跟鞋的摩登女郎在马路边的电光灯下，阁阁的走得很起劲，但鼻尖也闪烁着一点油汗，在证明她是初学的时髦，假如长在明晃晃的照耀中，将使她碰着“没落”的命运。一大排关着的店铺的昏暗助她一臂之力，使她放缓开足的马力，吐一口气，这时之觉得沁人心脾的夜里的拂拂的凉风。

爱夜的人和摩登女郎，于是同时领受了夜所给与的恩惠。

一夜已尽，人们又小心翼翼的起来，出来了；便是夫妇们，面目和五六点钟之前也何其两样。从此就是热闹，喧嚣。而高墙后面，大厦中间，深闺里，黑狱里，客室里，秘密机关里，却依然弥漫着惊人的真的大黑暗。

现在的光天化日，熙来攘往，就是这黑暗的装饰，是人肉酱缸上的金盖，是鬼脸上的雪花膏。只有夜还算是诚实的。我爱夜，在夜间作《夜颂》。

二丑艺术

浙东的有一处的戏班中，有一种脚色叫作“二花脸”，译得雅一点，那么，“二丑”就是。他和小丑的不同，是不扮横行无忌的花花公子，也不扮一味仗势的宰相家丁，他所扮演的是保护公子的拳师，或是趋奉公子的清客。总之：身份比小丑高，而性格却比小丑坏。

义仆是老生扮的，先以谏净，终以殉主；恶仆是小丑扮的，只会作恶，到底灭亡。而二丑的本领却不同，他有点上等人模样，也懂些琴棋书画，也来得行令猜谜，但倚靠的是权门，凌蔑的是百姓，有谁被压迫了，他就来冷笑几声，畅快一下，有谁被陷害了，他又去吓唬一下，吆喝几声。不过他的态度又并不常常如此的，大抵一面又回过脸来，向台下的看客指出他公子的缺点，摇着头装起鬼脸道：你看这家伙，这回可要倒楣哩！

这最末的一手，是二丑的特色。因为他没有义仆的愚笨，也没有恶仆的简单，他是智识阶级。他明知道自己所靠的是冰山，一定不能长久，他将来还要到别家帮闲，所以当受着豢养，分着余炎的时候，也得装着和这贵公子并非一伙。

二丑们编出来的戏本上，当然没有这一种脚色的，他那里肯；小丑，即花花公子们编出来的戏本，也不会有，因为他们只看见一面，想不到的。这二花脸，乃是小百姓看透了这一种人，提出精华来，制定了的脚色。

世间只要有权门，一定有恶势力，有恶势力，就一定有二花脸，而且有二花脸艺术。我们只要取一种刊物，看他一个星期，就会发见他忽而怨恨春天，忽而颂扬战争，忽而译萧伯纳演说，忽而讲婚姻问题；但其间一定有时要慷慨激昂的表示对于国事的不满：这就是用出末一手来了。

这最末的一手，一面也在遮掩他并不是帮闲，然而小百姓是明白的，早已使他的类型在戏台上出现了。

我谈“堕民”

六月二十九日的《自由谈》里，唐弢先生曾经讲到浙东的堕民，并且据《堕民猥谈》之说，以为是宋将焦光瓒的部属，因为降金，为时人所不齿，至明太祖，乃榜其门曰“丐户”，此后他们遂在悲苦和被人轻蔑的环境下过着日子。

我生于绍兴，堕民是幼小时候所常见的人，也从父老的口头，听到过同样的他们所以成为堕民的缘起。但后来我怀疑了。因为我想，明太祖对于元朝，尚且不肯放肆，他是决不会来管隔一朝代的降金的宋将的；况且看他们的职业，分明还有“教坊”或“乐户”的余痕，所以他们的祖先，倒是明初的反抗洪武和永乐皇帝的忠臣义士也说不定。还有一层，是好人的子孙会吃苦，卖国者的子孙却未必变成堕民的，举出最近便的例子来，则岳飞的后裔还在杭州看守岳王坟，可是过着很穷苦悲惨的生活，然而秦桧，严嵩……的后人呢？……

不过我现在并不想翻这样的陈年账。我只要说，在绍兴的堕民，是一种已经解放了的奴才，这解放就在雍正年间罢，也说不定。所以他们是已经都有别的职业的了，自然是贱业。男人们是收旧货，卖鸡毛，捉青蛙，做戏；女的则每逢过年过节，到她所认为主人的家里去道喜，有庆吊事情就帮忙，在这里还留着奴才的皮毛，但事毕便走，而且有颇多的犒赏，就可见是曾经解放过的了。

每一家堕民所走的主人家是有一定的，不能随便走；婆婆死了，就使儿媳妇去，传给后代，恰如遗产的一般；必须非常贫穷，将走动的权利卖给了别人，这才和旧主人断绝了关系。假使你无端叫她不要来了，那就是等于给与她重大的侮辱。我还记得民国革命之后，我的母亲曾对一个堕民的女人说，“以后我们都一样了，你们可以不要来了。”不料她却勃然变色，愤愤的回答道：“你说的是什么话？……我们是千年万代，要走下去的！”

就是为了一点点犒赏，不但安于做奴才，而且还要做更广泛的奴才，还得出钱去买做奴才的权利，这是堕民以外的自由人所万想不到的罢。

智识过剩

世界因为生产过剩，所以闹经济恐慌。虽然同时有三千万以上的工人挨饿，但是粮食过剩仍旧是“客观现实”，否则美国不会赊借麦粉给我们，我们也不会“丰收成灾”。

然而智识也会过剩的，智识过剩，恐慌就更大了。据说中国现行教育在乡间提倡愈甚，则农村之破产愈速。这大概是智识的丰收成灾了。美国因为棉花贱，所以在铲棉田了。中国却应当铲智识。这是西洋传来的妙法。

西洋人是能干的。五六年前，德国就嚷着大学生太多了，一些政治家和教育家，大声疾呼的劝告青年不要进大学。现在德国是不但劝告，而且实行铲除智识了：例如放火烧毁一些书籍，叫作家把自己的文稿吞进肚子去，还有，就是把一群群的大学生关在营房里做苦工，这叫做“解决失业问题”。中国不是也嚷着文法科的大学生过剩吗？其实何止文法科。就是中学生也太多了。要用“严厉的”会考制度，像铁扫帚似的——刷，刷，刷，把大多数的智识青年刷回“民间”去。

智识过剩何以会闹恐慌？中国不是百分之八九十的人还不识字吗？然而智识过剩始终是“客观现实”，而由此而来的恐慌，也是“客观现实”。智识太多了，不是心活，就是心软。

心活就会胡思乱想，心软就不肯下辣手。结果，不是自己不镇静，就是妨害别人的镇静。于是灾祸就来了。所以智识非铲除不可。

然而单是铲除还是不够的。必须予以适合实用之教育，第一，是命理学——要乐天知命，命虽然苦，但还是应当乐。第二，是识相学——要“识相点”，知道点近代武器的利害。至少，这两种适合实用的学问是要赶快提倡的。提倡的方法很简单：——古代一个哲学家反驳唯心论，他说，你要是怀疑这碗麦饭的物质是否存在，那最好请你吃下去，看饱不饱。现在譬如说罢，要叫人懂得电学，最好是使他触电，看痛不痛；要叫人知道飞机等类的效用，最好是在他头上驾起飞机，掷下炸弹，看死不死……

有了这样的实用教育，智识就不过剩了。亚门！

中国的奇想

外国人不知道中国，常说中国人是专重实际的。其实并不，我们中国人是最有奇想的人民。

无论古今，谁都知道，一个男人有许多女人，一味纵欲，后来是不但天天喝三鞭酒也无效，简直非“寿（?）终正寝”不可的。可是我们古人有一个大奇想，是靠了“御女”，反可以成仙，例子是彭祖有多少女人而活到几百岁。这方法和炼金术一同流行过，古代书目上还剩着各种的书名。不过实际上大约还是到底不行罢，现在似乎再没有什么人们相信了，这对于喜欢渔色的英雄，真是不幸得很。

然而还有一种小奇想。那就是哼的一声，鼻孔里放出一道白光，无论路的远近，将仇人或敌人杀掉。白光可又回来了，摸不着是谁杀的，既然杀了人，又没有麻烦，多么舒适自在。这种本领，前年还有人想上武当山去寻求，直到去年，这才用大刀队来替代了这奇想的位置。现在是连大刀队的名声也寂寞了。对于爱国的英雄，也是十分不幸的。

然而我们新近又有了一个大奇想。那是一面救国，一面又可以发财，虽然各种彩票，近似赌博，而发财也不过是“希望”。不过这两种已经关联起来了却是真的。固然，世界上也有靠聚赌抽头来维持的摩那科王国，但就常理说，则赌博大概是小则败家，大则亡国；救国呢，却总不免有一点牺牲，至少，和发财之路总是相差很远的。然而发见了一致之点的是我们现在的中国，虽然还在试验的途中。

然而又还有一种小奇想。这回不用一道白光了，要用几回启事，几封匿名的信件，几篇化名的文章，使仇头落地，而血点一些也不会溅着自己的洋房和洋服。并且映带之下，使自己成名获利。这也还在试验的途中，不知道结果怎么样，但翻翻现成的文艺史，看不见半个这样的人物，那恐怕也还是枉用心机的。

狂赌救国，纵欲成仙；袖手杀敌，造谣买田。倘有人要编续《龙文鞭影》的，我以为不妨添上这四句。

“揩油”

“揩油”，是说明着奴才的品行全部的。

这不是“取回扣”或“取佣钱”，因为这是一种秘密；但也不是偷窃，因为在原则上，所取的实在是微乎其微。因此也不能说是“分肥”；至多，或者可以谓之“舞弊”罢。然而这又是光明正大的“舞弊”，因为所取的是豪家，富翁，阔人，洋商的东西，而且所取又不过一点点，恰如从油水汪洋的处所，揩了一下，于人无损，于揩者却有益的，并且也不失为损富济贫的正道。设法向妇女调笑几句，或乘机摸一下，也谓之“揩油”，这虽然不及对于金钱的名正言顺，但无大损于被揩者则一也。

表现得最分明的是电车上的卖票人。纯熟之后，他一面留心着可揩的客人，一面留心着突来的查票，眼光都练得像老鼠和老鹰的混合物一样。付钱而不给票，客人本该索取的，然而很难索取，也很少见有人索取，因为他所揩的是洋商的油，同是中国人，当然有帮忙的义务，一索取，就变成帮助洋商了。这时候，不但卖票人要报你憎恶的眼光，连同车的客人也往往不免显出以为你不识时务的脸色。

然而彼一时，此一时，如果三等客中有时偶缺一个铜元，你却只好在目的地以前下车，这时他就不肯通融，变成洋商的忠仆了。

在上海，如果同巡捕，门丁，西崽之类闲谈起来，他们大抵是憎恶洋鬼子的，他们多是爱国主义者。然而他们也像洋鬼子一样，看不起中国人，棍棒和拳头和轻蔑的眼光，专注在中国人的身上。

“揩油”的生活有福了。这手段将更加展开，这品格将变成高尚，这行为将认为正当，这将算是国民的本领，和对于帝国主义的复仇。打开天窗说亮话，其实，所谓“高等华人”也者，也何尝逃得出这模子。

但是，也如“吃白相饭”朋友那样，卖票人是还有他的道德的。倘被查票人查出他收钱而不给票来了，他就默然认罚，决不说没有收过钱，将罪案推到客人身上去。

我们怎样教育儿童的？

看见了讲到“孔乙己”，就想起中国一向怎样教育儿童来。

现在自然是各式各样的教科书，但在村塾里也还有《三字经》和《百家姓》。清朝末年，有些人读的是“天子重英豪，文章教尔曹，万般皆下品，惟有读书高”的《神童诗》，夸着“读书人”的光荣；有些人读的是“混沌初开，乾坤始奠，轻清者上浮而为天，重浊者下凝而为地”的《幼学琼林》，教着做古文的滥调。再上去我可不知道了，但听说，唐末宋初用过《太公家教》，久已失传，后来才从敦煌石窟中发现，而在汉朝，是读《急就篇》之类的。

就是所谓“教科书”，在近三十年中，真不知变化了多少。忽而这么说，忽而那么说，今天是这样的宗旨，明天又是那样的主张，不加“教育”则已，一加“教育”，就从学校里造成了许多矛盾冲突的人，而且因为旧的社会关系，一面也还是“混沌初开，乾坤始奠”的老古董。

中国要作家，要“文豪”，但也要真正的学究。倘有人作一部历史，将中国历来教育儿童的方法，用书，作一个明确的记录，给人明白我们的古人以至我们，是怎样的被熏陶下来的，则其功德，当不在禹（虽然他也许不过是一条虫）下。

《自由谈》的投稿者，常有博古通今的人，我以为对于这工作，是很有胜任者在的。不知亦有有意于此者乎？现在提出这问题，盖亦知易行难，遂只得空口说白话，而望垦辟于健者也。

由聋而哑

医生告诉我们：有许多哑子，是并非喉舌不能说话的，只因为从小就耳朵聋，听不见大人的言语，无可师法，就以为谁也不过张着口呜呜哑哑，他自然也只好呜呜哑哑了。所以勃兰兑斯叹丹麦文学的衰微时，曾经说：文学的创作，几乎完全死灭了。人间的或社会的无论怎样的问题，都不能提起感兴，或则除在新闻和杂志之外，绝不能惹起一点论争。我们看不见强烈的独创的创作。加以对于获得外国的精神生活的事，现在几乎绝对的不加顾及。于是精神上的“聋”，那结果，就也招致了“哑”来。（《十九世纪文学的主潮》第一卷自序）

这几句话，也可以移来批评中国的文艺界，这现象，并不能全归罪于压迫者的压迫，五四运动时代的启蒙运动者和以后的反对者，都应该分负责任的。前者急于事功，竟没有译出什么有价值的书籍来，后者则故意迁怒，至骂翻译者为媒婆，有些青年更推波助澜，有一时期，还至于连人地名下注一原文，以便读者参考时，也就诋之曰“衒学”。

今竟何如？三开间店面的书铺，四马路上还不算少，但那里面满架是薄薄的小本子，倘要寻一部巨册，真如披沙拣金之难。自然，生得又高又胖并不就是伟人，做得多而且繁也决不就是名著，而况还有“剪贴”。但是，小小的一本“什么ABC”里，却也决不能包罗一切学术文艺的。一道浊流，固然不如一杯清水的干净而澄明，但蒸溜了浊流的一部分，却就有许多杯净水在。

因为多年买空卖空的结果，文界就荒凉了，文章的形式虽然比较的整齐起来，但战斗的精神却较前有退无进。文人虽因捐班或互捧，很快的成名，但为了出力的吹，壳子大了，里面反显得更加空洞。于是误认这空虚为寂寞，像煞有介事的说给读者们；其甚者还至于摆出他心的腐烂来，算是一种内面的宝贝。散文，在文苑中算是成功的，但试看今年的选本，便是前三名，也即令人有“貂不足，狗尾续”之感。用秕谷来养青年，是决不会壮大的，将来的成就，且要更渺小，那模样，可看尼采所描写的“末人”。

但绍介国外思潮，翻译世界名作，凡是运输精神的粮食的航路，现在几乎都被聋哑的制造者们堵塞了，连洋人走狗，富户赘郎，也会来哼哼的冷笑一下。他们要掩住青年的耳朵，使之由聋而哑，枯涸渺小，成为“末人”，非弄到大家只能看富家儿和小瘪三所卖的春宫，不肯罢手。甘为泥土的作者和译者的奋斗，是已经到了万不可缓的时候了，这就是竭力运输些切实的精神的粮食，放在青年们的周围，一面将那些聋哑的制造者送回黑洞和朱门里面去。

男人的进化

说禽兽交合是恋爱未免有点亵渎。但是，禽兽也有性生活，那是不能否认的。它们在春情发动期，雌的和雄的碰在一起，难免“卿卿我我”的来一阵。固然，雌的有时候也会装腔做势，逃几步又回头看，还要叫几声，直到实行“同居之爱”为止。禽兽的种类虽然多，它们的“恋爱”方式虽然复杂，可是有一件事是没有疑问的：就是雄的不见得有什么特权。

人为万物之灵，首先就是男人的本领大。最初原是马马虎虎的，可是因为“知有母不知有父”的缘故，娘儿们曾经“统治”过一个时期，那时的祖老太太大概比后来的族长还要威风。后来不知怎的，女人就倒了霉：项颈上，手上，脚上，全都锁上了链条，扣上了圈儿，环儿，——虽则过了几千年这些圈儿环儿大都已经变成了金的银的，镶上了珍珠宝钻，然而这些项圈，镯子，戒指等等，到现在还是女奴的象征。既然女人成了奴隶，那就男人不必征求她的同意再去“爱”她了。古代部落之间的战争，结果俘虏会变成奴隶，女俘虏就会被强奸。那时候，大概春情发动期早就“取消”了，随时随地男主人都可以强奸女俘虏，女奴隶。现代强盗恶棍之流的不把女人当人，其实是大有酋长式武士道的遗风的。

但是，强奸的本领虽然已经是人比禽兽“进化”的一步，究竟还只是半开化。你想，女的哭哭啼啼，扭手扭脚，能有多大兴趣？自从金钱这宝贝出现之后，男人的进化就真的了不得了。天下的一切都可以买卖，性欲自然并非例外。男人化几个臭钱，就可以得到他在女人身上所要得到的东西。而且他可以给她说：我并非强奸你，这是你自愿的，你愿意拿几个钱，你就得如此这般，百依百顺，咱们是公平交易！蹂躏了她，还要她说一声“谢谢你，大少”。这是禽兽干得来的么？所以嫖妓是男人进化的颇高的阶段了。

同时，父母之命媒妁之言的旧式婚姻，却要比嫖妓更高明。这制度之下，男人得到永久的终身的活财产。当新妇被人放到新郎的床上的时候，她只有义务，她连讲价钱的自由也没有，何况恋爱。不管你爱不爱，在周公孔圣人的名义之下，你得从一而终，你得守贞操。男人可以随时使用她，而她却要遵守圣贤的礼教，即使“只在心里动了恶念，也要算犯奸淫”的。如果雄狗对雌狗用起这样巧妙而严厉的手段来，雌的一定要急得“跳墙”。然而人却只会跳井，当节妇、贞女、烈女去。礼教婚姻的进化意义，也就可想而知了。

至于男人会用“最科学的”学说，使得女人虽无礼教，也能心甘情愿地从一而终，而且深信性欲是“兽欲”，不应当作为恋爱的基本条件，因此发明“科学的贞操”，——那当然是文明进化的顶点了。

呜呼，人——男人——之所以异于禽兽者！

自注：这篇文章是卫道的文章。

文床秋梦

春梦是颠颠倒倒的。“夏夜梦”呢？看沙士比亚的剧本，也还是颠颠倒倒。中国的秋梦，照例却应该“肃杀”，民国以前的死囚，就都是“秋后处决”的，这是顺天时。天教人这么着，人就不能不这么着。所谓“文人”当然也不至于例外，吃得饱饱的睡在床上，食物不能消化完，就做梦；而现在又是秋天，天就教他的梦威严起来了。

二卷三十一期（八月十二日出版）的《涛声》上，有一封自名为“林丁”先生的给编者的信，其中有一段说——

……之争，孰是孰非，殊非外人所能详道。然而彼此摧残，则在傍观人看来，却不能不承是整个文坛的不幸。……我以为各人均应先打屁股百下，以儆效尤，余事可一概不提。……

前两天，还有某小报上的不署名的社谈，它对于早些日子余赵的剪窃问题之争，也非常气愤——

……假使我一朝大权在握，我一定把这般东西捉了来，判他们罚作苦工，读书十年；中国文坛，或尚有干净之一日。

张献忠自己要没落了，他的行动就不问“孰是孰非”，只是杀。清朝的官员，对于原被两造，不问青红皂白，各打屁股一百或五十的事，确也偶尔会有的，这是因为满洲还想要奴才，供搜刮，就是“林丁”先生的旧梦。某小报上的无名子先生可还要比较的文明，至少，它是已经知道了上海工部局“判罚”下等华人的方法的了。

但第一个问题是在怎样才能够“一朝大权在握”？文弱书生死样活气，怎么做得到权臣？先前，还可以希望招驸马，一下子就飞黄腾达，现在皇帝没有了，即使满脸涂着雪花膏，也永远遇不到公主的青睐；至多，只可以希图做一个富家的姑爷而已。而捐官的办法，又早经取消，对于“大权”，还是只能像狐狸的遇着高处的葡萄一样，仰着白鼻子看看。文坛的完整和干净，恐怕实在也到底很渺茫。

五四时候，曾经在出版界上发现了“文丐”，接着又发现了“文氓”，但这种威风凛凛的人物，却是我今年秋天在上海新发见的，无以名之，姑且称为“文官”罢。看文学史，文坛是常会有完整而干净的时候的，但谁曾见过这文坛的澄清，会和这类的“文官”们有丝毫关系的呢。

不过，梦是总可以做的，好在没有什么关系，而写出来也有趣。请安息罢，候补的少大人们!

黄祸

现在的所谓"黄祸"，我们自己是在指黄河决口了，但三十年之前，并不如此。

那时是解作黄色人种将要席卷欧洲的意思的，有些英雄听到了这句话，恰如听得被白人恭维为"睡狮"一样，得意了好几年，准备着去做欧洲的主子。

不过"黄祸"这故事的来源，却又和我们所幻想的不同，是出于德皇威廉的。他还画了一幅图，是一个罗马装束的武士，在抵御着由东方西来的一个人，但那人并不是孔子，倒是佛陀，中国人实在是空欢喜。所以我们一面在做"黄祸"的梦，而有一个人在德国治下的青岛所见的现实，却是一个苦孩子弄脏了电柱，就被白色巡捕提着脚，像中国人的对付鸭子一样，倒提而去了。

现在希特拉的排斥非日耳曼民族思想，方法是和德皇一样的。

德皇的所谓“黄祸”，我们现在是不再梦想了，连“睡狮”也不再提起，“地大物博，人口众多”，文章上也不很看见。倘是狮子，自夸怎样肥大是不妨事的，但如果是一口猪或一匹羊，肥大倒不是好兆头。我不知道我们自己觉得现在好像是什么了？

我们似乎不再想，也寻不出什么“象征”来，我们正在看海京伯的猛兽戏，赏鉴狮虎吃牛肉，听说每天要吃一只牛。我们佩服国联的制裁日本，我们也看不起国联的不能制裁日本；我们赞成军缩的“保护和平”，我们也佩服希特拉的退出军缩；我们怕别国要以中国作战场，我们也憎恶非战大会。我们似乎依然是“睡狮”。

“黄祸”可以一转而为“福”，醒了的狮子也会做戏的。当欧洲大战时，我们有替人拼命的工人，青岛被占了，我们有可以倒提的孩子。

但倘说，二十世纪的舞台上没有我们的份，是不合理的。

外国也有

凡中国所有的，外国也都有。

外国人说中国多臭虫，但西洋也有臭虫；日本人笑中国人好弄文字，但日本人也一样的弄文字。不抵抗的有甘地；禁打外人的有希特拉；狄昆希吸鸦片；陀思妥夫斯基赌得发昏。斯惠夫德带枷，马克斯反动。林白大佐的儿子，就给绑匪绑去了。而裹脚和高跟鞋，相差也不见得有多么远。

只有外国人说我们不问公益，只知自利，爱金钱，却还是没法辩解。民国以来，有过许多总统和阔官了，下野之后，都是面团团的，或赋诗，或看戏，或念佛，吃着不尽，真也好像给批评者以证据。不料今天却被我发见了：外国也有的！

十七日哈伐那电——避居加拿大之古巴前总统麦查度

……在古巴之产业，计值八百万美元，凡能对渠担保收回此项财产者，无论何人，渠愿与以援助。又一消息，谓古巴政府已对麦及其旧僚属三十八人下逮捕令，并扣押渠等之财产，其数达二千五百万美元。……

以三十八人之多，而财产一共只有这区区二千五百万美元，手段虽不能谓之高，但有些近乎发财却总是确凿的，这已足以为我们的"上峰"雪耻。不过我还希望他们在外国买地皮，在外国银行里另有存款，那么，我们和外人折冲樽俎的时候，就更加振振有辞了。

假使世界上只有一家有臭虫，而遭别人指摘的时候，实在也不大舒服的，但捉起来却也真费事。况且北京有一种学说，说臭虫是捉不得的，越捉越多。即使捉尽了，又有什么价值呢，不过是一种消极的办法。最好还是希望别家也有臭虫，而竟发见了就更好。发见，这是积极的事业。哥仑布与爱迪生，也不过有了发见或发明而已。

与其劳心劳力，不如玩跳舞，喝咖啡。外国也有的，巴黎就有许多跳舞场和咖啡店。

即使连中国都不见了，也何必大惊小怪呢？君不闻迦勒底与马基顿乎？——外国也有的！

青年与老子

听说，“慨自欧风东渐以来”，中国的道德就变坏了，尤其是近时的青年，往往看不起老子。这恐怕真是一个大错误，因为我看了几个例子，觉得老子的对于青年，有时确也很有用处，很有益处，不仅足为“文学修养”之助的。

有一篇旧文章——我忘记了出于什么书里的了——告诉我们，曾有一个道士，有长生不老之术，自说已经百余岁了，看去却“美如冠玉”，像二十左右一样。有一天，这位活神仙正在大宴阔客，突然来了一个须发都白的老头子，向他要钱用，他把他骂出去了。大家正惊疑间，那活神仙慨然的说道，“那是我的小儿，他不听我的话，不肯修道，现在你们看，不到六十，就老得那么不成样子了。”大家自然是很感动的，但到后来，终于知道了那人其实倒是道士的老子。

还有一篇新文章——杨某的自白——却告诉我们，他是一个有志之士，学说是很正确的，不但讲空话，而且去实行，但待到看见有些地方的老头儿苦得不像样，就想起自己的老子来，即使他的理想实现了，也不能使他的父亲做老太爷，仍旧要吃苦。于是得到了更正确的学说，抛去原有的理想，改做孝子了。假使父母早死，学说那有这么圆满而堂皇呢？这不也就是老子对于青年的益处么？

那么，早已死了老子的青年不是就没有法子么？我以为不然，也有法子想。这还是要查旧书。另有一篇文章——我也忘了出在什么书里的了——告诉我们，一个老女人在讨饭，忽然来了一位大阔人，说她是自己的久经失散了的母亲，她也将错就错，做了老太太。后来她的儿子要嫁女儿，和老太太同到首饰店去买金器，将老太太已经看中意的东西自己带去给太太看一看，一面请老太太还在拣，——可是，他从此就不见了。

不过，这还是学那道士似的，必须实物时候的办法，如果单是做做自白之类，那是实在有无老子，倒并没有什么大关系的。先前有人提倡过“虚君共和”，现在又何妨有“没亲孝子”？张宗昌很尊孔，恐怕他府上也未必有“四书”“五经”罢。

女人未必多说谎

侍桁先生在《谈说谎》里，以为说谎的原因之一是由于弱，那举证的事实，是："因此为什么女人讲谎话要比男人来得多。"

那并不一定是谎话，可是也不一定是事实。我们确也常常从男人们的嘴里，听说是女人讲谎话要比男人多，不过却也并无实证，也没有统计。叔本华先生痛骂女人，他死后，从他的书籍里发见了医梅毒的药方；还有一位奥国的青年学者，我忘记了他的姓氏，做了一大本书，说女人和谎话是分不开的，然而他后来自杀了。我恐怕他自己正有神经病。

我想，与其说"女人讲谎话要比男人来得多"，不如说"女人被人指为'讲谎话要比男人来得多'的时候来得多"，但是，数目字的统计自然也没有。

譬如罢，关于杨妃，禄山之乱以后的文人就都撒着大谎，玄宗逍遥事外，倒说是许多坏事情都由她，敢说“不闻夏殷衰，中自诛褒妲”的有几个。就是妲己，褒姒，也还不是一样的事？女人的替自己和男人伏罪，真是太长远了。今年是“妇女国货年”，振兴国货，也从妇女始。不久，是就要挨骂的，因为国货也未必因此有起色，然而一提倡，一责骂，男人们的责任也尽了。

记得某男士有为某女士鸣不平的诗道：“君王城上竖降旗，妾在深宫那得知？二十万人齐解甲，更无一个是男儿！”快哉快哉！

批评家的批评家

情势也转变得真快，去年以前，是批评家和非批评家都批评文学，自然，不满的居多，但说好的也有。去年以来，却变了文学家和非文学家都翻了一个身，转过来来批评批评家了。

这一回可是不大有人说好，最彻底的是不承认近来有真的批评家。即使承认，也大大的笑他们胡涂。为什么呢？因为他们往往用一个一定的圈子向作品上面套，合就好，不合就坏。

但是，我们曾经在文艺批评史上见过没有一定圈子的批评家吗？都有的，或者是美的圈，或者是真实的圈，或者是前进的圈。没有一定的圈子的批评家，那才是怪汉子呢。办杂志可以号称没有一定的圈子，而其实这正是圈子，是便于遮眼的变戏法的手巾。譬如一个编辑者是唯美主义者罢，他尽可以自说并无定见，单在书籍评论上，就足够玩把戏。倘是一种所谓“为艺术的艺术”的作品，合于自己的私意的，他就选登一篇赞成这种主义的批评，或读后感，捧着它上天；要不然，就用一篇假急进的好像非常革命的批评家的文章，捺它到地里去。读者这就被迷了眼。但在个人，如果还有一点记性，却不能这么两端的，他须有一定的圈子。我们不能责备他有圈子，我们只能批评他这圈子对不对。

然而批评家的批评家会引出张献忠考秀才的古典来：先在两柱之间横系一条绳子，叫应考的走过去，太高的杀，太矮的也杀，于是杀光了蜀中的英才。这么一比，有定见的批评家即等于张献忠，真可以使读者发生满心的憎恨。但是，评文的圈，就是量人的绳吗？论文的合不合，就是量人的长短吗？引出这例子来的，是诬陷，更不是什么批评。

漫骂

还有一种不满于批评家的批评，是说所谓批评家好“漫骂”，所以他的文字并不是批评。

这“漫骂”，有人写作“嫚骂”，也有人写作“谩骂”，我不知道是否是一样的函义。但这姑且不管它也好。现在要问的是怎样的是“漫骂”。

假如指着一个人，说道：这是婊子！如果她是良家，那就是漫骂；倘使她实在是做卖笑生涯的，就并不是漫骂，倒是说了真实。诗人没有捐班，富翁只会计较，因为事实是这样的，所以这是真话，即使称之为漫骂，诗人也还是捐不来，这是幻想碰在现实上的小钉子。

有钱不能就有文才，比“儿女成行”并不一定明白儿童的性质更明白。“儿女成行”只能证明他两口子的善于生，还会养，却并无妄谈儿童的权利。要谈，只不过不识羞。这好像是漫骂，然而并不是。倘说是的；就得承认世界上的儿童心理学家，都是最会生孩子的父母。

说儿童为了一点食物就会打起来，是冤枉儿童的，其实是漫骂。儿童的行为，出于天性，也因环境而改变，所以孔融会让梨。打起来的，是家庭的影响，便是成人，不也有争家私，夺遗产的吗？孩子学了样了。

漫骂固然冤屈了许多好人，但含含胡胡的扑灭“漫骂”，却包庇了一切坏种。

“京派”与“海派”

自从北平某先生在某报上有扬“京派”而抑“海派”之言，颇引起了一番议论。最先是上海某先生在某杂志上的不平，且引别一某先生的陈言，以为作者的籍贯，与作品并无关系，要给北平某先生一个打击。

其实，这是不足以服北平某先生之心的。所谓“京派”与“海派”，本不指作者的本籍而言，所指的乃是一群人所聚的地域，故“京派”非皆北平人，“海派”亦非皆上海人。梅兰芳博士，戏中之真正京派也，而其本贯，则为吴下。但是，籍贯之都鄙，固不能定本人之功罪，居处的文陋，却也影响于作家的神情，孟子曰：“居移气，养移体”，此之谓也。北京是明清的帝都，上海乃各国之租界，帝都多官，租界多商，所以文人之在京者近官，没海者近商，近官者在使官得名，近商者在使商获利，而自己也赖以糊口。要而言之，不过“京派”是官的帮闲，“海派”则是商的帮忙而已。但从官得食者其情状隐，对外尚能傲然，从商得食者其情状显，到处难于掩饰，于是忘其所以者，遂据以有清浊之分。而官之鄙商，固亦中国旧习，就更使“海派”在“京派”的眼中跌落了。

而北京学界，前此固亦有其光荣，这就是五四运动的策动。现在虽然还有历史上的光辉，但当时的战士，却“功成，名遂，身退”者有之，“身稳”者有之，“身升”者更有之，好好的一场恶斗，几乎令人有“若要官，杀人放火受招安”之感。“昔人已乘黄鹤去，此地空余黄鹤楼”，前年大难临头，北平的学者们所想援以掩护自己的是古文化，而惟一大事，则是古物的南迁，这不是自己彻底的说明了北平所有的是什么了吗？

但北平究竟还有古物，且有古书，且有古都的人民。在北平的学者文人们，又大抵有着讲师或教授的本业，论理，研究或创作的环境，实在是比“海派”来得优越的，我希望着能够看见学术上，或文艺上的大著作。

北人与南人

这是看了“京派”与“海派”的议论之后，牵连想到的——

北人的卑视南人，已经是一种传统。这也并非因为风俗习惯的不同，我想，那大原因，是在历来的侵入者多从北方来，先征服中国之北部，又携了北人南征，所以南人在北人的眼中，也是被征服者。

二陆入晋，北方人士在欢欣之中，分明带着轻薄，举证太烦，姑且不谈罢。容易看的是，羊衒之的《洛阳伽蓝记》中，就常诋南人，并不视为同类。至于元，则人民截然分为四等，一蒙古人，二色目人，三汉人即北人，第四等才是南人，因为他是最后投降的一伙。最后投降，从这边说，是矢尽援绝，这才罢战的南方之强，从那边说，却是不识顺逆，久梗王师的贼。孑遗自然还是投降的，然而为奴隶的资格因此就最浅，因为浅，所以班次就最下，谁都不妨加以卑视了。到清朝，又重理了这一篇账，至今还流衍着余波；如果此后的历史是不再回旋的，那真不独是南人的如天之福。

当然，南人是有缺点的。权贵南迁，就带了腐败颓废的风气来，北方倒反而干净。性情也不同，有缺点，也有特长，正如北人的兼具二者一样。据我所见，北人的优点是厚重，南人的优点是机灵。但厚重之弊也愚，机灵之弊也狡，所以某先生曾经指出缺点道：北方人是“饱食终日，无所用心”；南方人是“群居终日，言不及义”。就有闲阶级而言，我以为大体是的确的。

缺点可以改正，优点可以相师。相书上有一条说，北人南相，南人北相者贵。我看这并不是妄语。北人南相者，是厚重而又机灵，南人北相者，不消说是机灵而又能厚重。昔人之所谓“贵”，不过是当时的成功，在现在，那就是做成有益的事业了。这是中国人的一种小小的自新之路。

不过做文章的是南人多，北方却受了影响。北京的报纸上，油嘴滑舌，吞吞吐吐，顾影自怜的文字不是比六七年前多了吗？这倘和北方固有的“贫嘴”一结婚，产生出来的一定是一种不祥的新劣种！

大小骗

“文坛”上的丑事，这两年来真也揭发得不少了：剪贴，瞎抄，贩卖，假冒。不过不可究诘的事情还有，只因为我们看惯了，不再留心它。

名人的题签，虽然字不见得一定写的好，但只在表示这书的作者或出版者认识名人，和内容并无关系，是算不得骗人的。可疑的是“校阅”。校阅的脚色，自然是名人，学者，教授。然而这些先生们自己却并无关于这一门学问的著作。所以真的校阅了没有是一个问题；即使真的校阅了，那校阅是否真的可靠又是一个问题。但再加校阅，给以批评的文章，我们却很少见。

还有一种是“编辑”。这编辑者，也大抵是名人，因这名，就使读者觉得那书的可靠。但这是也很可疑的。如果那书上有些序跋，我们还可以由那文章，思想，断定它是否真是这人所编辑，但市上所陈列的书，常有翻开便是目录，叫你一点也摸不着头脑的。这怎么靠得住？至于大部的各门类的刊物的所谓“主编”，那是这位名人竟上至天空，下至地底，无不通晓了，“无为而无不为”，倒使我们无须再加以揣测。

还有一种是“特约撰稿”。刊物初出，广告上往往开列一大批特约撰稿的名人，有时还用凸版印出作者亲笔的签名，以显示其真实。这并不可疑。然而过了一年半载，可就渐有破绽了，许多所谓特约撰稿者的东西一个字也不见。是并没有约，还是约而不来呢，我们无从知道；但可见那些所谓亲笔签名，也许是从别处剪来，或者简直是假造的了。要是从投稿上取下来的，为什么见签名却不见稿呢？

这些名人在卖着他们的“名”，不知道可是领着“干薪”的？倘使领的，自然是同意的自卖，否则，可以说是被“盗卖”。“欺世盗名”者有之，盗卖名以欺世者又有之，世事也真是五花八门。然而受损失的却只有读者。

古人并不纯厚

老辈往往说：古人比今人纯厚，心好，寿长。我先前也有些相信，现在这信仰可是动摇了。达赖喇嘛总该比平常人心好，虽然“不幸短命死矣”，但广州开的耆英会，却明明收集过一大批寿翁寿媪，活了一百零六岁的老太太还能穿针，有照片为证。

古今的心的好坏，较为难以比较，只好求教于诗文。古之诗人，是有名的“温柔敦厚”的，而有的竟说：“时日曷丧，予及汝偕亡！”你看够多么恶毒？更奇怪的是孔子“校阅”之后，竟没有删，还说什么“诗三百，一言以蔽之，曰：思无邪”哩，好像圣人也并不以为可恶。

还有现存的最通行的《文选》，听说如果青年作家要丰富语汇，或描写建筑，是总得看它的，但我们倘一调查里面的作家，却至少有一半不得好死，当然，就因为心不好。经昭明太子一挑选，固然好像变成语汇祖师了，但在那时，恐怕还有个人的主张，偏激的文字。否则，这人是不传的，试翻唐以前的史上的文苑传，大抵是禀承意旨，草檄作颂的人，然而那些作者的文章，流传至今者偏偏少得很。

由此看来，翻印整部的古书，也就不无危险了。近来偶尔看见一部石印的《平斋文集》，作者，宋人也，不可谓之不古，但其诗就不可为训。如咏《狐鼠》云："狐鼠擅一窟，虎蛇行九逵，不论天有眼，但管地无皮……。"又咏《荆公》云："养就祸胎身始去，依然钟阜向人青"。那指斥当路的口气，就为今人所看不惯。"八大家"中的欧阳修，是不能算作偏激的文学家的罢，然而那《读李翱文》中却有云："呜呼，在位而不肯自忧，又禁它人使皆不得忧，可叹也夫!"也就悻悻得很。

但是，经后人一番选择，却就纯厚起来了。后人能使古人纯厚，则比古人更为纯厚也可见。清朝曾有钦定的《唐宋文醇》和《唐宋诗醇》，便是由皇帝将古人做得纯厚的好标本，不久也许会有人翻印，以"挽狂澜于既倒"的。

朋友

我在小学的时候，看同学们变小戏法，“耳中听字”呀，“纸人出血”呀，很以为有趣。庙会时就有传授这些戏法的人，几枚铜元一件，学得来时，倒从此索然无味了。进中学是在城里，于是兴致勃勃的看大戏法，但后来有人告诉了我戏法的秘密，我就不再高兴走近圈子的旁边。去年到上海来，才又得到消遣无聊的处所，那便是看电影。

但不久就在书上看到一点电影片子的制造法，知道了看去好像千丈悬崖者，其实离地不过几尺，奇禽怪兽，无非是纸做的。这使我从此不很觉得电影的神奇，倒往往只留心它的破绽，自己也无聊起来，第三回失掉了消遣无聊的处所。有时候，还自悔去看那一本书，甚至于恨到那作者不该写出制造法来了。

暴露者揭发种种隐秘，自以为有益于人们，然而无聊的人，为消遣无聊计，是甘于受欺，并且安于自欺的，否则就更无聊赖。因为这，所以使戏法长存于天地之间，也所以使暴露幽暗不但为欺人者所深恶，亦且为被欺者所深恶。

暴露者只在有为的人们中有益，在无聊的人们中便要灭亡。自救之道，只在虽知一切隐秘，却不动声色，帮同欺人，欺那自甘受欺的无聊的人们，任它无聊的戏法一套一套的，终于反反复复的变下去。周围是总有这些人会看的。

变戏法的时时拱手道："……出家靠朋友!"有几分就是对着明白戏法的底细者而发的，为的是要他不来戳穿西洋镜。

"朋友，以义合者也"，但我们向来常常不作如此解。

推己及人

忘了几年以前了，有一位诗人开导我，说是愚众的舆论，能将天才骂死，例如英国的济慈就是。我相信了。去年看见几位名作家的文章，说是批评家的漫骂，能将好作品骂得缩回去，使文坛荒凉冷落。自然，我也相信了。

我也是一个想做作家的人，而且觉得自己也确是一个作家，但还没有获得挨骂的资格，因为我未曾写过创作。并非缩回去，是还没有钻出来。这钻不出来的原因，我想是一定为了我的女人和两个孩子的吵闹，她们也如漫骂批评家一样，职务是在毁灭真天才，吓退好作品的。

幸喜今年正月，我的丈母要见见她的女儿了，她们三个就都回到乡下去。我真是耳目清静，猗欤休哉，到了产生伟大作品的时代。可是不幸得很，现在已是废历四月初，足足静了三个月了，还是一点也写不出什么来。假使有朋友问起我的成绩，叫我怎么回答呢？还能归罪于她们的吵闹吗？于是乎我的信心有些动摇。

我疑心我本不会有什么好作品，和她们的吵闹与否无关。而且我又疑心到所谓名作家也未必会有什么好作品，和批评家的漫骂与否无涉。

不过，如果有人吵闹，有人漫骂，倒可以给作家的没有作品遮羞，说是本来是要有的，现在给他们闹坏了。他于是就像一个落难小生，纵使并无作品，也能从看客赢得一掬一掬的同情之泪。

假使世界上真有天才，那么，漫骂的批评，于他是有损的，能骂退他的作品，使他不成其为作家。然而所谓漫骂的批评，于庸才是有益的，能保持其为作家，不过据说是吓退了他的作品。

在这三足月里，我仅仅有了一点“烟士披离纯”，是套罗兰夫人的腔调的：“批评批评，世间多少作家，借汝之骂以存！”

玩具

今年是儿童年。我记得的，所以时常看看造给儿童的玩具。

马路旁边的洋货店里挂着零星小物件，纸上标明，是从法国运来的，但我在日本的玩具店看见一样的货色，只是价钱更便宜。在担子上，在小摊上，都卖着渐吹渐大的橡皮泡，上面打着一个印子道："完全国货"，可见是中国自己制造的了。然而日本孩子玩着的橡皮泡上，也有同样的印子，那却应该是他们自己制造的。

大公司里则有武器的玩具；指挥刀，机关枪，坦克车……。然而，虽是有钱人家的小孩，拿着玩的也少见。公园里面，外国孩子聚沙成为圆堆，横插上两条短树干，这明明是在创造铁甲炮车了，而中国孩子是青白的，瘦瘦的脸，躲在大人的背后，羞怯的，惊异的看着，身上穿着一件斯文之极的长衫。

我们中国是大人用的玩具多：姨太太，雅片枪，麻雀牌，《毛毛雨》，科学灵乩，金刚法会，还有别的，忙个不了，没有工夫想到孩子身上去了。虽是儿童年，虽是前年身历了战祸，也没有因此给儿童创出一种纪念的小玩意，一切都是照样抄。然则明年不是儿童年了，那情形就可想。

但是，江北人却是制造玩具的天才。他们用两个长短不同的竹筒，染成红绿，连作一排，筒内藏一个弹簧，旁边有一个把手，摇起来就格格的响。这就是机关枪！也是我所见的惟一的创作。我在租界边上买了一个，和孩子摇着在路上走，文明的西洋人和胜利的日本人看见了，大抵投给我们一个鄙夷或悲悯的苦笑。

然而我们摇着在路上走，毫不愧恧，因为这是创作。前年以来，很有些人骂着江北人，好像非此不足以自显其高洁，现在沉默了，那高洁也就渺渺然，茫茫然。而江北人却创造了粗笨的机枪玩具，以坚强的自信和质朴的才能与文明的玩具争。他们，我以为是比从外国买了极新式的武器回来的人物，更其值得赞颂的，虽然也许又有人会因此给我一个鄙夷或悲悯的冷笑。

零食

出版界的现状，期刊多而专书少，使有心人发愁，小品多而大作少，又使有心人发愁。人而有心，真要“日坐愁城”了。

但是，这情形是由来已久的，现在不过略有变迁，更加显著而已。

上海的居民，原就喜欢吃零食。假使留心一听，则屋外叫卖零食者，总是“实繁有徒”。桂花白糖伦教糕，猪油白糖莲心粥，虾肉馄饨面，芝麻香蕉，南洋芒果，西路（暹罗）蜜橘，瓜子大王，还有蜜饯，橄榄，等等。只要胃口好，可以从早晨直吃到半夜，但胃口不好也不妨，因为这又不比肥鱼大肉，分量原是很少的。那功效，据说，是在消闲之中，得养生之益，而且味道好。

前几年的出版物，是有“养生之益”的零食，或曰“入门”，或曰“ABC”，或曰“概论”，总之是薄薄的一本，只要化钱数角，费时半点钟，便能明白一种科学，或全盘文学，或一种外国文。意思就是说，只要吃一包五香瓜子，便能使这人发荣滋长，抵得吃五年饭。试了几年，功效不显，于是很有些灰心了。一试验，如果有名无实，是往往不免灰心的，例如现在已经很少有人修仙或炼金，而代以洗温泉和买奖券，便是试验无效的结果。于是放松了“养生”这一面，偏到“味道好”那一面去了。自然，零食也还是零食。上海的居民，和零食是死也分拆不开的。

于是而出现了小品，但也并不是新花样。当老九章生意兴隆的时候，就有过《笔记小说大观》之流，这是零食一大箱；待到老九章关门之后，自然也跟着成了一小撮。分量少了，为什么倒弄得闹闹嚷嚷，满城风雨的呢？我想，这是因为在担子上装起了篆字的和罗马字母合璧的年红电灯的招牌。

然而，虽然仍旧是零食，上海居民的感应力却比先前敏捷了，否则又何至于闹嚷嚷。但这也许正因为神经衰弱的缘故。假使如此，那么，零食的前途倒是可虑的。

"彻底"的底子

现在对于一个人的立论，如果说它是"高超"，恐怕有些要招论者的反感了，但若说它是"彻底"，是"非常前进"，却似乎还没有什么。

现在也正是"彻底"的，"非常前进"的议论，替代了"高超"的时光。

文艺本来都有一个对象的界限。譬如文学，原是以懂得文字的读者为对象的，懂得文字的多少有不同，文章当然要有深浅。而主张用字要平常，作文要明白，自然也还是作者的本分。然而这时"彻底"论者站出来了，他却说中国有许多文盲，问你怎么办？这实在是对于文学家的当头一棍，只好立刻闷死给他看。

不过还可以另外请一支救兵来，也就是辩解。因为文盲是已经在文学作用的范围之外的了，这时只好请画家，演剧家，电影作家出马，给他看文字以外的形象的东西。然而这还不足以塞“彻底”论者的嘴的，他就说文盲中还有色盲，有瞎子，问你怎么办？于是艺术家们也遭了当头一棍，只好立刻闷死给他看。

那么，作为最后的挣扎，说是对于色盲瞎子之类，须用讲演，唱歌，说书罢。说是也说得过去的。然而他就要问你：莫非你忘记了中国还有聋子吗？

又是当头一棍，闷死，都闷死了。

于是“彻底”论者就得到一个结论：现在的一切文艺，全都无用，非彻底改革不可！

他立定了这个结论之后，不知道到那里去了。谁来“彻底”改革呢？那自然是文艺家。然而文艺家又是不“彻底”的多，于是中国就永远没有对于文盲，色盲，瞎子，聋子，无不有效的——“彻底”的好的文艺。

但“彻底”论者却有时又会伸出头来责备一顿文艺家。

弄文艺的人，如果遇见这样的大人物而不能撕掉他的鬼脸，那么，文艺不但不会前进，并且只会萎缩，终于被他消灭的。切实的文艺家必须认清这一种“彻底”论者的真面目！

趋时和复古

半农先生一去世，也如朱湘庐隐两位作家一样，很使有些刊物热闹了一番。这情形，会延得多么长久呢，现在也无从推测。但这一死，作用却好像比那两位大得多：他已经快要被封为复古的先贤，可用他的神主来打“趋时”的人们了。

这一打是有力的，因为他既是作古的名人，又是先前的新党，以新打新，就如以毒攻毒，胜于搬出生锈的古董来。然而笑话也就埋伏在这里面。为什么呢？就为了半农先生先就是一位以“趋时”而出名的人。

古之青年，心目中有了刘半农三个字，原因并不在他擅长音韵学，或是常做打油诗，是在他跳出鸳蝴派，骂倒王敬轩，为一个“文学革命”阵中的战斗者。然而那时有一部分人，却毁之为“趋时”。时代到底好像有些前进，光阴流过去，渐渐将这谥号洗掉了，自己爬上了一点，也就随和一些，于是终于成为干干净净的名人。但是，“人怕出名猪怕壮”，他这时也要成为包起来作为医治新的“趋时”病的药料了。这并不是半农先生独个的苦境，旧例着实有。广东举人多得很，为什么康有为独独那么有名呢，因为他是公车上书的头儿，戊戌政变的主角，趋时；留英学生也不希罕，严复的姓名还没有消失，就在他先前认真的译过好几部鬼子书，趋时；清末，治朴学的不止太炎先生一个人，而他的声名，远在孙诒让之上者，其实是为了他提倡种族革命，趋时，而且还“造反”。后来“时”也“趋”了过来，他们就成为活的纯正的先贤。但是，晦气也夹屁股跟到，康有为永定为复辟的祖师，袁皇帝要严复劝进，孙传芳大帅也来请太炎先生投壶了。原是拉车前进的好身手，腿肚大，臂膊也粗，这回还是请他拉，拉还是拉，然而是拉车屁股向后，这里只好用古文，“呜呼哀哉，尚飨”了。

我并不在讥刺半农先生曾经“趋时”，我这里所用的是普通所谓“趋时”中的一部分：“前驱”的意思。他虽然自认“没落”，其实是战斗过来的，只要敬爱他的人，多发挥这一点，不要七手八脚，专门把他拖进自己所喜欢的油或泥里去做金字招牌就好了。

安贫乐道法

孩子是要别人教的，毛病是要别人医的，即使自己是教员或医生。但做人处世的法子，却恐怕要自己斟酌，许多别人开来的良方，往往不过是废纸。

劝人安贫乐道是古今治国平天下的大经络，开过的方子也很多，但都没有十全大补的功效。因此新方子也开不完，新近就看见了两种，但我想：恐怕都不大妥当。

一种是教人对于职业要发生兴趣，一有兴趣，就无论什么事，都乐此不倦了。当然，言之成理的，但到底须是轻松一点的职业。且不说掘煤，挑粪那些事，就是上海工厂里做工至少每天十点的工人，到晚快边就一定筋疲力倦，受伤的事情是大抵出在那时候的。“健全的精神，宿于健全的身体之中”，连自己的身体也顾不转了，怎么还会有兴趣？——除非他爱兴趣比性命还利害。倘若问他们自己罢，我想，一定说是减少工作的时间，做梦也想不到发生兴趣法的。

还有一种是极其彻底的：说是大热天气，阔人还忙于应酬，汗流浃背，穷人却挟了一条破席，铺在路上，脱衣服，浴凉风，其乐无穷，这叫作“席卷天下”。这也是一张少见的富有诗趣的药方，不过也有煞风景在后面。快要秋凉了，一早到马路上去走走，看见手捧肚子，口吐黄水的就是那些“席卷天下”的前任活神仙。大约眼前有福，偏不去享的大愚人，世上究竟是不多的，如果精穷真是这么有趣，现在的阔人一定首先躺在马路上，而现在的穷人的席子也没有地方铺开来了。

上海中学会考的优良成绩发表了，有《衣取蔽寒食取充腹论》，其中，有一段——

……若德业已立，则虽饔飧不继，捉襟肘见，而其名德足传于后，精神生活，将充分发展，又何患物质生活之不足耶？人生真谛，固在彼而不在此也。……（由《新语林》第三期转录）

这比题旨更进了一步，说是连不能“充腹”也不要紧的。但中学生所开的良方，对于大学生就不适用，同时还是出现了要求职业的一大群。

事实是毫无情面的东西，它能将空言打得粉碎。有这么的彰明较著，其实，据我的愚见，是大可以不必再玩“之乎者也”了——横竖永远是没有用的。

商贾的批评

中国现今没有好作品，早已使批评家或胡评家不满，前些时还曾经探究过它的所以没有的原因。结果是没有结果。但还有新解释。林希隽先生说是因为“作家毁掉了自己，以投机取巧的手腕去作“杂文”了，所以也害得做不成莘克莱或托尔斯泰（《现代》九月号）。还有一位希隽先生，却以为“在这资本主义的社会里头，……作家无形中也就成为商贾了……为了获利较多的报酬起见，便也不得不采用‘粗制滥造’的方法，再没有人殚精竭虑用苦工夫去认真创作了。”（《社会月报》九月号）

着眼在经济上，当然可以说是进了一步。但这“殚精竭虑用苦工夫去认真创作”出来的学说，和我们只有常识的见解是很不一样的。我们向来只以为用资本来获利的是商人，所以在出版界，商人是用钱开书店来赚钱的老板。到现在才知道用文章去卖有限的稿费的也是商人，不过是一种“无形中”的商人。农民省几斗米去出售，工人用筋力去换钱，教授卖嘴，妓女卖淫，也都是“无形中”的商人。只有买主不是商人了，但他的钱一定是用东西换来的，所以也是商人。于是“在这资本主义社会里头”，个个都是商人，但可分为在“无形中”和有形中的两大类。

用希隽先生自己的定义来断定他自己，自然是一位“无形中”的商人；如果并不以卖文为活，因此也无须“粗制滥造”，那么，怎样过活呢，一定另外在做买卖，也许竟是有形中的商人了，所以他的见识，无论怎么看，总逃不脱一个商人见识。

“杂文”很短，就是写下来的工夫，也决不要写“和平与战争”（这是照林希隽先生的文章抄下来的，原名其实是《战争与和平》）的那么长久，用力极少，是一点也不错的。不过也要有一点常识，用一点苦工，要不然，就是“杂文”，也不免更进一步的“粗制滥造”，只剩下笑柄。作品，总是有些缺点的。亚波理奈尔咏孔雀，说它翘起尾巴，光辉灿烂，但后面的屁股眼也露出来了。所以批评家的指摘是要的，不过批评家这时却也就翘起了尾巴，露出他的屁眼。但为什么还要呢，就因为它正面还有光辉灿烂的羽毛。不过倘使并非孔雀，仅仅是鹅鸭之流，它应该想一想翘起尾巴来，露出的只有些什么！

骂杀与捧杀

现在有些不满于文学批评的，总说近几年的所谓批评，不外乎捧与骂。

其实所谓捧与骂者，不过是将称赞与攻击，换了两个不好看的字眼。指英雄为英雄，说娼妇是娼妇，表面上虽像捧与骂，实则说得刚刚合式，不能责备批评家的。批评家的错处，是在乱骂与乱捧，例如说英雄是娼妇，举娼妇为英雄。

批评的失了威力，由于“乱”，甚而至于“乱”到和事实相反，这底细一被大家看出，那效果有时也就相反了。所以现在被骂杀的少，被捧杀的却多。

人古而事近的，就是袁中郎。这一班明末的作家，在文学史上，是自有他们的价值和地位的。而不幸被一群学者们捧了出来，颂扬，标点，印刷，“色借，日月借，烛借，青黄借，眼色无常。声借，钟鼓借，枯竹窍借……”借得他一榻胡涂，正如在中郎脸上，画上花脸，却指给大家看，啧啧赞叹道：“看哪，这多么‘性灵’呀！”对于中郎的本质，自然是并无关系的，但在未经别人将花脸洗清之前，这“中郎”总不免招人好笑，大触其霉头。

人近而事古的，我记起了泰戈尔。他到中国来了，开坛讲演，人给他摆出一张琴，烧上一炉香，左有林长民，右有徐志摩，各各头戴印度帽。徐诗人开始绍介了：“唵！叽哩咕噜，白云清风，银磬……当！”说得他好像活神仙一样，于是我们的地上的青年们失望，离开了。神仙和凡人，怎能不离开呢？但我今年看见他论苏联的文章，自己声明道：“我是一个英国治下的印度人。”他自己知道得明明白白。大约他到中国来的时候，决不至于还胡涂，如果我们的诗人诸公不将他制成一个活神仙，青年们对于他是不至于如此隔膜的。现在可是老大的晦气。

以学者或诗人的招牌，来批评或介绍一个作者，开初是很能够蒙混旁人的，但待到旁人看清了这作者的真相的时候，却只剩了他自己的不诚恳，或学识的不够了。然而如果没有旁人来指明真相呢，这作家就从此被捧杀，不知道要多少年后才翻身。

《看图识字》

凡一个人，即使到了中年以至暮年，倘一和孩子接近，便会踏进久经忘却了的孩子世界的边疆去，想到月亮怎么会跟着人走，星星究竟是怎么嵌在天空中。但孩子在他的世界里，是好像鱼之在水，游泳自如，忘其所以的，成人却有如人的凫水一样，虽然也觉到水的柔滑和清凉，不过总不免吃力，为难，非上陆不可了。

月亮和星星的情形，一时怎么讲得清楚呢，家境还不算精穷，当然还不如给一点所谓教育，首先是识字。上海有各国的人们，有各国的书铺，也有各国的儿童用书。但我们是中国人，要看中国书，识中国字。这样的书也有，虽然纸张，图画，色彩，印订，都远不及别国，但有是也有的。我到市上去，给孩子买来的是民国二十一年十一月印行的“国难后第六版”的《看图识字》。

先是那色彩就多么恶浊，但这且不管他。图画又多么死板，这且也不管他。出版处虽然是上海，然而奇怪，图上有蜡烛，有洋灯，却没有电灯；有朝靴，有三镶云头鞋，却没有皮鞋。跪着放枪的，一脚拖地；站着射箭的，两臂不平，他们将永远不能达到目的，更坏的是连钓竿，风车，布机之类，也和实物有些不同。

我轻轻地叹了一口气，记起幼小时候看过的《日用杂字》来。这是一本教育妇女婢仆，使她们能够记账的书，虽然名物的种类并不多，图画也很粗劣，然而很活泼，也很像。为什么呢？就因为作画的人，是熟悉他所画的东西的，一个“萝卜”，一只鸡，在他的记忆里并不含胡，画起来当然就切实。现在我们只要看《看图识字》里所画的生活状态——洗脸，吃饭，读书——就知道这是作者意中的读者，也是作者自己的生活状态，是在租界上租一层屋，装了全家，既不阔绰，也非精穷的，埋头苦干一日，才得维持生活一日的人，孩子得上学校，自己须穿长衫，用尽心神，撑住场面，又那有余力去买参考书，观察事物，修炼本领呢？况且，那书的末叶上还有一行道：“戊申年七月初版”。查年表，才知道那就是清朝光绪三十四年，即西历一九〇八年，虽是前年新印，书却成于二十七年前，已是一部古籍了，其奄奄无生气，正也不足为奇的。

孩子是可以敬服的，他常常想到星月以上的境界，想到地面下的情形，想到花卉的用处，想到昆虫的言语，他想飞上天空，他想潜入蚁穴……所以给儿童看的图书就必须十分慎重，做起来也十分烦难。即如《看图识字》这两本小书，就天文，地理，人事，物情，无所不有。其实是，倘不是对于上至宇宙之大，下至苍蝇之微，都有些切实的知识的画家，决难胜任的。

然而我们是忘却了自己曾为孩子时候的情形了，将他们看作一个蠢才，什么都不放在眼里。即使因为时势所趋，只得施一点所谓教育，也以为只要付给蠢才去教就足够。于是他们长大起来，就真的成了蠢才，和我们一样了。

然而我们这些蠢才，却还在变本加厉的愚弄孩子。只要看近两三年的出版界，给“小学生”，“小朋友”看的刊物，特别的多就知道。中国突然出了这许多“儿童文学家”了么？我想：是并不然的。

拿来主义

中国一向是所谓“闭关主义”，自己不去，别人也不许来。自从给枪炮打破了大门之后，又碰了一串钉子，到现在，成了什么都是“送去主义”了。别的且不说罢，单是学艺上的东西，近来就先送一批古董到巴黎去展览，但终“不知后事如何”；还有几位“大师”们捧着几张古画和新画，在欧洲各国一路的挂过去，叫作“发扬国光”。听说不远还要送梅兰芳博士到苏联去，以催进“象征主义”，此后是顺便到欧洲传道。我在这里不想讨论梅博士演艺和象征主义的关系，总之，活人替代了古董，我敢说，也可以算得显出一点进步了。

但我们没有人根据了“礼尚往来”的仪节，说道：拿来！

当然，能够只是送出去，也不算坏事情，一者见得丰富，二者见得大度。尼采就自诩过他是太阳，光热无穷，只是给与，不想取得。然而尼采究竟不是太阳，他发了疯。中国也不是，虽然有人说，掘起地下的煤来，就足够全世界几百年之用，但是，几百年之后呢？几百年之后，我们当然是化为魂灵，或上天堂，或落了地狱，但我们的子孙是在的，所以还应该给他们留下一点礼品。要不然，则当佳节大典之际，他们拿不出东西来，只好磕头贺喜，讨一点残羹冷炙做奖赏。

这种奖赏，不要误解为“抛来”的东西，这是“抛给”的，说得冠冕些，可以称之为“送来”，我在这里不想举出实例。

我在这里也并不想对于“送去”再说什么，否则太不“摩登”了。我只想鼓吹我们再吝啬一点，“送去”之外，还得“拿来”，是为“拿来主义”。

但我们被“送来”的东西吓怕了。先有英国的鸦片，德国的废枪炮，后有法国的香粉，美国的电影，日本的印着“完全国货”的各种小东西。于是连清醒的青年们，也对于洋货发生了恐怖。其实，这正是因为那是“送来”的，而不是“拿来”的缘故。

所以我们要运用脑髓，放出眼光，自己来拿！

譬如罢，我们之中的一个穷青年，因为祖上的阴功（姑且让我这么说说罢），得了一所大宅子，且不问他是骗来的，抢来的，或合法继承的，或是做了女婿换来的。那么，怎么办呢？我想，首先是不管三七二十一，“拿来”！但是，如果反对这宅子的旧主人，怕给他的东西染污了，徘徊不敢走进门，是孱头；勃然大怒，放一把火烧光，算是保存自己的清白，则是昏蛋。不过因为原是羡慕这宅子的旧主人的，而这回接受一切，欣欣然的蹩进卧室，大吸剩下的鸦片，那当然更是废物。“拿来主义”者是全不这样的。

他占有，挑选。看见鱼翅，并不就抛在路上以显其“平民化”，只要有养料，也和朋友们像萝卜白菜一样的吃掉，只不用它来宴大宾；看见鸦片，也不当众摔在毛厕里，以见其彻底革命，只送到药房里去，以供治病之用，却不弄“出售存膏，售完即止”的玄虚。只有烟枪和烟灯，虽然形式和印度，波斯，阿剌伯的烟具都不同，确可以算是一种国粹，倘使背着周游世界，一定会有人看，但我想，除了送一点进博物馆之外，其余的是大可以毁掉的了。还有一群姨太太，也大以请她们各自走散为是，要不然，“拿来主义”怕未免有些危机。

总之，我们要拿来。我们要或使用，或存放，或毁灭。那么，主人是新主人，宅子也就会成为新宅子。然而首先要这人沉着，勇猛，有辨别，不自私。没有拿来的，人不能自成为新人，没有拿来的，文艺不能自成为新文艺。

难行和不信

中国的“愚民”——没有学问的下等人，向来就怕人注意他。如果你无端的问他多少年纪，什么意见，兄弟几个，家景如何，他总是支吾一通之后，躲了开去。有学识的大人物，很不高兴他们这样的脾气。然而这脾气总不容易改，因为他们也实在从经验而来的。

假如你被谁注意了，一不小心，至少就不免上一点小当，譬如罢，中国是改革过的了，孩子们当然早已从“孟宗哭竹”“王祥卧冰”的教训里蜕出，然而不料又来了一个崭新的“儿童年”，爱国之士，因此又想起了“小朋友”，或者用笔，或者用舌，不怕劳苦的来给他们教训。一个说要用功，古时候曾有“囊萤照读”“凿壁偷光”的志士；一个说要爱国，古时候曾有十几岁突围请援，十四岁上阵杀敌的奇童。

这些故事，作为闲谈来听听是不算很坏的，但万一有谁相信了，照办了，那就会成为乳臭未干的吉诃德。你想，每天要捉一袋照得见四号铅字的萤火虫，那岂是一件容易事？但这还只是不容易罢了，倘去凿壁，事情就更糟，无论在哪里，至少是挨一顿骂之后，立刻由爸爸妈妈赔礼，雇人去修好。

请援，杀敌，更加是大事情，在外国，都是三四十岁的人们所做的。他们那里的儿童，着重的是吃，玩，认字，听些极普通，极紧要的常识。中国的儿童给大家特别看得起，那当然也很好，然而出来的题目就因此常常是难题，仍如飞剑一样，非上武当山寻师学道之后，决计没法办。到了二十世纪，古人空想中的潜水艇，飞行机，是实地上成功了，但《龙文鞭影》或《幼学琼林》里的模范故事，却还有些难学。我想，便是说教的人，恐怕自己也未必相信罢。

所以听的人也不相信。我们听了千多年的剑仙侠客，去年到武当山去的只有三个人，只占全人口的五百兆分之一，就可见。古时候也许还要多，现在是有了经验，不大相信了，于是照办的人也少了。——但这是我个人的推测。

不负责任的，不能照办的教训多，则相信的人少；利己损人的教训多，则相信的人更其少。“不相信”就是“愚民”的远害的堑壕，也是使他们成为散沙的毒素。然而有这脾气的也不但是“愚民”，虽是说教的士大夫，相信自己和别人的，现在也未必有多少。例如既尊孔子，又拜活佛者，也就是恰如将他的钱试买各种股票，分存许多银行一样，其实是那一面都不相信的。

忆刘半农君

这是小峰出给我的一个题目。

这题目并不出得过分。半农去世，我是应该哀悼的，因为他也是我的老朋友。但是，这是十来年前的话了，现在呢，可难说得很。

我已经忘记了怎么和他初次会面，以及他怎么能到了北京。他到北京，恐怕是在《新青年》投稿之后，由蔡孑民先生或陈独秀先生去请来的，到了之后，当然更是《新青年》里的一个战士。他活泼，勇敢，很打了几次大仗。譬如罢，答王敬轩的双镄信，“她”字和“牠”字的创造，就都是的。这两件，现在看起来，自然是琐屑得很，但那是十多年前，单是提倡新式标点，就会有一大群人“若丧考妣”，恨不得“食肉寝皮”的时候，所以的确是“大仗”。现在的二十左右的青年，大约很少有人知道三十年前，单是剪下辫子就会坐牢或杀头的了。然而这曾经是事实。

但半农的活泼，有时颇近于草率，勇敢也有失之无谋的地方。但是，要商量袭击敌人的时候，他还是好伙伴，进行之际，心口并不相应，或者暗暗的给你一刀，他是决不会的。倘若失了算，那是因为没有算好的缘故。

《新青年》每出一期，就开一次编辑会，商定下一期的稿件。其时最惹我注意的是陈独秀和胡适之。假如将韬略比作一间仓库罢，独秀先生的是外面竖一面大旗，大书道："内皆武器，来者小心!"但那门却开着的，里面有几枝枪，几把刀，一目了然，用不着提防。适之先生的是紧紧的关着门，门上粘一条小纸条道："内无武器，请勿疑虑。"这自然可以是真的，但有些人——至少是我这样的人——有时总不免要侧着头想一想。半农却是令人不觉其有"武库"的一个人，所以我佩服陈胡，却亲近半农。

所谓亲近，不过是多谈闲天，一多谈，就露出了缺点。几乎有一年多，他没有消失掉从上海带来的才子必有"红袖添香夜读书"的艳福的思想，好容易才给我们骂掉了。但他好像到处都这么的乱说，使有些"学者"皱眉。有时候，连到《新青年》投稿都被排斥。他很勇于写稿，但试去看旧报去，很有几期是没有他的。那些人们批评他的为人，是：浅。

不错，半农确是浅。但他的浅，却如一条清溪，澄澈见底，纵有多少沉渣和腐草，也不掩其大体的清。倘使装的是烂泥，一时就看不出它的深浅来了；如果是烂泥的深渊呢，那就更不如浅一点的好。

但这些背后的批评，大约是很伤了半农的心的，他的到法国留学，我疑心大半就为此。我最懒于通信，从此我们就疏远起来了。他回来时，我才知道他在外国钞古书，后来也要标点《何典》，我那时还以老朋友自居，在序文上说了几句老实话，事后，才知道半农颇不高兴了，“驷不及舌”，也没有法子。另外还有一回关于《语丝》的彼此心照的不快活。五六年前，曾在上海的宴会上见过一回面，那时候，我们几乎已经无话可谈了。

近几年，半农渐渐的据了要津，我也渐渐的更将他忘却；但从报章上看见他禁称“蜜斯”之类，却很起了反感：我以为这些事情是不必半农来做的。从去年来，又看见他不断的做打油诗，弄烂古文，回想先前的交情，也往往不免长叹。我想，假如见面，而我还以老朋友自居，不给一个“今天天气……哈哈哈”完事，那就也许会弄到冲突的罢。

不过，半农的忠厚，是还使我感动的。我前年曾到北平，后来有人通知我，半农是要来看我的，有谁恐吓了他一下，不敢来了。这使我很惭愧，因为我到北平后，实在未曾有过访问半农的心思。

现在他死去了，我对于他的感情，和他生时也并无变化。

我爱十年前的半农，而憎恶他的近几年。这憎恶是朋友的憎恶，因为我希望他常是十年前的半农，他的为战士，即使“浅”罢，却于中国更为有益。我愿以愤火照出他的战绩，免使一群陷沙鬼将他先前的光荣和死尸一同拖入烂泥的深渊。

不知肉味和不知水味

今年的尊孔，是民国以来第二次的盛典，凡是可以施展出来的，几乎全都施展出来了。上海的华界虽然接近夷（亦作彝）场，也听到了当年孔子听得“三月不知肉味”的“韶乐”。八月三十日的《申报》报告我们说——

廿七日本市各界在文庙举行孔诞纪念会，到党政机关，及各界代表一千余人。有大同乐会演奏中和韶乐二章，所用乐器因欲扩大音量起见，不分古今，凡属国乐器，一律配入，共四十种。其谱一仍旧贯，并未变动。聆其节奏，庄严肃穆，不同凡响，令人悠然起敬，如亲三代以上之承平雅颂，亦即我国民族性酷爱和平之表示也。……

乐器不分古今，一律配入，盖和周朝的韶乐，该已很有不同。但为“扩大音量起见”，也只能这么办，而且和现在的尊孔的精神，也似乎十分合拍的。“孔子，圣之时者也”，“亦即圣之摩登者也”，要三月不知鱼翅燕窝味，乐器大约决非“共四十种”不可；况且那时候，中国虽然已有外患，却还没有夷场。

不过因此也可见时势究竟有些不同了，纵使“扩大音量”，终于还扩不到乡间，同日的《中华日报》上，就记着一则颇伤“承平雅颂，亦即我国民族性酷爱和平之表示”的体面的新闻，最不凑巧的是事情也出在二十七——

(宁波通讯) 余姚入夏以来，因天时亢旱，河水干涸，住民饮料，大半均在河畔开凿土井，借以汲取，故往往因争先后，而起冲突。廿七日上午，距姚城四十里之朗霞镇后方屋地方，居民杨厚坤与姚士莲，又因争井水，发生冲突，互相加殴。姚士莲以烟筒头猛击杨头部，杨当即昏倒在地。继姚又以木棍石块击杨中要害，竟遭殴毙。迨邻近闻声施救，杨早已气绝。而姚士莲见已闯祸，知必不能免，即乘机逃避……

闻韶，是一个世界，口渴，是一个世界。食肉而不知味，是一个世界，口渴而争水，又是一个世界。自然，这中间大有君子小人之分，但“非小人无以养君子”，到底还不可任凭他们互相打死，渴死的。

听说在阿拉伯，有些地方，水已经是宝贝，为了喝水，要用血去换。“我国民族性”是“酷爱和平”的，想必不至于如此。但余姚的实例却未免有点怕人，所以我们除食肉者听了而不知肉味的“韶乐”之外，还要不知水味者听了而不想水喝的“韶乐”。

中国人失掉自信力了吗

从公开的文字上看起来：两年以前，我们总自夸着“地大物博”，是事实；不久就不再自夸了，只希望着国联，也是事实；现在是既不夸自己，也不信国联，改为一味求神拜佛，怀古伤今了——却也是事实。于是有人慨叹曰：中国人失掉自信力了。

如果单据这一点现象而论，自信其实是早就失掉了的。先前信“地”，信“物”，后来信“国联”，都没有相信过“自己”。假使这也算一种“信”，那也只能说中国人曾经有过“他信力”，自从对国联失望之后，便把这他信力都失掉了。

失掉了他信力，就会疑，一个转身，也许能够只相信了自己，倒是一条新生路，但不幸的是逐渐玄虚起来了。信“地”和“物”，还是切实的东西，国联就渺茫，不过这还可以令人不久就省悟到依赖它的不可靠。一到求神拜佛，可就玄虚之至了，有益或是有害，一时就找不出分明的结果来，它可以令人更长久的麻醉着自己。

中国人现在是在发展着“自欺力”。

“自欺”也并非现在的新东西，现在只不过日见其明显，笼罩了一切罢了。然而，在这笼罩之下，我们有并不失掉自信力的中国人在。

我们从古以来，就有埋头苦干的人，有拼命硬干的人，有为民请命的人，有舍身求法的人，……虽是等于为帝王将相作家谱的所谓“正史”，也往往掩不住他们的光耀，这就是中国的脊梁。

这一类的人们，就是现在也何尝少呢？他们有确信，不自欺；他们在前仆后继的战斗，不过一面总在被摧残，被抹杀，消灭于黑暗中，不能为大家所知道罢了。说中国人失掉了自信力，用以指一部分人则可，倘若加于全体，那简直是诬蔑。

要论中国人，必须不被搽在表面的自欺欺人的脂粉所诓骗，却看看他的筋骨和脊梁。自信力的有无，状元宰相的文章是不足为据的，要自己去看地底下。

说“面子”

“面子”，是我们在谈话里常常听到的，因为好像一听就懂，所以细想的人大约不很多。

但近来从外国人的嘴里，有时也听到这两个音，他们似乎在研究。他们以为这一件事情，很不容易懂，然而是中国精神的纲领，只要抓住这个，就像二十四年前的拔住了辮子一样，全身都跟着走动了。相传前清时候，洋人到总理衙门去要求利益，一通威吓，吓得大官们满口答应，但临走时，却被从边门送出去。不给他走正门，就是他没有面子；他既然没有了面子，自然就是中国有了面子，也就是占了上风了。这是不是事实，我断不定，但这故事，“中外人士”中是颇有些人知道的。

因此，我颇疑心他们想专将“面子”给我们。

但“面子”究竟是怎么一回事呢？不想还好，一想可就觉得胡涂。它像是很有好几种的，每一种身价，就有一种“面子”，也就是所谓“脸”。这“脸”有一条界线，如果落到这线的下面去了，即失了面子，也叫作“丢脸”。不怕“丢脸”，便是“不要脸”。但倘使做了超出这线以上的事，就“有面子”，或曰“露脸”。而“丢脸”之道，则因人而不同，例如车夫坐在路边赤膊捉虱子，并不算什么，富家姑爷坐在路边赤膊捉虱子，才成为“丢脸”。但车夫也并非没有“脸”，不过这时不算“丢”，要给老婆踢了一脚，就躺倒哭起来，这才成为他的“丢脸”。这一条“丢脸”律，是也适用于上等人的。这样看来，“丢脸”的机会，似乎上等人比较的多，但也不一定。例如车夫偷一个钱袋，被人发见，是失了面子的，而上等人大捞一批金珠珍玩，却仿佛也不见得怎样“丢脸”，况且还有“出洋考察”，是改头换面的良方。

谁都要“面子”，当然也可以说是好事情，但“面子”这东西，却实在有些怪。九月三十日的《申报》就告诉我们一条新闻：沪西有业木匠大包作头之罗立鸿，为其母出殡，邀开“贳器店之王树宝夫妇帮忙，因来宾众多，所备白衣，不敷分配。其时，适有名王道才，绰号三喜子，亦到来送殡，争穿白衣不遂，以为有失体面，心中怀恨，……邀集徒党数十人，各执铁棍，据说尚有持手枪者多人，将王树宝家人乱打。一时双方有剧烈之战争，头破血流，多人受有重伤。……”白衣是亲族有服者所穿的，现在必须“争穿”而又“不遂”，足见并非亲族，但竟以为“有失体面”，演成这样的大战了。这时候，好像只要和普通有些不同便是“有面子”，而自己成了什么，却可以完全不管。这类脾气，是“绅商”也不免发露的：袁世凯将要称帝的时候，有人以列名于劝进表中为“有面子”；有一国从青岛撤兵的时候，有人以列名于万民伞上为“有面子”。

所以，要“面子”也可以说并不一定是好事情——但我并非说，人应该“不要脸”。现在说话难，如果主张“非孝”，就有人会说你在煽动打父母，主张男女平等，就有人会说你在提倡乱交——这声明是万不可少的。

况且，“要面子”和“不要脸”实在也可以有很难分辨的时候。不是有一个笑话么？一个绅士有钱有势，我假定他叫四大人罢，人们都以能够和他扳谈为荣。有一个专爱夸耀的小瘪三，一天高兴的告诉别人道：“四大人和我讲过话了！”人问他“说什么呢？”答道：“我站在他门口，四大人出来了，对我说：滚开去！”当然，这是笑话，是形容这人的“不要脸”，但在他本人，是以为“有面子”的，如此的人一多，也就真成为“有面子”了。别的许多人，不是四大人连“滚开去”也不对他说么？

在上海，“吃外国火腿”虽然还不是“有面子”，却也不算怎么“丢脸”了，然而比起被一个本国的下等人所踢来，又仿佛近于“有面子”。

中国人要“面子”，是好的，可惜的是这“面子”是“圆机活法”，善于变化，于是就和“不要脸”混起来了。长谷川如是闲说“盗泉”云：“古之君子，恶其名而不饮，今之君子，改其名而饮之。”也说穿了“今之君子”的“面子”的秘密。

拿破仑与隋那

我认识一个医生，忙的，但也常受病家的攻击，有一回，自解自叹道：要得称赞，最好是杀人，你把拿破仑和隋那（Edward Jenner，1749—1823）去比比看……

我想，这是真的。拿破仑的战绩，和我们什么相干呢，我们却总敬服他的英雄。甚而至于自己的祖宗做了蒙古人的奴隶，我们却还恭维成吉思汗；从现在的卐字眼睛看来，黄人已经是劣种了，我们却还夸耀希特拉。

因为他们三个，都是杀人不眨眼的大灾星。

但我们看看自己的臂膊，大抵总有几个疤，这就是种过牛痘的痕迹，是使我们脱离了天花的危症的。自从有这种牛痘法以来，在世界上真不知救活了多少孩子——虽然有些人大起来也还是去给英雄们做炮灰，但我们有谁记得这发明者隋那的名字呢？

杀人者在毁坏世界，救人者在修补它，而炮灰资格的诸公，却总在恭维杀人者。

这看法倘不改变，我想，世界是还要毁坏，人们也还要吃苦的。

论俗人应避雅人

这是看了些杂志，偶然想到的——

浊世少见“雅人”，少有“韵事”。但是，没有浊到彻底的时候，雅人却也并非全没有，不过因为“伤雅”的人们多，也累得他们“雅”不彻底了。

道学先生是躬行“仁恕”的，但遇见不仁不恕的人们，他就也不能仁恕。所以朱子是大贤，而做官的时候，不能不给无告的官妓吃板子。新月社的作家们是最憎恶骂人的，但遇见骂人的人，就害得他们不能不骂。林语堂先生是佩服“费厄泼赖”的，但在杭州赏菊，遇见“口里含一枝苏俄香烟，手里夹一本什么斯基的译本”的青年，他就不能不“假作无精打彩，愁眉不展，忧国忧家”（详见《论语》五十五期）的样子，面目全非了。

优良的人物，有时候是要靠别种人来比较，衬托的，例如上等与下等，好与坏，雅与俗，小器与大度之类。没有别人，即无以显出这一面之优，所谓“相反而实相成”者，就是这。但又须别人凑趣，至少是知趣，即使不能帮闲，也至少不可说破，逼得好人们再也好不下去。例如曹孟德是“尚通侻”的，但祢正平天天上门来骂他，他也只好生起气来，送给黄祖去“借刀杀人”了。祢正平真是“咎由自取”。

所谓“雅人”，原不是一天雅到晚的，即使睡的是珠罗帐，吃的是香稻米，但那根本的睡觉和吃饭，和俗人究竟也没有什么大不同；就是肚子里盘算些挣钱固位之法，自然也不能绝无其事。但他的出众之处，是在有时又忽然能够“雅”。倘使揭穿了这谜底，便是所谓“杀风景”，也就是俗人，而且带累了雅人，使他雅不下去，“未能免俗”了。若无此辈，何至于此呢？所以错处总归在俗人这方面。

譬如罢，有两位知县在这里，他们自然都是整天的办公事，审案子的，但如果其中之一，能够偶然的去看梅花，那就要算是一位雅官，应该加以恭维，天地之间这才会有雅人，会有韵事。如果你不恭维，还可以；一皱眉，就俗；敢开玩笑，那就把好事情都搅坏了。然而世间也偏有狂夫俗子；记得在一部中国的什么古“幽默”书里，有一首“轻薄子”咏知县老爷公余探梅的七绝——

红帽哼兮黑帽呵，风流太守看梅花。

梅花低首开言道：小底梅花接老爷。

这真是恶作剧，将韵事闹得一塌胡涂。而且他替梅花所说的话，也不合式，它这时应该一声不响的，一说，就“伤雅”，会累得“老爷”不便再雅，只好立刻还俗，赏吃板子，至少是给一种什么罪案的。为什么呢？就因为你俗，再不能以雅道相处了。

小心谨慎的人，偶然遇见仁人君子或雅人学者时，倘不会帮闲凑趣，就须远远避开，愈远愈妙。假如不然，即不免要碰着和他们口头大不相同的脸孔和手段。晦气的时候，还会弄到卢布学说的老套，大吃其亏。只给你“口里含一枝苏俄香烟，手里夹一本什么斯基的译本”，倒还不打紧，——然而险矣。

大家都知道“贤者避世”，我以为现在的俗人却要避雅，这也是一种“明哲保身”。

阿金

近几时我最讨厌阿金。

她是一个女仆，上海叫娘姨，外国人叫阿妈，她的主人也正是外国人。

她有许多女朋友，天一晚，就陆续到她窗下来，“阿金，阿金!”的大声的叫，这样的一直到半夜。她又好像颇有几个姘头；她曾在后门口宣布她的主张：弗轧姘头，到上海来做啥呢？……

不过这和我不相干。不幸的是她的主人家的后门，斜对着我的前门，所以“阿金，阿金!”的叫起来，我总受些影响，有时是文章做不下去了，有时竟会在稿子上写一个“金”字。更不幸的是我的进出，必须从她家的晒台下走过，而她大约是不喜欢走楼梯的，竹竿，木板，还有别的什么，常常从晒台上直摔下来，使我走过的时候，必须十分小心，先看一看这位阿金可在晒台上面，倘在，就得绕远些。自然，这是大半为了我的胆子小，看得自己的性命太值钱；但我们也得想一想她的主子是外国人，被打得头破血出，固然不成问题，即使死了，开同乡会，打电报也都没有用的，——况且我想，我也未必能够弄到开起同乡会。

半夜以后，是别一种世界，还剩着白天脾气是不行的。有一夜，已经三点半钟了，我在译一篇东西，还没有睡觉。忽然听得路上有人低声的在叫谁，虽然听不清楚，却并不是叫阿金，当然也不是叫我。我想：这么迟了，还有谁来叫谁呢？同时也站起来，推开楼窗去看去了，却看见一个男人，望着阿金的绣阁的窗，站着。他没有看见我。我自悔我的莽撞，正想关窗退回的时候，斜对面的小窗开处，已经现出阿金的上半身来，并且立刻看见了我，向那男人说了一句不知道什么话，用手向我一指，又一挥，那男人便开大步跑掉了。我很不舒服，好像是自己做了什么错事似的，书译不下去了，心里想：以后总要少管闲事，要炼到泰山崩于前而色不变，炸弹落于侧而身不移！……

但在阿金，却似乎毫不受什么影响，因为她仍然嘻嘻哈哈。不过这是晚快边才得到的结论，所以我真是负疚了小半夜和一整天。这时我很感激阿金的大度，但同时又讨厌了她的大声会议，嘻嘻哈哈了。自有阿金以来，四围的空气也变得扰动了，她就有这么大的力量。这种扰动，我的警告是毫无效验的，她们连看也不对我看一看。有一回，邻近的洋人说了几句洋话，她们也不理；但那洋人就奔出来了，用脚向各人乱踢，她们这才逃散，会议也收了场。这踢的效力，大约保存了五六夜。

此后是照常的嚷嚷；而且扰动又廓张了开去，阿金和马路对面一家烟饭店里的老女人开始奋斗了，还有男人相帮。她的声音原是响亮的，这回就更加响亮，我觉得一定可以使二十间门面以外的人们听见。不一会，就聚集了一大批人。论战的将近结束的时候当然要提到“偷汉”之类，那老女人的话我没有听清楚，阿金的答复是：

“你这老×没有人要！我可有人要呀！”

这恐怕是实情，看客似乎大抵对她表同情，“没有人要”的老×战败了。这时踱来了一位洋巡捕，反背着两手，看了一会，就来把看客们赶开；阿金赶紧迎上去，对他讲了一连串的洋话。洋巡捕注意的听完之后，微笑的说道：

“我看你也不弱呀！”

他并不去捉老×，又反背着手，慢慢的踱过去了。这一场巷战就算这样的结束。但是，人间世的纠纷又并不能解决得这么干脆，那老×大约是也有一点势力的。第二天早晨，那离阿金家不远的也是外国人家的西崽忽然向阿金家逃来。后面追着三个彪形大汉。西崽的小衫已被撕破，大约他被他们诱出外面，又给人堵住后门，退不回去，所以只好逃到他爱人这里来了。爱人的肘腋之下，原是可以安身立命的，伊孛生（H. Ibsen）戏剧里的彼尔·干德，就是失败之后，终于躲在爱人的裙边，听唱催眠歌的大人物。但我看阿金似乎比不上瑙威女子，她无情，也没有魄力。独有感觉是灵的，那男人刚要跑到的时候，她已经赶紧把后门关上了。那男人于是进了绝路，只得站住。这好像也颇出于彪形大汉们的意料之外，显得有些踌躇；但终于一同举起拳头，两个是在他背脊和胸脯上一共给了三拳，仿佛也并不怎么重，一个在他脸上打了一拳，却使它立刻红起来。这一场巷战很神速，又在早晨，所以观战者也不多，胜败两军，各自走散，世界又从此暂时和平了。然而我仍然不放心，因为我曾经听人说过：所谓"和平"，不过是两次战争之间的时日。

但是，过了几天，阿金就不再看见了，我猜想是被她自己的主人所回复。补了她的缺的是一个胖胖的，脸上很有些福相和雅气的娘姨，已经二十多天，还很安静，只叫了卖唱的两个穷人唱过一回"奇葛隆冬强"的《十八摸》之类，那是她用"自食其力"的余闲，享点清福，谁也没有话说的。只可惜那时又招集了一群男男女女，连阿金的爱人也在内，保不定什么时候又会发生巷战。但我却也叨光听到了男嗓子的上低音（barytone）的歌声，觉得很自然，比绞死猫儿似的《毛毛雨》要好得天差地远。

阿金的相貌是极其平凡的。所谓平凡，就是很普通，很难记住，不到一个月，我就说不出她究竟是怎么一副模样来了。但是我还讨厌她，想到“阿金”这两个字就讨厌；在邻近闹嚷一下当然不会成这么深仇重怨，我的讨厌她是因为不消几日，她就摇动了我三十年来的信念和主张。

我一向不相信昭君出塞会安汉，木兰从军就可以保隋；也不信妲己亡殷，西施沼吴，杨妃乱唐的那些古老话。我以为在男权社会里，女人是决不会有这种大力量的，兴亡的责任，都应该男的负。但向来的男性的作者，大抵将败亡的大罪，推在女性身上，这真是一钱不值的没有出息的男人。殊不料现在阿金却以一个貌不出众，才不惊人的娘姨，不用一个月，就在我眼前搅乱了四分之一里，假使她是一个女王，或者是皇后，皇太后，那么，其影响也就可以推见了：足够闹出大大的乱子来。

昔者孔子“五十而知天命”，我却为了区区一个阿金，连对于人事也从新疑惑起来了，虽然圣人和凡人不能相比，但也可见阿金的伟力，和我的满不行。我不想将我的文章的退步，归罪于阿金的嚷嚷，而且以上的一通议论，也很近于迁怒，但是，近几时我最讨厌阿金，仿佛她塞住了我的一条路，却是的确的。

愿阿金也不能算是中国女性的标本。

书的还魂和赶造

把大部的丛书印给读者看，是宋朝就有的，一直到现在。缺点是因为部头大，所以价钱贵。好处是把研究一种学问的书汇集在一处，能比一部一部的自去寻求更省力；或者保存单本小种的著作在里面，使它不易于灭亡。但这第二种好处，是也靠着部头大，价钱贵，人们就因此格外珍重的缺点的。

但丛书也有蠹虫。从明末到清初，就时有欺人的丛书出现。那方法之一，是删削内容，轻减刻费，而目录却有一大串，使购买者只觉其种类之多；之二，是不用原题，别立名目，甚至另题撰人，使购买者只觉其收罗之广。如《格致丛书》《历代小史》《五朝小说》《唐人说荟》等，就都是的。现在是大抵消灭了，只有末一种化名为《唐代丛书》，有时还在流毒。

然而时代改变，新花样也要跟着出来了。

推测起新花样来：其一，是豫先设定一种丛书的大名，罗列目录，大如宇宙，微至苍蝇身上的细菌，无所不包，这才分头觅人，托他译作，限定时日，必须完工，虽然译作者未必定是专家，但总之有许多手同时在稿纸上写字，于是不必穷年累月，一大部煌煌巨制也就出现了；其二，是原有一批零碎的旧译作，一向不甚流行，或者虽曾流行，而现在却已经过了时候，于是聚在一起，略加类别，开成一串五花八门的目录，而一大部煌煌巨制也就出现了。

出版者是明白读者们的心想的，有些读者们，苦于不知道什么是必要的书，所以往往以为被选进丛书里的，总该是必要的书籍；而且丛书里的一本，价钱也比单行本便宜，所以看起来好像很上算；加以大小一律，也很合人们爱好整齐的心情。本数又多，一下子可以填满几书架，规模不大的图书馆有这几部，馆员就省下时常留心选购新书的精神了。然而出版者是又很明白购买者们的经济状况的，他深知道现在他们手头已没有这许多钱，所以这些书一定是廉价，使他们拼命的办出来，或者是分期豫约，使他们逐渐的缴进去。

汇印新作，当然是很好的，但新作必须是精粹的本子，这才可以救读者们的智识的饥荒。就是重印旧作，也并不算坏，不过这旧作必须已是一种带着文献性的本子，这才足供读者们的研究。如果仅仅是克日速成的草稿，或是栈房角落的存书，改换新装，招摇过市，但以“大”或“多”或“廉”诱人，使读者化去不少的钱，实际上却不过得到一大堆废物，这恶影响之在读书界是很不小的。

凡留心于文化的前进的人，对于这些书应该加以检讨！

“寻开心”

我有时候想到，忠厚老实的读者或研究者，遇见有两种人的文意，他是会吃冤枉苦头的。一种，是古里古怪的诗和尼采式的短句，以及几年前的所谓未来派的作品。这些大概是用怪字面，生句子，没意思的硬连起来的，还加上好几行很长的点线。作者本来就是乱写，自己也不知道什么意思。但认真的读者却以为里面有着深意，用心的来研究它，结果是到底莫名其妙，只好怪自己浅薄。假如你去请教作者本人罢，他一定不加解释，只是鄙夷的对你笑一笑。这笑，也就愈见其深。

还有一种，是作者原不过“寻开心”，说的时候本来不当真，说过也就忘记了。当然和先前的主张会冲突，当然在同一篇文章里自己也会冲突。但是你应该知道作者原以为作文和吃饭不同，不必认真的。你若认真的看，只能怪自己傻。最近的例子就是悍膂先生的研究语堂先生为什么会称赞《野叟曝言》。不错，这一部书是道学先生的悖慢淫毒心理的结晶，和“性灵”缘分浅得很，引了例子比较起来，当然会显出这称赞的出人意外。但其实，恐怕语堂先生之憎“方巾气”，谈“性灵”，讲“潇洒”，也不过对老实人“寻开心”而已，何尝真知道“方巾气”之类是怎么一回事；也许简直连他所称赞的《野叟曝言》也并没有怎么看。所以用本书和他那别的主张来比较研究，是永久不会懂的。自然，两面非常不同，这很清楚，但怎么竟至于称赞起来了呢，也还是一个“不可解”。我的意思是以为有些事情万不要想得太深，想得太忠厚，太老实，我们只要知道语堂先生那时正在崇拜袁中郎，而袁中郎也曾有过称赞《金瓶梅》的事实，就什么骇异之意也没有了。

还有一个例子。如读经，在广东，听说是从燕塘军官学校提倡起来的；去年，就有官定的小学校用的《经训读本》出版，给五年级用的第一课，却就是“孔子谓曾子曰：身体发肤，受之父母，不敢毁伤，孝之始也。……”那么，“为国捐躯”是“孝之终”么？并不然，第三课还有“模范”，是乐正子春述曾子闻诸夫子之说云：“天之所生，地之所养，无人为大。父母全而生之，子全而归之，可谓孝矣。不亏其体，不辱其身，可谓全矣。故君子顷步而弗敢忘孝也。……”

还有一个最近的例子，就在三月七日的《中华日报》上。那地方记的有“北平大学教授兼女子文理学院文史系主任李季谷氏”赞成《一十宣言》原则的谈话，末尾道：“为复兴民族之立场言，教育部应统令设法标榜岳武穆，文天祥，方孝孺等有气节之名臣勇将，俾一般高官戎将有所法式云”。

凡这些，都是以不大十分研究为是的。如果想到“全而归之”和将来的临阵冲突，或者查查岳武穆们的事实，看究竟是怎样的结果，“复兴民族”了没有，那你一定会被捉弄得发昏，其实也就是自寻烦恼。语堂先生在暨南大学讲演道：“……做人要正正经经，不好走入邪道，……一走入邪道，……一定失业，……然而，作文，要幽默，和做人不同，要玩玩笑笑，寻开心，……”（据《芒种》本）这虽然听去似乎有些奇特，但其实是很可以启发人的神智的：这“玩玩笑笑，寻开心”，就是开开中国许多古怪现象的锁的钥匙。

论讽刺

我们常不免有一种先入之见，看见讽刺作品，就觉得这不是文学上的正路，因为我们先就以为讽刺并不是美德。但我们走到交际场中去，就往往可以看见这样的事实，是两位胖胖的先生，彼此弯腰拱手，满面油晃晃的正在开始他们的扳谈——

“贵姓？……”

“敝姓钱。”

“哦，久仰久仰！还没有请教台甫……”

“草字阔亭。”

“高雅高雅。贵处是……？”

“就是上海……”

“哦哦，那好极了，这真是……”

谁觉得奇怪呢？但若写在小说里，人们可就会另眼相看了，恐怕大概要被算作讽刺。有好些直写事实的作者，就这样的被蒙上了“讽刺家”——很难说是好是坏——的头衔。例如在中国，则《金瓶梅》写蔡御史的自谦和恭维西门庆道：“恐我不如安石之才，而君有王右军之高致矣！”还有《儒林外史》写范举人因为守孝，连象牙筷也不肯用，但吃饭时，他却“在燕窝碗里拣了一个大虾圆子送在嘴里”，和这相似的情形是现在还可以遇见的；在外国，则如近来已被中国读者所注意了的果戈理的作品，他那《外套》（韦素园译，在《未名丛刊》中）里的大小官吏，《鼻子》（许遐译，在《译文》中）里的绅士，医生，闲人们之类的典型，是虽在中国的现在，也还可以遇见的。这分明是事实，而且是很广泛的事实，但我们皆谓之讽刺。

人大抵愿意有名，活的时候做自传，死了想有人分讣文，做行实，甚而至于还“宣付国史馆立传”。人也并不全不自知其丑，然而他不愿意改正，只希望随时消掉，不留痕迹，剩下的单是美点，如曾经施粥赈饥之类，却不是全般。“高雅高雅”，他其实何尝不知道有些肉麻，不过他又知道说过就完，“本传”里决不会有，于是也就放心的“高雅”下去。如果有人记了下来，不给它消灭，他可要不高兴了。于是乎挖空心思的来一个反攻，说这些乃是“讽刺”，向作者抹一脸泥，来掩藏自己的真相。但我们也每不免来不及思索，跟着说，“这些乃是讽刺呀！”上当真可是不浅得很。

同一例子的还有所谓“骂人”。假如你到四马路去，看见雉妓在拖住人，倘大声说：“野鸡在拉客”，那就会被她骂你是“骂人”。骂人是恶德，于是你先就被判定在坏的一方面了；你坏，对方可就好。但事实呢，却的确是“野鸡在拉客”，不过只可心里知道，说不得，在万不得已时，也只能说“姑娘勒浪做生意”，恰如对于那些弯腰拱手之辈，做起文章来，是要改作“谦以待人，虚以接物”的。——这才不是骂人，这才不是讽刺。

其实，现在的所谓讽刺作品，大抵倒是写实。非写实决不能成为所谓“讽刺”；非写实的讽刺，即使能有这样的东西，也不过是造谣和诬蔑而已。

人生识字胡涂始

中国的成语只有“人生识字忧患始”，这一句是我翻造的。

孩子们常常给我好教训，其一是学话。他们学话的时候，没有教师，没有语法教科书，没有字典，只是不断的听取，记住，分析，比较，终于懂得每个词的意义，到得两三岁，普通的简单的话就大概能够懂，而且能够说了，也不大有错误。小孩子往往喜欢听人谈天，更喜欢陪客，那大目的，固然在于一同吃点心，但也为了爱热闹，尤其是在研究别人的言语，看有什么对于自己有关系——能懂，该问，或可取的。

我们先前的学古文也用同样的方法，教师并不讲解，只要你死读，自己去记住，分析，比较去。弄得好，是终于能够有些懂，并且竟也可以写出几句来的，然而到底弄不通的也多得很。自以为通，别人也以为通了，但一看底细，还是并不怎么通，连明人小品都点不断的，又何尝少有？人们学话，从高等华人以至下等华人，只要不是聋子或哑子，学不会的是几乎没有的，一到学文，就不同了，学会的恐怕不过极少数，就是所谓学会了的人们之中，请恕我坦白的再来重复的说一句罢，大约仍然胡胡涂涂的还是很不少。这自然是古文作怪。因为我们虽然拼命的读古文，但时间究竟是有限的，不像说话，整天的可以听见；而且所读的书，也许是《庄子》和《文选》呀，《东莱博议》呀，《古文观止》呀，从周朝人的文章，一直读到明朝人的文章，非常驳杂，脑子给古今各种马队践踏了一通之后，弄得乱七八遭，但蹄迹当然是有些存留的，这就是所谓“有所得”。这一种“有所得”当然不会清清楚楚，大概是似懂非懂的居多，所以自以为通文了，其实却没有通，自以为识字了，其实也没有识。自己本是胡涂的，写起文章来自然也胡涂，读者看起文章来，自然也不会倒明白。然而无论怎样的胡涂文作者，听他讲话，却大抵清楚，不至于令人听不懂的——除了故意大显本领的讲演之外。因此我想，这“胡涂”的来源，是在识字和读书。

例如我自已，是常常会用些书本子上的词汇的。虽然并非什么冷僻字，或者连读者也并不觉得是冷僻字。然而假如有一位精细的读者，请了我去，交给我一支铅笔和一张纸，说道，“您老的文章里，说过这山是‘崚嶒’的，那山是‘巉岩’的，那究竟是怎么一副样子呀？您不会画画儿也不要紧，就钩出一点轮廓来给我看看罢。请，请，请……”这时我就会腋下出汗，恨无地洞可钻。因为我实在连自己也不知道“崚嶒”和“巉岩”究竟是什么样子，这形容词，是从旧书上钞来的，向来就并没有弄明白，一经切实的考查，就糟了。此外如“幽婉”“玲珑”“蹒跚”“嗫嚅”……之类，还多得很。

说是白话文应该“明白如话”，已经要算唱厌了的老调了，但其实，现在的许多白话文却连“明白如话”也没有做到。倘要明白，我以为第一是在作者先把似识非识的字放弃，从活人的嘴上，采取有生命的词汇，搬到纸上来；也就是学学孩子，只说些自己的确能懂的话。至于旧语的复活，方言的普遍化，那自然也是必要的，但一须选择，二须有字典以确定所含的意义，这是另一问题，在这里不说它了。

“京派”和“海派”

去年春天，京派大师曾经大大的奚落了一顿海派小丑，海派小丑也曾经小小的回敬了几手，但不多久，就完了。文滩上的风波，总是容易起，容易完，倘使不容易完，也真的不便当。我也曾经略略的赶了一下热闹，在许多唇枪舌剑中，以为那时我发表的所说，倒也不算怎么分析错了的。其中有这样的一段——

……北京是明清的帝都，上海乃各国之租界，帝都多官，租界多商，所以文人之在京者近官，沿海者近商，近官者在使官得名，近商者在使商获利，而自己亦赖以糊口。要而言之：不过“京派”是官的帮闲，“海派”则是商的帮忙而已。……而官之鄙商，固亦中国旧习，就更使“海派”在“京派”眼中跌落了。……

但到得今年春末，不过一整年带点零，就使我省悟了先前所说的并不圆满。目前的事实，是证明着京派已经自己贬损，或是把海派在自己眼睛里抬高，不但现身说法，演述了派别并不专与地域相关，而且实践了“因为爱他，所以恨他”的妙语。当初的京海之争，看作“龙虎斗”固然是错误，就是认为有一条官商之界也不免欠明白。因为现在已经清清楚楚，到底搬出一碗不过黄鳝田鸡，炒在一起的苏式菜——“京海杂烩”来了。

实例，自然是琐屑的，而且自然也不会有重大的例子。举一点罢。一，是选印明人小品的大权，分给海派来了；以前上海固然也有选印明人小品的人，但也可以说是冒牌的，这回却有了真正老京派的题签，所以的确是正统的衣钵。二，是有些新出的刊物，真正老京派打头，真正小海派煞尾了；以前固然也有京派开路的期刊，但那是半京半海派所主持的东西，和纯粹海派自说是自掏腰包来办的出产品颇有区别的。要而言之：今儿和前儿已不一样，京海两派中的一路，做成一碗了。

到这里要附带一点声明：我是故意不举出那新出刊物的名目来的。先前，曾经有人用过“某”字，什么缘故我不知道。但后来该刊的一个作者在该刊上说，他有一位“熟悉商情”的朋友，以为这是因为不替它来作广告。这真是聪明的好朋友，不愧为“熟悉商情”。由此启发，仔细一想，他的话实在千真万确：被称赞固然可以代广告，被骂也可以代广告，张扬了荣是广告，张扬了辱又何尝非广告。例如罢，甲乙决斗，甲赢，乙死了，人们固然要看杀人的凶手，但也一样的要看那不中用的死尸，如果用芦席围起来，两个铜板看一下，准可以发一点小财的。我这回的不说出这刊物的名目来，主意却正在不替它作广告，我有时很不讲阴德，简直要妨碍别人的借死尸敛钱。然而，请老实的看官不要立刻责备我刻薄。他们哪里肯放过这机会，他们自己会敲了锣来承认的。

声明太长了一点了。言归正传。我要说的是直到现在，由事实证明，我才明白了去年京派的奚落海派，原来根柢上并不是奚落，倒是路远迢迢的送来的秋波。

文豪，究竟是有真实本领的，法郎士做过一本《泰绮思》，中国已有两种译本了，其中就透露着这样的消息。他说有一个高僧在沙漠中修行，忽然想到亚历山大府的名妓泰绮思，是一个贻害世道人心的人物，他要感化她出家，救她本身，救被惑的青年们，也给自己积无量功德。事情还算顺手，泰绮思竟出家了，他恨恨的毁坏了她在俗时候的衣饰。但是，奇怪得很，这位高僧回到自己的独房里继续修行时，却再也静不下来了，见妖怪，见裸体的女人。他急遁，远行，然而仍然没有效。他自己是知道因为其实爱上了泰绮思，所以神魂颠倒了的，但一群愚民，却还是硬要当他圣僧，到处跟着他祈求，礼拜，拜得他“哑子吃黄连”——有苦说不出。他终于决计自白，跑回泰绮思那里去，叫道“我爱你!”然而泰绮思这时已经离死期不远，自说看见了天国，不久就断气了。

不过京海之争的目前的结局，却和这一本书的不同，上海的泰绮思并没有死，她也张开两条臂膊，叫道“来嚧!”于是——团圆了。

《泰绮思》的构想，很多是应用弗洛伊特的精神分析学说的，倘有严正的批评家，以为算不得“究竟是有真实本领”，我也不想来争辩。但我觉得自己却真如那本书里所写的愚民一样，在没有听到“我爱你”和“来嚧”之前，总以为奚落单是奚落，鄙薄单是鄙薄，连现在已经出了气的弗洛伊特学说也想不到。

到这里又要附带一点声明：我举出《泰绮思》来，不过取其事迹，并非处心积虑，要用妓女来比海派的文人。这种小说中的人物，是不妨随意改换的，即改作隐士，侠客，高人，公主，大少，小老板之类，都无不可。况且泰绮思其实也何可厚非。她在俗时是泼剌的活，出家后就刻苦的修，比起我们的有些所谓“文人”，刚到中年，就自叹道“我是心灰意懒了”的死样活气来，实在更其像人样。我也可以自白一句：我宁可向泼剌的妓女立正，却不愿意和死样活气的文人打棚。

至于为什么去年北京送秋波，今年上海叫“来嘘”了呢？说起来，可又是事前的推测，对不对很难定了。我想：也许是因为帮闲帮忙，近来都有些“不景气”，所以只好两界合办，把断砖，旧袜，皮袍，洋服，巧克力，梅什儿……之类，凑在一处，重行开张，算是新公司，想借此来新一下主顾们的耳目罢。

不应该那么写

凡是有志于创作的青年，第一个想到的问题，大概总是“应该怎样写?”现在市场上陈列着的“小说作法”，“小说法程”之类，就是专掏这类青年的腰包的。然而，好像没有效，从“小说作法”学出来的作者，我们至今还没有听到过。有些青年是设法去问已经出名的作者，那些答案，还很少见有什么发表，但结果是不难推想而知的：不得要领。这也难怪，因为创作是并没有什么秘诀，能够交头接耳，一句话就传授给别一个的，倘不然，只要有这秘诀，就真可以登广告，收学费，开一个三天包成文豪学校了。以中国之大，或者也许会有罢，但是，这其实是骗子。

在不难推想而知的种种答案中，大概总该有一个是“多看大作家的作品”。这恐怕也很不能满文学青年的意，因为太宽泛，茫无边际——然而倒是切实的。凡是已有定评的大作家，他的作品，全部就说明着“应该怎样写”。只是读者很不容易看出，也就不能领悟。因为在学习者一方面，是必须知道了“不应该那么写”，这才会明白原来“应该这么写”的。

这“不应该那么写”，如何知道呢？惠列赛耶夫的《果戈理研究》第六章里，答复着这问题——

应该这么写，必须从大作家们的完成了的作品去领会。那么，不应该那么写这一面，恐怕最好是从那同一作品的未定稿本去学习了。在这里，简直好像艺术家在对我们用实物教授。恰如他指着每一行，直接对我们这样说——“你看——哪，这是应该删去的。这要缩短，这要改作，因为不自然了。在这里，还得加些渲染，使形象更加显豁些。”

这确是极有益处的学习法，而我们中国却偏偏缺少这样的教材。近几年来，石印的手稿是有一些了，但大抵是学者的著述或日记。也许是因为向来崇尚“一挥而就”，“文不加点”的缘故罢，又大抵是全本干干净净，看不出苦心删改的痕迹来。取材于外国呢，则即使精通文字，也无法搜罗名作的初版以至改定版的各种本子的。

读书人家的子弟熟悉笔墨，木匠的孩子会玩斧凿，兵家儿早识刀枪，没有这样的环境和遗产，是中国的文学青年的先天的不幸。

在没奈何中，想了一个补救法：新闻上的记事，拙劣的小说，那事件，是也有可以写成一部文艺作品的，不过那记事，那小说，却并非文艺——这就是“不应该这样写”的标本。只是和“应该那样写”，却无从比较了。

什么是“讽刺”？

——答文学社问

我想：一个作者，用了精炼的，或者简直有些夸张的笔墨——但自然也必须是艺术的地——写出或一群人的或一面的真实来，这被写的一群人，就称这作品为“讽刺”。

“讽刺”的生命是真实；不必是曾有的实事，但必须是会有的实情。所以它不是“捏造”，也不是“诬蔑”；既不是“揭发阴私”，又不是专记骇人听闻的所谓“奇闻”或“怪现状”。它所写的事情是公然的，也是常见的，平时是谁都不以为奇的，而且自然是谁都毫不注意的。不过这事情在那时却已经是不合理，可笑，可鄙，甚而至于可恶。但这么行下来了，习惯了，虽在大庭广众之间，谁也不觉得奇怪；现在给它特别一提，就动人。譬如罢，洋服青年拜佛，现在是平常事，道学先生发怒，更是平常事，只消几分钟，这事迹就过去，消灭了。但“讽刺”却是正在这时候照下来的一张相，一个撅着屁股，一个皱着眉心，不但自己和别人看起来有些不很雅观，连自己看见也觉得不很雅观；而且流传开去，对于后日的大讲科学和高谈养性，也不免有些妨害。倘说，所照的并非真实，是不行的，因为这时有目共睹，谁也会觉得确有这等事；但又不好意思承认这是真实，失了自己的尊严。于是挖空心思，给起了一个名目，叫作“讽刺”。其意若曰：它偏要提出这等事，可见也不是好货。

有意的偏要提出这等事，而且加以精炼，甚至于夸张，却确是“讽刺”的本领。同一事件，在拉杂的非艺术的记录中，是不成为讽刺，谁也不大会受感动的。例如新闻记事，就记忆所及，今年就见过两件事。其一，是一个青年，冒充了军官，向各处招摇撞骗，后来破获了，他就写忏悔书，说是不过借此谋生，并无他意。其二，是一个窃贼招引学生，教授偷窃之法，家长知道，把自己的子弟禁在家里了，他还上门来逞凶。较可注意的事件，报上是往往有些特别的批评文字的，但对于这两件，却至今没有说过什么话，可见是看得很平常，以为不足介意的了。然而这材料，假如到了斯惠夫德（J. Swift）或果戈理（N. Gogol）的手里，我看是准可以成为出色的讽刺作品的。在或一时代的社会里，事情越平常，就越普遍，也就愈合于作讽刺。

讽刺作者虽然大抵为被讽刺者所憎恨，但他却常常是善意的，他的讽刺，在希望他们改善，并非要捺这一群到水底里。然而待到同群中有讽刺作者出现的时候，这一群却已是不可收拾，更非笔墨所能救了，所以这努力大抵是徒劳的，而且还适得其反，实际上不过表现了这一群的缺点以至恶德，而对于敌对的别一群，倒反成为有益。我想：从别一群看来，感受是和被讽刺的那一群不同的，他们会觉得"暴露"更多于"讽刺"。

如果貌似讽刺的作品，而毫无善意，也毫无热情，只使读者觉得一切世事，一无足取，也一无可为，那就并非讽刺了，这便是所谓"冷嘲"。

论“人言可畏”

“人言可畏”是电影明星阮玲玉自杀之后，发见于她的遗书中的话。这哄动一时的事件，经过了一通空论，已经渐渐冷落了，只要《玲玉香消记》一停演，就如去年的艾霞自杀事件一样，完全烟消火灭。她们的死，不过像在无边的人海里添了几粒盐，虽然使扯淡的嘴巴们觉得有些味道，但不久也还是淡，淡，淡。

这句话，开初是也曾惹起一点小风波的。有评论者，说是使她自杀之咎，可见也在日报记事对于她的诉讼事件的张扬；不久就有一位记者公开的反驳，以为现在的报纸的地位，舆论的威信，可怜极了，那里还有丝毫主宰谁的运命的力量，况且那些记载，大抵采自经官的事实，绝非捏造的谣言，旧报具在，可以复按。所以阮玲玉的死，和新闻记者是毫无关系的。

这都可以算是真实话。然而——也不尽然。

现在的报章之不能像个报章，是真的；评论的不能逞心而谈，失了威力，也是真的，明眼人决不会过分的责备新闻记者。但是，新闻的威力其实是并未全盘坠地的，它对甲无损，对乙却会有伤；对强者它是弱者，但对更弱者它却还是强者，所以有时虽然吞声忍气，有时仍可以耀武扬威。于是阮玲玉之流，就成了发扬余威的好材料了，因为她颇有名，却无力。小市民总爱听人们的丑闻，尤其是有些熟识的人的丑闻。上海的街头巷尾的老虔婆，一知道近邻的阿二嫂家有野男人出入，津津乐道，但如果对她讲甘肃的谁在偷汉，新疆的谁在再嫁，她就不要听了。阮玲玉正在现身银幕，是一个大家认识的人，因此她更是给报章凑热闹的好材料，至少也可以增加一点销场。读者看了这些，有的想："我虽然没有阮玲玉那么漂亮，却比她正经"；有的想："我虽然不及阮玲玉的有本领，却比她出身高"；连自杀了之后，也还可以给人想："我虽然没有阮玲玉的技艺，却比她有勇气，因为我没有自杀"。化几个铜元就发见了自己的优胜，那当然是很上算的。但靠演艺为生的人，一遇到公众发生了上述的前两种的感想，她就够走到末路了。所以我们且不要高谈什么连自己也并不了然的社会组织或意志强弱的滥调，先来设身处地的想一想罢，那么，大概就会知道阮玲玉的以为"人言可畏”，是真的，或人的以为她的自杀，和新闻记事有关，也是真的。

但新闻记者的辩解，以为记载大抵采自经官的事实，却也是真的。上海的有些介乎大报和小报之间的报章，那社会新闻，几乎大半是官司已经吃到公安局或工部局去了的案件。但有一点坏习气，是偏要加上些描写，对于女性，尤喜欢加上些描写；这种案件，是不会有名公巨卿在内的，因此也更不妨加上些描写。案中的男人的年纪和相貌，是大抵写得老实的，一遇到女人，可就要发挥才藻了，不是“徐娘半老，风韵犹存”，就是“豆蔻年华，玲珑可爱”。一个女孩儿跑掉了，自奔或被诱还不可知，才子就断定道，“小姑独宿，不惯无郎”，你怎么知道？一个村妇再醮了两回，原是穷乡僻壤的常事，一到才子的笔下，就又赐以大字的题目道，“奇淫不减武则天”，这程度你又怎么知道？这些轻薄句子，加之村姑，大约是并无什么影响的，她不识字，她的关系人也未必看报。但对于一个智识者，尤其是对于一个出到社会上了的女性，却足够使她受伤，更不必说故意张扬，特别渲染的文字了。然而中国的习惯，这些句子是摇笔即来，不假思索的，这时不但不会想到这也是玩弄着女性，并且也不会想到自己乃是人民的喉舌。但是，无论你怎么描写，在强者是毫不要紧的，只消一封信，就会有正误或道歉接着登出来，不过无拳无勇如阮玲玉，可就正做了吃苦的材料了，她被额外的画上一脸花，没法洗刷。叫她奋斗吗？她没有机关报，怎么奋斗；有冤无头，有怨无主，和谁奋斗呢？我们又可以设身处地的想一想，那么，大概就又知她的以为“人言可畏”，是真的，或人的以为她的自杀，和新闻记事有关，也是真的。

然而，先前已经说过，现在的报章的失了力量，却也是真的，不过我以为还没有到达如记者先生所自谦，竟至一钱不值，毫无责任的时候。因为它对于更弱者如阮玲玉一流人，也还有左右她命运的若干力量的，这也就是说，它还能为恶，自然也还能为善。“有闻必录”或“并无能力”的话，都不是向上的负责的记者所该采用的口头禅，因为在实际上，并不如此，——它是有选择的，有作用的。

至于阮玲玉的自杀，我并不想为她辩护。我是不赞成自杀，自己也不豫备自杀的。但我的不豫备自杀，不是不屑，却因为不能。凡有谁自杀了，现在是总要受一通强毅的评论家的呵斥，阮玲玉当然也不在例外。然而我想，自杀其实是不很容易，决没有我们不豫备自杀的人们所渺视的那么轻而易举的。倘有谁以为容易么，那么，你倒试试看！

自然，能试的勇者恐怕也多得很，不过他不屑，因为他有对于社会的伟大的任务。那不消说，更加是好极了，但我希望大家都有一本笔记簿，写下所尽的伟大的任务来，到得有了曾孙的时候，拿出来算一算，看看怎么样。

再论“文人相轻”

今年的所谓“文人相轻”，不但是混淆黑白的口号，掩护着文坛的昏暗，也在给有一些人“挂着羊头卖狗肉”的。

真的“各以所长，相轻所短”的能有多少呢！我们在近几年所遇见的，有的是“以其所短，轻人所短”。例如白话文中，有些是诘屈难读的，确是一种“短”，于是有人提了小品或语录，向这一点昂然进攻了，但不久就露出尾巴来，暴露了他连对于自己所提倡的文章，也常常点着破句，“短”得很。有的却简直是“以其所短，轻人所长”了。例如轻蔑“杂文”的人，不但他所用的也是“杂文”，而他的“杂文”，比起他所轻蔑的别的“杂文”来，还拙劣到不能相提并论。那些高谈阔论，不过是契诃夫（A. Chekhov）所指出的登了不识羞的顶颠，傲视着一切，被轻者是无福和他们比较的，更从什么地方“相”起？现在谓之“相”，其实是给他们一扬，靠了这“相”，也是“文人”了。然而，“所长”呢？

况且现在文坛上的纠纷，其实也并不是为了文笔的短长。文学的修养，决不能使人变成木石，所以文人还是人，既然还是人，他心里就仍然有是非，有爱憎；但又因为是文人，他的是非就愈分明，爱憎也愈热烈。从圣贤一直敬到骗子屠夫，从美人香草一直爱到麻疯病菌的文人，在这世界上是找不到的，遇见所是和所爱的，他就拥抱，遇见所非和所憎的，他就反拨。如果第三者不以为然了，可以指出他所非的其实是“是”，他所憎的其实该爱来，单用了笼统的“文人相轻”这一句空话，是不能抹杀的，世间还没有这种便宜事。一有文人，就有纠纷，但到后来，谁是谁非，孰存孰亡，都无不明明白白。因为还有一些读者，他的是非爱憎，是比和事老的评论家还要清楚的。

然而，又有人来恐吓了。他说，你不怕么？古之嵇康，在柳树下打铁，钟会来看他，他不客气，问道：“何所闻而来，何所见而去？”于是得罪了钟文人，后来被他在司马懿面前搬是非，送命了。所以你无论遇见谁，应该赶紧打拱作揖，让坐献茶，连称“久仰久仰”才是。这自然也许未必全无好处，但做文人做到这地步，不是很有些近乎婊子了么？况且这位恐吓家的举例，其实也是不对的，嵇康的送命，并非为了他是傲慢的文人，大半倒因为他是曹家的女婿，即使钟会不去搬是非，也总有人去搬是非的，所谓“重赏之下，必有勇夫”者是也。

不过我在这里，并非主张文人应该傲慢，或不妨傲慢，只是说，文人不应该随和；而且文人也不会随和，会随和的，只有和事老。但这不随和，却又并非回避，只是唱着所是，颂着所爱，而不管所非和所憎；他得像热烈地主张着所是一样，热烈地攻击着所非，像热烈地拥抱着所爱一样，更热烈地拥抱着所憎——恰如赫尔库来斯（Hercules）的紧抱了巨人安太乌斯（Antaeus）一样，因为要折断他的肋骨。

从帮忙到扯淡

“帮闲文学”曾经算是一个恶毒的贬辞，——但其实是误解的。

《诗经》是后来的一部经，但春秋时代，其中的有几篇就用之于侑酒；屈原是“楚辞”的开山老祖，而他的《离骚》，却只是不得帮忙的不平。到得宋玉，就现有的作品看起来，他已经毫无不平，是一位纯粹的清客了。然而《诗经》是经，也是伟大的文学作品；屈原宋玉，在文学史上还是重要的作家。为什么呢？——就因为他究竟有文采。

中国的开国的雄主，是把“帮忙”和“帮闲”分开来的，前者参与国家大事，作为重臣，后者却不过叫他献诗作赋，“俳优蓄之”，只在弄臣之例。不满于后者的待遇的是司马相如，他常常称病，不到武帝面前去献殷勤，却暗暗的作了关于封禅的文章，藏在家里，以见他也有计划大典——帮忙的本领，可惜等到大家知道的时候，他已经“寿终正寝”了。然而虽然并未实际上参与封禅的大典，司马相如在文学史上也还是很重要的作家。为什么呢？就因为他究竟有文采。

但到文雅的庸主时，“帮忙”和“帮闲”的可就混起来了，所谓国家的柱石，也常是柔媚的词臣，我们在南朝的几个末代时，可以找出这实例。然而主虽然“庸”，却不“陋”，所以那些帮闲者，文采却究竟还有的，他们的作品，有些也至今不灭。

谁说“帮闲文学”是一个恶毒的贬辞呢？

就是权门的清客，他也得会下几盘棋，写一笔字，画画儿，识古董，懂得些猜拳行令，打趣插科，这才能不失其为清客。也就是说，清客，还要有清客的本领的，虽然是有骨气者所不屑为，却又非搭空架者所能企及。例如李渔的《一家言》，袁枚的《随园诗话》，就不是每个帮闲都做得出来的。必须有帮闲之志，又有帮闲之才，这才是真正的帮闲。如果有其志而无其才，乱点古书，重抄笑话，吹拍名士，拉扯趣闻，而居然不顾脸皮，大摆架子，反自以为得意，——自然也还有人以为有趣，——但按其实，却不过“扯淡”而已。

帮闲的盛世是帮忙，到末代就只剩了这扯淡。

名人和名言

《太白》二卷七期上有一篇南山先生的《保守文言的第三道策》，他举出：第一道是说“要做白话由于文言做不通”，第二道是说“要白话做好，先须文言弄通”。十年之后，才来了太炎先生的第三道，“他以为你们说文言难，白话更难。理由是现在的口头语，有许多是古语，非深通小学就不知道现在口头语的某音，就是古代的某音，不知道就是古代的某字，就要写错。……”

太炎先生的话是极不错的。现在的口头语，并非一朝一夕，从天而降的语言，里面当然有许多是古语，既有古语，当然会有许多曾见于古书，如果做白话的人，要每字都到《说文解字》里去找本字，那的确比做任用借字的文言要难到不知多少倍。然而自从提倡白话以来，主张者却没有一个以为写白话的主旨，是在从“小学”里寻出本字来的，我们就用约定俗成的借字。诚然，如太炎先生说：“乍见熟人而相寒暄曰‘好呀’，‘呀’即‘乎’字；应人之称曰‘是唉’，‘唉’即‘也’字。”但我们即使知道了这两字，也不用“好乎”或“是也”，还是用“好呀”或“是唉”。因为白话是写给现代的人们看，并非写给商周秦汉的鬼看的，起古人于地下，看了不懂，我们也毫不畏缩。所以太炎先生的第三道策，其实是文不对题的。这缘故，是因为先生把他所专长的小学，用得范围太广了。

我们的知识很有限，谁都愿意听听名人的指点，但这时就来了一个问题：听博识家的话好，还是听专门家的话好呢？解答似乎很容易：都好。自然都好；但我由历听了两家的种种指点以后，却觉得必须有相当的警戒。因为是：博识家的话多浅，专门家的话多悖的。

博识家的话多浅，意义自明，惟专门家的话多悖的事，还得加一点申说。他们的悖，未必悖在讲述他们的专门，是悖在倚专家之名，来论他所专门以外的事。社会上崇敬名人，于是以为名人的话就是名言，却忘记了他之所以得名是那一种学问或事业。名人被崇奉所诱惑，也忘记了自己之所以得名是那一种学问或事业，渐以为一切无不胜人，无所不谈，于是乎就悖起来了。其实，专门家除了他的专长之外，许多见识是往往不及博识家或常识者的。太炎先生是革命的先觉，小学的大师，倘谈文献，讲《说文》，当然娓娓可听，但一到攻击现在的白话，便牛头不对马嘴，即其一例。还有江亢虎博士，是先前以讲社会主义出名的名人，他的社会主义到底怎么样呢，我不知道。只是今年忘其所以，谈到小学，说"'德'之古字为'悳'，从'眞'从'心'，'悳'即直觉之意"，却真不知道悖到那里去了，他竟连那上半并不是曲直的直字这一点都不明白。这种解释，却须听太炎先生了。

不过在社会上，大概总以为名人的话就是名言，既是名人，也就无所不通，无所不晓。所以译一本欧洲史，就请英国话说得漂亮的名人校阅，编一本经济学，又乞古文做得好的名人题签；学界的名人绍介医生，说他"术擅岐黄"，商界的名人称赞画家，说他"精研六法"。……

这也是一种现在的通病。德国的细胞病理学家维尔晓(Virchow)，是医学界的泰斗，举国皆知的名人，在医学史上的位置，是极为重要的，然而他不相信进化论，他那被教徒所利用的几回讲演，据赫克尔（Haeckel）说，很给了大众不少坏影响。因为他学问很深，名甚大，于是自视甚高，以为他所不解的，此后也无人能解，又不深研进化论，便一口归功于上帝了。现在中国屡经绍介的法国昆虫学大家法布耳(Fabre)，也颇有这倾向。他的著作还有两种缺点：一是嗤笑解剖学家，二是用人类道德于昆虫界。但倘无解剖，就不能有他那样精到的观察，因为观察的基础，也还是解剖学；农学者根据对于人类的利害，分昆虫为益虫和害虫，是有理可说的，但凭了当时的人类的道德和法律，定昆虫为善虫或坏虫，却是多余了。有些严正的科学者，对于法布耳的有微词，实也并非无故。但倘若对这两点先加警戒，那么，他的大著作《昆虫记》十卷，读起来也还是一部很有趣，也很有益的书。

不过名人的流毒，在中国却较为利害，这还是科举的余波。那时候，儒生在私塾里揣摩高头讲章，和天下国家何涉，但一登第，真是"一举成名天下知"，他可以修史，可以衡文，可以临民，可以治河；到清朝之末，更可以办学校，开煤矿，练新军，造战舰，条陈新政，出洋考察了。成绩如何呢，不待我多说。

这病根至今还没有除，一成名人，便有"满天飞"之概。我想，自此以后，我们是应该将"名人的话"和"名言"分开来的，名人的话并不都是名言；许多名言，倒出自田夫野老之口。这也就是说，我们应该分别名人之所以名，是由于那一门，而对于他的专门以外的纵谈，却加以警戒。苏州的学子是聪明的，他们请太炎先生讲国学，却不请他讲簿记学或步兵操典，——可惜人们却又不肯想得更细一点了。

我很自歉这回时时涉及了太炎先生。但"智者千虑，必有一失"，这大约也无伤于先生的"日月之明"的。至于我的所说，可是我想，"愚者千虑，必有一得"，盖亦"悬诸日月而不刊"之论也。

“靠天吃饭”

“靠天吃饭说”是我们中国的国宝。清朝中叶就有《靠天吃饭图》的碑，民国初年，状元陆润庠先生也画过一张：一个大“天”字，末一笔的尖端有一位老头子靠着，捧了碗在吃饭。这图曾经石印，信天派或嗜奇派，也许还有收藏的。

而大家也确是实行着这学说，和图不同者，只是没有碗捧而已。这学说总算存在着一半。

前一月，我们曾经听到过嚷着“旱象已成”，现在是梅雨天，连雨了十几日，是每年必有的常事，又并无飓风暴雨，却又到处发现水灾了。植树节所种的几株树，也不足以挽回天意。“五日一风，十日一雨”的唐虞之世，去今已远，靠天而竟至于不能吃饭，大约为信天派所不及料的罢。到底还是做给俗人读的《幼学琼林》聪明，曰：“轻清者上浮而为天”，“轻清”而又“上浮”，怎么一个“靠”法。

古时候的真话，到现在就有些变成谎话。大约是西洋人说的罢，世界上穷人有份的，只有日光空气和水。这在现在的上海就不适用，卖心卖力的被一天关到夜，他就晒不着日光，吸不到好空气；装不起自来水的，也喝不到干净水。报上往往说：“近来天时不正，疾病盛行”，这岂只是“天时不正”之故，“天何言哉”，它默默地被冤枉了。

但是，“天”下去就要做不了“人”，沙漠中的居民为了一塘水，争夺起来比我们这里的才子争夺爱人还激烈，他们要拼命，决不肯做一首“阿呀诗”就了事。洋大人斯坦因博士，不是从甘肃敦煌的沙里掘去了许多古董么？那地方原是繁盛之区，靠天的结果，却被天风吹了沙埋没了。为制造将来的古董起见，靠天确也是一种好方法，但为活人计，却是不大值得的。

一到这里，就不免要说征服自然了，但现在谈不到，“带住”可也。

论毛笔之类

国货也提倡得长久了，虽然上海的国货公司并不发达，“国货城”也早已关了城门，接着就将城墙撤去，日报上却还常见关于国货的专刊。那上面，受劝和挨骂的主角，照例也还是学生，儿童和妇女。

前几天看见一篇关于笔墨的文章，中学生之流，很受了一顿训斥，说他们十分之九，是用钢笔和墨水的，这就使中国的笔墨没有出路。自然，倒并不说这一类人就是什么奸，但至少，恰如摩登妇女的爱用外国脂粉和香水似的，应负“入超”的若干的责任。

这话也并不错的。不过我想，洋笔墨的用不用，要看我们的闲不闲。我自己是先在私塾里用毛笔，后在学校里用钢笔，后来回到乡下又用毛笔的人，却以为假如我们能够悠悠然，洋洋焉，拂砚伸纸，磨墨挥毫的话，那么，羊毫和松烟当然也很不坏。不过事情要做得快，字要写得多，可就不成功了，这就是说，它敌不过钢笔和墨水。譬如在学校里抄讲义罢，即使改用墨盒，省去临时磨墨之烦，但不久，墨汁也会把毛笔胶住，写不开了，你还得带洗笔的水池，终于弄到在小小的桌子上，摆开“文房四宝”。况且毛笔尖触纸的多少，就是字的粗细，是全靠手腕作主的，因此也容易疲劳，越写越慢。闲人不要紧，一忙，就觉得无论如何，总是墨水和钢笔便当了。

青年里面，当然也不免有洋服上挂一枝万年笔，做做装饰的人，但这究竟是少数，使用者的多，原因还是在便当。便于使用的器具的力量，是决非劝谕，讥刺，痛骂之类的空言所能制止的。假如不信，你倒去劝那些坐汽车的人，在北方改用骡车，在南方改用绿呢大轿试试看。如果说这提议是笑话，那么，劝学生改用毛笔呢？现在的青年，已经成了“庙头鼓”，谁都不妨敲打了。一面有繁重的学科，古书的提倡，一面却又有教育家喟然兴叹，说他们成绩坏，不看报纸，昧于世界的大势。

但是，连笔墨也乞灵于外国，那当然是不行的。这一点，却要推前清的官僚聪明，他们在上海立过制造局，想造比笔墨更紧要的器械——虽然为了“积重难返”，终于也造不出什么东西来。欧洲人也聪明，金鸡那原是非洲的植物，因为去偷种子，还死了几个人，但竟偷到手，在自己这里种起来了，使我们现在如果发了疟疾，可以很便当的大吃金鸡那霜丸，而且还有“糖衣”，连不爱服药的娇小姐们也吃得甜蜜蜜。制造墨水和钢笔的法子，弄弄到手，是没有偷金鸡那子那么危险的。所以与其劝人莫用墨水和钢笔，倒不如自己来造墨水和钢笔；但必须造得好，切莫“挂羊头卖狗肉”。要不然，这一番工夫就又是一个白费。

但我相信，凡有毛笔拥护论者大约也不免以我的提议为空谈：因为这事情不容易。这也是事实；所以典当业只好呈请禁止奇装异服，以免时价早晚不同，笔墨业也只好主张吮墨舐毫，以免国粹渐就沦丧。改造自己，总比禁止别人来得难。然而这办法却是没有好结果的，不是无效，就是使一部份青年又变成旧式的斯文人。

我要骗人

疲劳到没有法子的时候，也偶然佩服了超出现世的作家，要模仿一下来试试。然而不成功。超然的心，是得像贝类一样，外面非有壳不可的。而且还得有清水。浅间山边，倘是客店，那一定是有的罢，但我想，却未必有去造“象牙之塔”的人的。

为了希求心的暂时的平安，作为穷余的一策，我近来发明了别样的方法了，这就是骗人。

去年的秋天或是冬天，日本的一个水兵，在闸北被暗杀了。忽然有了许多搬家的人，汽车租钱之类，都贵了好几倍。搬家的自然是中国人，外国人是很有趣似的站在马路旁边看。我也常常去看的。一到夜里，非常之冷静，再没有卖食物的小商人了，只听得有时从远处传来着犬吠。然而过了两三天，搬家好像被禁止了。警察拼死命的在殴打那些拉着行李的大车夫和洋车夫，日本的报章，中国的报章，都异口同声的对于搬了家的人们给了一个“愚民”的徽号。这意思就是说，其实是天下太平的，只因为有这样的“愚民”，所以把颇好的天下，弄得乱七八糟了。

我自始至终没有动，并未加入“愚民”这一伙里。但这并非为了聪明，却只因为懒惰。也曾陷在五年前的正月的上海战争——日本那一面，好像是喜欢称为“事变”似的——的火线下，而且自由早被剥夺，夺了我的自由的权力者，又拿着这飞上空中了，所以无论跑到那里去，都是一个样。中国的人民是多疑的。无论那一国人，都指这为可笑的缺点。然而怀疑并不是缺点。总是疑，而并不下断语，这才是缺点。我是中国人，所以深知道这秘密。其实，是在下着断语的，而这断语，乃是：到底还是不可信。但后来的事实，却大抵证明了这断语的的确。中国人不疑自己的多疑。所以我的没有搬家，也并不是因为怀着天下太平的确信，说到底，仍不过为了无论那里都一样的危险的缘故。五年以前翻阅报章，看见过所记的孩子的死尸的数目之多，和从不见有记着交换俘虏的事，至今想起来，也还是非常悲痛的。

虐待搬家人，殴打车夫，还是极小的事情。中国的人民，是常用自己的血，去洗权力者的手，使他又变成洁净的人物的，现在单是这模样就完事，总算好得很。

但当大家正在搬家的时候，我也没有整天站在路旁看热闹，或者坐在家里读世界文学史之类的心思。走远一点，到电影院里散闷去。一到那里，可真是天下太平了。这就是大家搬家去住的处所。我刚要跨进大门，被一个十二三岁的女孩子捉住了。是小学生，在募集水灾的捐款，因为冷，连鼻子尖也冻得通红。我说没有零钱，她就用眼睛表示了非常的失望。我觉得对不起人，就带她进了电影院，买过门票之后，付给她一块钱。她这回是非常高兴了，称赞我道，“你是好人”，还写给我一张收条。只要拿着这收条，就无论到那里，都没有再出捐款的必要。于是我，就是所谓“好人”，也轻松的走进里面了。

看了什么电影呢？现在已经丝毫也记不起。总之，大约不外乎一个英国人，为着祖国，征服了印度的残酷的酋长，或者一个美国人，到亚非利加去，发了大财，和绝世的美人结婚之类罢。这样的消遣了一些时光，傍晚回家，又走进了静悄悄的环境。听到远地里的犬吠声。女孩子的满足的表情的相貌，又在眼前出现，自己觉得做了好事情了，但心情又立刻不舒服起来，好像嚼了肥皂或者什么一样。

诚然，两三年前，是有过非常的水灾的，这大水和日本的不同，几个月或半年都不退。但我又知道，中国有着叫作“水利局”的机关，每年从人民收着税钱，在办事。但反而出了这样的大水了。我又知道，有一个团体演了戏来筹钱，因为后来只有二十几元，衙门就发怒不肯要。连被水灾所害的难民成群的跑到安全之处来，说是有害治安，就用机关枪去扫射的话也都听到过。恐怕早已统统死掉了罢。然而孩子们不知道，还在拼命的替死人募集生活费，募不到，就失望，募到手，就喜欢。而其实，一块来钱，是连给水利局的老爷买一天的烟卷也不够的。我明明知道着，却好像也相信款子真会到灾民的手里似的，付了一块钱。实则不过买了这天真烂漫的孩子的欢喜罢了。我不爱看人们的失望的样子。

倘使我那八十岁的母亲，问我天国是否真有，我大约是会毫不踌躕，答道真有的罢。

然而这一天的后来的心情却不舒服。好像是又以为孩子和老人不同，骗她是不应该似的，想写一封公开信，说明自己的本心，去消释误解，但又想到横竖没有发表之处，于是中止了，时候已是夜里十二点钟。到门外去看了一下。

已经连人影子也看不见。只在一家的檐下，有一个卖馄饨的，在和两个警察谈闲天。这是一个平时不大看见的特别穷苦的肩贩，存着的材料多得很，可见他并无生意。用两角钱买了两碗，和我的女人两个人分吃了。算是给他赚一点钱。庄子曾经说过：“干下去的（曾经积水的）车辙里的鲋鱼，彼此用唾沫相湿，用湿气相嘘，”——然而他又说，“倒不如在江湖里，大家互相忘却的好。”可悲的是我们不能互相忘却。而我，却愈加恣意的骗起人来了。如果这骗人的学问不毕业，或者不中止，恐怕是写不出圆满的文章来的。

但不幸而在既未卒业，又未中止之际，遇到山本社长了。因为要我写一点什么，就在礼仪上，答道“可以的”。因为说过“可以”，就应该写出来，不要使他失望，然而，到底也还是写了骗人的文章。

写着这样的文章，也不是怎么舒服的心地。要说的话多得很，但得等候“中日亲善”更加增进的时光。不久之后，恐怕那“亲善”的程度，竟会到在我们中国，认为排日即国贼——因为说是共产党利用了排日的口号，使中国灭亡的缘故——而到处的断头台上，都闪烁着太阳的圆圈的罢，但即使到了这样子，也还不是披沥真实的心的时光。

单是自己一个人的过虑也说不定：要彼此看见和了解真实的心，倘能用了笔，舌，或者如宗教家之所谓眼泪洗明了眼睛那样的便当的方法，那固然是非常之好的，然而这样便宜事，恐怕世界上也很少有。这是可以悲哀的。一面写着漫无条理的文章，一面又觉得对不起热心的读者了。

临末，用血写添几句个人的豫感，算是一个答礼罢。

三月的租界

今年一月，田军发表了一篇小品，题目是《大连丸上》，记着一年多以前，他们夫妇俩怎样幸而走出了对于他们是荆天棘地的大连——

“第二天当我们第一眼看到青岛青青的山角时，我们的心才又从冻结里蠕活过来。

“‘啊！祖国！’

“我们梦一般这样叫了！”

他们的回“祖国”，如果是做随员，当然没有人会说话，如果是剿匪，那当然更没有人会说话，但他们竟不过来出版了《八月的乡村》。这就和文坛发生了关系。那么，且慢“从冻结里蠕活过来”罢。三月里，就“有人”在上海的租界上冷冷的说道——

“田军不该早早地从东北回来！”

谁说的呢？就是“有人”。为什么呢？因为这部《八月的乡村》“里面有些还不真实”。然而我的传话是“真实”的。有《大晚报》副刊《火炬》的奇怪毫光之一，《星期文坛》上的狄克先生的文章为证——

“《八月的乡村》整个地说，他是一首史诗，可是里面有些还不真实，像人民革命军进攻了一个乡村以后的情况就不够真实。有人这样对我说：‘田军不该早早地从东北回来’，就是由于他感觉到田军还需要长时间的学习，如果再丰富了自己以后，这部作品当更好。技巧上、内容上，都有许多问题在，为什么没有人指出呢？”

这些话自然不能说是不对的。假如“有人”说，高尔基不该早早不做码头脚夫，否则，他的作品当更好；吉须不该早早逃亡外国，如果坐在希忒拉的集中营里，他将来的报告文学当更有希望。倘使有谁去争论，那么，这人一定是低能儿。然而在三月的租界上，却还有说几句话的必要，因为我们还不到十分“丰富了自己”，免于来做低能儿的幸福的时期。

这样的时候，人是很容易性急的。例如罢，田军早早的来做小说了，却“不够真实”，狄克先生一听到“有人”的话，立刻同意，责别人不来指出“许多问题”了，也等不及“丰富了自己以后”，再来做“正确的批评”。但我以为这是不错的，我们有投枪就用投枪，正不必等候刚在制造或将要制造的坦克车和烧夷弹。可惜的是这么一来，田军也就没有什么“不该早早地从东北回来”的错处了。立论要稳当真也不容易。

况且从狄克先生的文章上看起来，要知道“真实”似乎也无须久留在东北似的，这位“有人”先生和狄克先生大约就留在租界上，并未比田军回来得晚，在东北学习，但他们却知道够不够真实。而且要作家进步，也无须靠“正确”的批评，因为在没有人指出《八月的乡村》的技巧上，内容上的“许多问题”以前，狄克先生也已经断定了：“我相信现在有人在写，或豫备写比《八月的乡村》更好的作品，因为读者需要！”

到这里，就是坦克车正要来，或将要来了，不妨先折断了投枪。

到这里，我又应该补叙狄克先生的文章的题目，是：《我们要执行自我批判》。

题目很有劲。作者虽然不说这就是“自我批判”，但却实行着抹杀《八月的乡村》的“自我批判”的任务的，要到他所希望的正式的“自我批判”发表时，这才解除它的任务，而《八月的乡村》也许再有些生机。因为这种模模胡胡的摇头，比列举十大罪状更有害于对手，列举还有条款，含胡的指摘，是可以令人揣测到坏到茫无界限的。

自然，狄克先生的“要执行自我批判”是好心，因为“那些作家是我们底”的缘故。但我以为同时可也万万忘记不得“我们”之外的“他们”，也不可专对“我们”之中的“他们”。要批判，就得彼此都给批判，美恶一并指出。如果在还有“我们”和“他们”的文坛上，一味自责以显其“正确”或公平，那其实是在向“他们”献媚或替“他们”缴械。

难答的问题

大约是因为经过了“儿童年”的缘故罢，这几年来，向儿童们说话的刊物多得很，教训呀，指导呀，鼓励呀，劝谕呀，七嘴八舌，如果精力的旺盛不及儿童的人，是看了要头昏的。

最近，二月九日《申报》的《儿童专刊》上，有一篇文章在对儿童讲《武训先生》。它说他是一个乞丐，自已吃臭饭，喝脏水，给人家做苦工，“做得了钱，却把它储起来。只要有人给他钱，甚至他可以跪下来的”。

这并不算什么特别。特别的是他得了钱，却一文也不化，终至于开办了一个学校。

于是这篇《武训先生》的作者提出一个问题来道：

“小朋友！你念了上面的故事，有什么感想?”

我真也极愿意知道小朋友将有怎样的感想。假如念了上面的故事的人，是一个乞丐，或者比乞丐景况还要好，那么，他大约要自愧弗如，或者愤慨于中国少有这样的乞丐。然而小朋友会怎样感想呢，他们恐怕只好圆睁了眼睛，回问作者道：

“大朋友！你讲了上面的故事，是什么意思？”

我的第一个师父

不记得是那一部旧书上看来的了，大意说是有一位道学先生，自然是名人，一生拼命辟佛，却名自已的小儿子为“和尚”。有一天，有人拿这件事来质问他。他回答道：“这正是表示轻贱呀！”那人无话可说而退云。

其实，这位道学先生是诡辩。名孩子为“和尚”，其中是含有迷信的。中国有许多妖魔鬼怪，专喜欢杀害有出息的人，尤其是孩子；要下贱，他们才放手，安心。和尚这一种人，从和尚的立场看来，会成佛——但也不一定，——固然高超得很，而从读书人的立场一看，他们无家无室，不会做官，却是下贱之流。读书人意中的鬼怪，那意见当然和读书人相同，所以也就不来搅扰了。这和名孩子为阿猫阿狗，完全是一样的意思：容易养大。

还有一个避鬼的法子，是拜和尚为师，也就是舍给寺院了的意思，然而并不放在寺院里。我生在周氏是长男，“物以希为贵”，父亲怕我有出息，因此养不大，不到一岁，便领到长庆寺里去，拜了一个和尚为师了。拜师是否要贽见礼，或者布施什么的呢，我完全不知道。只知道我却由此得到一个法名叫作“长庚”，后来我也偶尔用作笔名，并且在《在酒楼上》这篇小说里，赠给了恐吓自己的侄女的无赖；还有一件百家衣，就是“衲衣”，论理，是应该用各种破布拼成的，但我的却是橄榄形的各色小绸片所缝就，非喜庆大事不给穿；还有一条称为“牛绳”的东西，上挂零星小件，如历本，镜子，银筛之类，据说是可以避邪的。

这种布置，好像也真有些力量：我至今没有死。

不过，现在法名还在，那两件法宝却早已失去了。前几年回北平去，母亲还给了我婴儿时代的银筛，是那时的惟一的纪念。仔细一看，原来那筛子圆径不过寸余，中央一个太极图，上面一本书，下面一卷画，左右缀着极小的尺，剪刀，算盘，天平之类。我于是恍然大悟，中国的邪鬼，是怕斩钉截铁，不能含胡的东西的。因为探究和好奇，去年曾经去问上海的银楼，终于买了两面来，和我的几乎一式一样，不过缀着的小东西有些增减。奇怪得很，半世纪有余了，邪鬼还是这样的性情，避邪还是这样的法宝。然而我又想，这法宝成人却用不得，反而非常危险的。

但因此又使我记起了半世纪以前的最初的先生。我至今不知道他的法名，无论谁，都称他为“龙师父”，瘦长的身子，瘦长的脸，高颧细眼，和尚是不应该留须的，他却有两绺下垂的小胡子。对人很和气，对我也很和气，不教我念一句经，也不教我一点佛门规矩；他自己呢，穿起袈裟来做大和尚，或者戴上毗卢帽放焰口，“无祀孤魂，来受甘露味”的时候，是庄严透顶的，平常可也不念经，因为是住持，只管着寺里的琐屑事，其实——自然是由我看起来——他不过是一个剃光了头发的俗人。

因此我又有一位师母，就是他的老婆。论理，和尚是不应该有老婆的，然而他有。我家的正屋的中央，供着一块牌位，用金字写着必须绝对尊敬和服从的五位：“天地君亲师”。我是徒弟，他是师，决不能抗议，而在那时，也决不想到抗议，不过觉得似乎有点古怪。但我是很爱我的师母的，在我的记忆上，见面的时候，她已经大约有四十岁了，是一位胖胖的师母，穿着玄色纱衫裤，在自己家里的院子里纳凉，她的孩子们就来和我玩耍。有时还有水果和点心吃，——自然，这也是我所以爱她的一个大原因；用高洁的陈源教授的话来说，便是所谓“有奶便是娘”，在人格上是很不足道的。

不过我的师母在恋爱故事上，却有些不平常。“恋爱”，这是现在的术语，那时我们这偏僻之区只叫作“相好”。《诗经》云：“式相好矣，毋相尤矣”，起源是算得很古，离文武周公的时候不怎么久就有了的，然而后来好像并不算十分冠冕堂皇的好话。这且不管它罢。总之，听说龙师父年青时，是一个很漂亮而能干的和尚，交际很广，认识各种人。有一天，乡下做社戏了，他和戏子相识，便上台替他们去敲锣，精光的头皮，簇新的海青，真是风头十足。乡下人大抵有些顽固，以为和尚是只应该念经拜忏的，台下有人骂了起来。师父不甘示弱，也给他们一个回骂。于是战争开幕，甘蔗梢头雨点似的飞上来，有些勇士，还有进攻之势，“彼众我寡”，他只好退走，一面退，一面一定追，逼得他又只好慌张的躲进一家人家去。而这人家，又只有一位年青的寡妇。以后的故事，我也不甚了然了，总而言之，她后来就是我的师母。

自从《宇宙风》出世以来，一向没有拜读的机缘，近几天才看见了“春季特大号”。其中有一篇铢堂先生的《不以成败论英雄》，使我觉得很有趣，他以为中国人的“不以成败论英雄”，“理想是不能不算崇高”的，“然而在人群的组织上实在要不得。抑强扶弱，便是永远不愿意有强。崇拜失败英雄，便是不承认成功的英雄”。“近人有一句流行话，说中国民族富于同化力，所以辽金元清都并不曾征服中国。其实无非是一种惰性，对于新制度不容易接收罢了”。我们怎样来改悔这“惰性”呢，现在姑且不谈，而且正在替我们想法的人们也多得很。我只要说那位寡妇之所以变了我的师母，其弊病也就在“不以成败论英雄”。乡下没有活的岳飞或文天祥，所以一个漂亮的和尚在如雨而下的甘蔗梢头中，从戏台逃下，也就是一个货真价实的失败的英雄。她不免发现了祖传的“惰性”，崇拜起来，对于追兵，也像我们的祖先的对于辽金元清的大军似的，“不承认成功的英雄”了。在历史上，这结果是正如铢堂先生所说：“乃是中国的社会不树威是难得帖服的”，所以活该有“扬州十日”和“嘉定三屠”。但那时的乡下人，却好像并没有“树威”，走散了，自然，也许是他们料不到躲在家里。

因此我有了三个师兄，两个师弟。大师兄是穷人的孩子，舍在寺里，或是卖在寺里的；其余的四个，都是师父的儿子，大和尚的儿子做小和尚，我那时倒并不觉得怎么稀奇。大师兄只有单身；二师兄也有家小，但他对我守着秘密，这一点，就可见他的道行远不及我的师父，他的父亲了。而且年龄都和我相差太远，我们几乎没有交往。

三师兄比我恐怕要大十岁，然而我们后来的感情是很好的，我常常替他担心。还记得有一回，他要受大戒了，他不大看经，想来未必深通什么大乘教理，在剃得精光的囟门上，放上两排艾绒，同时烧起来，我看是总不免要叫痛的，这时善男信女，多数参加，实在不大雅观，也失了我做师弟的体面。这怎么好呢？每一想到，十分心焦，仿佛受戒的是我自己一样。然而我的师父究竟道力高深，他不说戒律，不谈教理，只在当天大清早，叫了我的三师兄去，厉声吩咐道："拼命熬住，不许哭，不许叫，要不然，脑袋就炸开，死了！"这一种大喝，实在比什么《妙法莲花经》或《大乘起信论》还有力，谁高兴死呢，于是仪式很庄严的进行，虽然两眼比平时水汪汪，但到两排艾绒在头顶上烧完，的确一声也不出。我嘘一口气，真所谓"如释重负"，善男信女们也个个"合十赞叹，欢喜布施，顶礼而散"了。

出家人受了大戒，从沙弥升为和尚，正和我们在家人行过冠礼，由童子而为成人相同。成人愿意"有室"，和尚自然也不能不想到女人。以为和尚只记得释迦牟尼或弥勒菩萨，乃是未曾拜和尚为师，或与和尚为友的世俗的谬见。寺里也有确在修行，没有女人，也不吃荤的和尚，例如我的大师兄即是其一，然而他们孤僻，冷酷，看不起人，好像总是郁郁不乐，他们的一把扇或一本书，你一动他就不高兴，令人不敢亲近他。所以我所熟识的，都是有女人，或声明想女人，吃荤，或声明想吃荤的和尚。

我那时并不诧异三师兄在想女人，而且知道他所理想的是怎样的女人。人也许以为他想的是尼姑罢，并不是的，和尚和尼姑"相好"，加倍的不便当。他想的乃是千金小姐或少奶奶；而作这"相思"或"单相思"——即今之所谓"单恋"也——的媒介的是"结"。我们那里的阔人家，一有丧事，每七日总要做一些法事，有一个七日，是要举行"解结”的仪式的，因为死人在未死之前，总不免开罪于人，存着冤结，所以死后要替他解散。方法是在这天拜完经忏的傍晚，灵前陈列着几盘东西，是食物和花，而其中有一盘，是用麻线或白头绳，穿上十来文钱，两头相合而打成蝴蝶式，八结式之类的复杂的，颇不容易解开的结子。一群和尚便环坐桌旁，且唱且解，解开之后，钱归和尚，而死人的一切冤结也从此完全消失了。这道理似乎有些古怪，但谁都这样办，并不为奇，大约也是一种“惰性”。不过解结是并不如世俗人的所推测，个个解开的，倘有和尚以为打得精致，因而生爱，或者故意打得结实，很难解散，因而生恨的，便能暗暗的整个落到僧袍的大袖里去，一任死者留下冤结，到地狱里去吃苦。这种宝结带回寺里，便保存起来，也时时鉴赏，恰如我们的或亦不免偏爱看看女作家的作品一样。当鉴赏的时候，当然也不免想到作家，打结子的是谁呢，男人不会，奴婢不会，有这种本领的，不消说是小姐或少奶奶了。和尚没有文学界人物的清高，所以他就不免睹物思人，所谓“时涉遐想”起来，至于心理状态，则我虽曾拜和尚为师，但究竟是在家人，不大明白底细。只记得三师兄曾经不得已而分给我几个，有些实在打得精奇，有些则打好之后，浸过水，还用剪刀柄之类砸实，使和尚无法解散。解结，是替死人设法的，现在却和和尚为难，我真不知道小姐或少奶奶是什么意思。这疑问直到二十年后，学了一点医学，才明白原来是给和尚吃苦，颇有一点虐待异性的病态的。深闺的怨恨，会无线电似的报在佛寺的和尚身上，我看道学先生可还没有料到这一层。

后来，三师兄也有了老婆，出身是小姐，是尼姑，还是“小家碧玉”呢，我不明白，他也严守秘密，道行远不及他的父亲了。这时我也长大起来，不知道从那里，听到了和尚应守清规之类的古老话，还用这话来嘲笑他，本意是在要他受窘。不料他竟一点不窘，立刻用“金刚怒目”式，向我大喝一声道：

“和尚没有老婆，小菩萨哪里来！?”

这真是所谓“狮吼”，使我明白了真理，哑口无言，我的确早看见寺里有丈余的大佛，有数尺或数寸的小菩萨，却从未想到他们为什么有大小。经此一喝，我才彻底的省悟了和尚有老婆的必要，以及一切小菩萨的来源，不再发生疑问。但要找寻三师兄，从此却艰难了一点，因为这位出家人，这时就有了三个家了：一是寺院，二是他的父母的家，三是他自己和女人的家。

我的师父，在约略四十年前已经去世；师兄弟们大半做了一寺的住持；我们的交情是依然存在的，却久已彼此不通消息。但我想，他们一定早已各有一大批小菩萨，而且有些小菩萨又有小菩萨了。

论现在我们的文学运动

——病中答访问者，OV. 笔录

“左翼作家联盟”五六年来领导和战斗过来的，是无产阶级革命文学的运动。这文学和运动，一直发展着；到现在更具体地，更实际斗争地发展到民族革命战争的大众文学。民族革命战争的大众文学，是无产阶级革命文学的一发展，是无产革命文学在现在时候的真实的更广大的内容。这种文学，现在已经存在着，并且即将在这基础之上，再受着实际战斗生活的培养，开起烂漫的花来罢。因此，新的口号的提出，不能看作革命文学运动的停止，或者说“此路不通”了。所以，决非停止了历来的反对法西主义，反对一切反动者的血的斗争，而是将这斗争更深入，更扩大，更实际，更细微曲折，将斗争具体化到抗日反汉奸的斗争，将一切斗争汇合到抗日反汉奸斗争这总流里去。决非革命文学要放弃它的阶级的领导的责任，而是将它的责任更加重，更放大，重到和大到要使全民族不分阶级和党派，一致去对外。这个民族的立场，才真是阶级的立杨。托洛斯基的中国的徒孙们，似乎胡涂到连这一点都不懂的。但有些我的战友，竟也有在作相反的“美梦”者，我想，也是极胡涂的昏虫。

但民族革命战争的大众文学，正如无产革命文学的口号一样，大概是一个总的口号罢。在总口号之下，再提些随时应变的具体的口号，例如“国防文学”“救亡文学”“抗日文艺”……等等，我以为是无碍的。不但没有碍，并且是有益的、需要的。自然，太多了也使人头昏，浑乱。

不过，提口号，发空论，都十分容易办。但在批评上应用，在创作上实现，就有问题了。批评与创作都是实际工作。以过去的经验，我们的批评常流于标准太狭窄，看法太肤浅；我们的创作也常现出近于出题目做八股的弱点。所以我想现在应当特别注意这点：民族革命战争的大众文学决不是只局限于写义勇军打仗，学生请愿示威……等等的作品。这些当然是最好的，但不应这样狭窄。它广泛得多，广泛到包括描写现在中国各种生活和斗争的意识的一切文学。因为现在中国最大的问题，人人所共的问题，是民族生存的问题。所有一切生活（包含吃饭睡觉）都与这问题相关；例如吃饭可以和恋爱不相干，但目前中国人的吃饭和恋爱却都和日本侵略者多少有些关系，这是看一看满洲和华北的情形就可以明白的。而中国的唯一的出路，是全国一致对日的民族革命战争。懂得这一点，则作家观察生活、处理材料，就如理丝有绪；作者可以自由地去写工人，农民，学生，强盗，娼妓，穷人，阔佬，什么材料都可以，写出来都可以成为民族革命战争的大众文学。也无需在作品的后面有意地插一条民族革命战争的尾巴，翘起来当作旗子。因为我们需要的，不是作品后面添上去的口号和矫作的尾巴，而是那全部作品中的真实的生活，生龙活虎的战斗，跳动着的脉搏，思想和热情，等等。